「額《ひたい》と額を付けて相性をはかります」
アルマ
メリアスフィール・フォーリーフ

ブレイズ・ガルフィード

「時速六十キロは出るけど
安全に運転してね」
「これは素晴らしいです！」
エリザベート・ハイニクス・フォン・ベルゲングリーン

「メリア、じゃなくてお嬢様、
お茶を持って、じゃなくてお持ちしましたっしょ」
ケイト

転生錬金少女のスローライフ 1

tensei renkin shojo no
slow life

-[著]-
夜想庭園

-[画]-
potg

contents

第Ⅰ章 農村の錬金薬師

　私はくたびれた農村の村娘として生まれ、貧しいながらも両親に愛されながら、ささやかな生活を送っていた。ところが、十歳になると同時に流行《はや》り病《やまい》で両親が早々に他界してしまい、一人で暮らすことを余儀なくされる。幸い、この世界では十歳で畑を継ぐことができるので、温かい村人たちに支えられながら畑を耕したり冬の手仕事として草編みのカゴや笠を作って街で売ったりすることで、なんとか食い繋いでいくことができた。

　そんな細々とした生活を送ること二年、私は村長に二度目の年貢を納めに来ていた。

「今年の年貢を納めに来ました。秋になるまで遅れてごめんなさい」

「おうメリアか。まだ幼いのに両親二人分の畑の収穫だ…脱穀して袋詰めするのも大変だったろう。そこの蔵に入れといてくれ」

　村長の指示に従い、荷を引いてきた牛を連れて蔵の前に停《と》め、大麦の袋を蔵の中へ積み終えたのち、村長の元に戻って納税証をもらった。

「ありがとうございました」

そう言って空になった荷台を牛に引かせて人通りの多い時間に村の畑道を通って家に向かうと、途中で会う村の大人たちが次々と声をかけてくる。

「おぉ、メリアちゃんや。今日は村長のところさ納税に行っただか？　小さいのに偉いのぉ。何かあれば遠慮なく言うさぁ。力になるでよぉ！」

「ありがとう、おじいさん。おかげで今年も無事に冬を越せそうです」

「ほら、裏で取れた山菜だよ！　持っていきなよ」

「わあ、美味《おい》しそう！　ありがとう、おばさん」

両親が亡くなってから天涯孤独となった私を、世話好きな村人たちは温かく支えてくれている。

とはいうものの、村社会では近所付き合いは重要だ。私は目下の者として礼儀正しく挨拶をし、いただきものには後日にお礼を返すことを忘れない、そういった大人の対応をとっている。

そんな村社会ならではのコミュニケーションをそつなくこなしつつ、家の前まで到着した私を待っていたのは、友人のケイトだった。

「遅いよメリア！　待ちくたびれたっしょ！」

「アンタねぇ。待ちくたびれるくらい暇なら、ミー子に飼い葉でもあげてよ」

「別にいいけどアレちょうだいよ、アレ！」

そう言って手を差し出してくるケイト。私は溜息をつきながら、家の戸を開けて水飴の入った壺をケイトに渡す。

「ありがと！　いや、やっぱメリアの作る水飴は美味《おい》しいっしょ！」

私が幼い頃、お菓子どころか砂糖すら流通していない状況に我慢できなくなり、畑の小麦を使って麦芽水飴を作って食べているところをケイトに偶然見つかり、ねだられるようになる。

以降、腐れ縁のような関係を続けているが、素で接することのできる数少ない友人だ。

「まったく、もらってばかりいないで、たまにはアンタも何か食べ物よこしなさいよ」

「ウチだってお母さんだけで苦しいっしょ。それに、メリアだってお上品に大丈夫ですって言ってたじゃない」

「お上品とは失礼ね。大人の対応と言ってちょうだい！」

プイッと横を向く私に、お腹を抱えて笑い出すケイト。そして、それに釣られて私も笑った。

まったく、私にとっては手がかかる妹のような存在だけど、こうして無邪気な対応をしてくれると肩肘張ることなく癒されるものだわ。

そんな他愛ないやりとりをした後、水飴に満足して帰っていくケイトに手を振って見送り、家に戻った。

「ふぅ、今年も無事に年貢を納めることができたわ」

そう言って水瓶《みずがめ》の水で顔を洗う。水面に映る私はごく一般的な容貌で、肩まで伸びた栗毛をサイドテールにして結んでいる。

私はメリア、本名はメリアスフィール・フォーリーフ。日本の商社でプロマネをして過労で死んだ後、異世界に生まれ変わって薬屋を営んでいたものの、需要に供給がついていかないポーショ

ンを延々と作っていたら、また過労で死んでしまった間抜けな女よ。

「我が加護を与えし者よ、またもや働きすぎで亡くなるとは哀れなり」

二度目の白い空間でそんなセリフを聞いた時に抱いた感想といえば、「異世界でも過労死ってあるのね」ということくらいだった。続けて聞こえた、

「神フィリアスティンの名のもと、もう一度やり直す機会を与えよう」

というセリフに、いえ、もう結構ですという暇もなく、気がついた時には赤子になっていた。

そんな私をのぞくようにする両親を見ながら、今度はゆっくり生きていこうとぼんやりと思ったものだ。

しかし現実は厳しい。この小さな体で大人二人分の畑を維持して、牛の飼い葉を刈り取って干しては、牛に与える日々。全然、ゆっくりする暇なんてないわ。過ぎ去った過去を思い返しながら鎌で草を刈る。

そのようにぼーっとしていたからか、それとも単なる寿命か、愛用の鎌が折れてしまった。

「あぁ！　私の草薙《くさなぎ》の鎌が！」

ちなみに単なる農村の粗末な鎌で、草薙の鎌とは私が勝手に名付けていた名前だ。こんな粗末な品でも金属製の鎌は農村では貴重で、両親から受け継いだ財産だったのだ。

「あぁ…どうしよう」

納税したばかりで冬の手仕事もまだしていないし、換金性のあるものなど家には残っていない。

ふと牛小屋の方を向くと、牛のミー子が呑気そうな目でこちらを見ているのが見えた。ミー子の

ために、なんとか新しい鎌を手に入れなくてはならない。

「仕方ないわね」

こうなったら禁断のポーションを作って換金するしかないわ。でも中級以上なんて持っていったらどこで手に入れたのかって話になるし、かといって低級を大量に作る材料もないしチマチマ作っている暇もない。となれば、中級を作って水で薄めて低級にして売ればいいわね。

開き直った私は、家に戻って中級ポーションの薬草と瓶を手に取り水瓶の前に行く。

「魔力水生成、水温調整、薬効抽出、薬効固定、冷却…」

チャポン！　中級ポーション出来上がりっと。これを十本の瓶に十分の一ずつ入れて、水で薄めて鑑定。


低級ポーション（＋）：軽い傷を治せるポーション、効き目良

これでよしっと。いくらかわからないけど、鎌一本分にはなるでしょう…なるわよね？　不安だわ。背に腹は代えられないから、念のために中級ポーションを一本だけ作っておこうかしら。

少し足りないくらいなら街で薄めればいいでしょうし。

私は作製したポーションを鞄に入れて、農村から半日ほど歩いた場所にある辺境の街コールライトに来た。よく考えたら、街に近づいてから作ってもよかったわね。十二歳の非力な女の子の体には地味に重い鞄を手に、私は今更なことを考えていた。

冬の手仕事の成果を売る際に使用する通行証を見せて街に入り、行き先に迷って立ち止まる。

「薬師ギルド…または商業ギルド、それとも冒険者ギルド、どこにしようかしら」

当たり前だけど、薬師ギルドの会員でもないし、目をつけられても困る。冒険者ギルドは絡まれたりしたら困るわ。となれば、後腐れない商業ギルドかしら。そう結論付け、私は商業ギルドに向かった。

「いらっしゃいませ、今日はなんの御用でしょうか」

受付のパリッとしたお姉さんは、十二歳の私にもきちんとした態度で接してくる。プロだわ。

「低級ポーションを売りに来たんですが、引き取ってもらえるでしょうか」

そう言って十本のポーションを鞄から取り出した。もちろんですと返事を返した後、お姉さんはポーションを鑑定にかけると、買い取り価格を提示した。

「一本当たり銀貨五枚、十本なら金貨五枚で、買い取り手数料として銀貨二枚をいただきます。銀貨五枚でギルド会員になられると、手数料は半額の一枚となります」

うーん、会員になると銀貨六枚、トントンになるまで五回は取引しないといけないわね…ブッブッとそう呟《つぶや》くと、

「今回は会員にはならず、買い取りだけお願いします」

私はそう答え、金貨四枚と銀貨八枚を受け取った。

「またのご利用をお待ちしております」

私は受付のお姉さんに礼をして、商業ギルドを後にした。ふふふ、これで鎌は買えるわね。早速鍛冶屋に行った私は、店主のおじさんに鎌を見せてほしいと頼んだ。

「おう、そこに並べてある鎌から好きなものを選びな」

鎌を鑑定で見比べた。左から二番目のものが一番質は良さそうね。

「じゃあ二番目の鎌をもらうわ。おいくらですか」

鎌は金貨一枚だった。金貨を支払って鎌を受け取ると鍛冶屋を後にする。これで草薙の鎌二号は私のものよ。低級でもポーションの利益率は半端ないわ。癖になってしまいそう。これなら毎日お腹いっぱいになるまでパンが食べられる…じゅるり。

それにしても、折角街まで来たのだから、鎌の切れ味を増すために魔石が欲しくなってしまうわね。うーん、ちょっと魔道具屋に寄ってみようかしら？

「すみません、魔石は売っていますか？」

「予算はいくらくらいだい？」

魔道具屋のお婆さんが予算を聞いてくる。

「金貨一枚くらいで買える程度のものはありますか」

「それならこれくらいだね」

お婆さんは店の奥からフォレストウルフの魔石を出して見せてくれた。これなら、草刈り用の鎌の切れ味を増すにしては十分すぎる。けど、大は小を兼ねるっていうし、まあいいわ。

「それでお願いします」

そう言って金貨一枚を支払って、魔道具屋を後にした。

✧

農村に帰った私は、買ってきた鎌の持ち手の端に魔石を設置し、錬金術により斬撃強化を付与した。効果を確かめるために、草刈り場に行き、鎌を振るう。

ザンッ！

すると一度に前方三メートルの草がすっぱりと切れた。やっぱり効率が全然違うわ。名付けて、草薙の鎌二号改《カイ》よ！

「これでミー子の飼い葉集めも簡単になるわね」

今更だけど、十二歳で正面から農作業や酪農をするのは厳しいから、少しは楽する方法を考えなくちゃいけないわ。過度に錬金術に頼るのはブラック職場ルート行きの危険があるけど、その前に過労死したら元も子もない。

今後も時々は低級ポーションを卸して、少しずつお金を貯めていくのよ。そして、徐々に生活環境を改善していくわ。水汲みだって、製粉だって、ミルクの保存だって。なんならコンロやオーブンだって筐体《きょうたい》と魔石さえあれば作れるわ。そしたら薪も節約できるしショートケーキも夢じゃないわ。ぐふふ。

私は秘めた野望に心をときめかせた。

✧

それからしばらくは新しい鎌の性能に満足する生活を送っていたが、その幸せは長く続かなかった。

「私の草薙の鎌二号改が！」

そう、この間買ったばかりの鎌が折れて早くも使い物にならなくなっていた。鑑定して一番いい鎌を選んだはずだったんだけど、どうしてかしら。

考えてもどうしようもないので、この前買った鍛冶屋に行って折れた鎌を見てもらうことにした。

「嬢ちゃん、この持ち手の先についてる魔石はなんだ？」

「よく切れるようにするおまじないよ」

「おまじない…」

おじさんはブツブツと何か言うと、ちょっと外して試していいかと聞くので頷くと、魔石を外して奥にあった剣の柄頭《つかがしら》に設置して外の試し切り用の案山子《カカシ》の前に立って軽く剣を振った。

ズバンッ！

案山子が真っ二つになり奥の土塚が抉《えぐ》れた。おじさんは剣をジッと見たかと思うと柄頭に設置した魔石を外して私に返し、開口一番こう言った。

「嬢ちゃん、この草刈り鎌は魔剣じゃねぇんだわ」

出力がでかすぎるとのこと。この魔石に相応《ふさわ》しい剣の素体《そたい》は金貨二十枚は必要だとか。どうやら家庭用の鎌では耐えられないらしい。なんてこと！　草刈り効率化計画が破綻してしまったわ。

がっくりした私は、新しい鎌を買って帰った。

✧

鍛冶屋のアレクは、肩を落として帰っていく少女を見送りながら、先ほどの魔石の効果のほどを思い出していた。軽く振っただけであれなら、あの魔石を設置した剣なら金貨百枚でも安い。腕のいい冒険者に持たせればワイバーンでも真っ二つだろう。それを草刈り鎌に設置するなんて何考えてんだ。

いや、何も考えていなかったのだろう。村娘のなりをして、あの歳で街まで一人で来てるんだ。両親の形見を魔剣だとは知らずに使っていたのだろう。アレクはそう推測して仕事に戻った。

「なんてことなの！　リスクを冒してポーションを売ったのに、もう金貨一枚と銀貨八枚しか残っていないわ」

そもそも農家では財産扱いの鎌を二本も買った上に魔石を購入するのが悪い。そんなことはわかっていたが、悪態をつかないとやっていられなかった。

こうなったら、開き直って週一くらいで定期的にポーションを卸してしまおうかしら。そうしたら月収金貨二十四枚、いえ、会員になれば来月以降は月収金貨二十四枚半よ！

そんな捕らぬ狸の皮算用をした私は、そういえば前回作った中級ポーションが残っていたことに気がつき、水で十倍に希釈して商業ギルドに向かった。

「また下級ポーションを買い取ってほしいのですが」

「かしこまりました。今回も非ギルド会員での売却ですか」

「いいえ、定期的に来ようと思いますので、会員申請をお願いします」

「すぐには得になりませんが問題ありませんか？」

「五回取引すればとんとん、それ以降は黒字になるので大丈夫です」

そう言って、銀貨五枚を受付のお姉さんに差し出した。

「こちらの規約を確認の上で、会員申請書にサインをお願いします」

私は規約を受け取って目を皿のようにして確認する。思いもしない見落としがあったら後で困るものね。

「第七条に一年以上取引がない場合は会員資格を失うとありますが取引はギルドとの取引でしょうか」

「ギルド会員同士の取引や特許入金など、ギルドに記録が残るものも該当します」

なるほど。ギルドから認知可能な取引であれば何でもいいということね。一通り規約を読んで瑕疵《かし》がないことを確認すると、私は署名欄にサインをする。

「メリアスフィール・フォーリーフっと、はいできました」

「ありがとうございました。これがギルド会員証になりますので血を一滴垂らしてください」

私は渡された針に指を刺し、会員証に血を一滴垂らして会員証をアクティベートした。

「これでメリアスフィール様以外は使用できなくなります」

これで商業ギルドの口座にお金を預けておけば会員証を通して決済ができるようになるそうなので、ポーションの代金を口座に入れてもらい商業ギルドを後にした。

商業ギルドの受付嬢のカーラは、出口から出ていく村娘のなりをした少女を見送ると思案を巡らせた。

「何から何までおかしいわね」

農村から来たと思われる少女がポーションを定期的に卸せるということ。また、商人向けの規約文章を読み下し難なく理解して署名欄にサインをしたこと。そして、ポーションを定期的に卸すにあたり、先日提示した会員費と手数料割引率から損益分岐点を計算していたこと。何一つ、村娘にできることではなかった。

「何より、このポーションおかしいわ」

全て良品質の低級ポーションだが、通常の緑色ではなく薄いピンク色をしている。薄いピンク色は中級ポーションの作製に失敗した結果ということになるが、それなら全て同じ品質というのはおかしいいし、なぜ良品質になるのか理由がつかない。まさか、中級ポーションを水で希釈《きしゃく》してわざと品質を落としている？

「ありえない」

そう、ありえないのだ。中級ポーションなら一本でも金貨百枚で売れる。わざわざ品質を落として販売する理由などないはずだ。

いずれにせよ、商業ギルドは仕入れに関して詮索をしないのが決まりだ。定期的に万年供給不足のポーションが一定量手に入るというならそれでよい。カーラはそう判断すると、仕事に戻った。

✧

街の門に向かう道すがら私は今後の予定を考える。

「冬が来る前に薬草を採取しておかないといけないわね」

冬の手仕事をする代わりにポーションを作るなら時間は確保できるはず。でも、冬はポーションの材料となる薬草は生えていないから、今のうちに余分に採取しておくか、冬でも取れるもので作るしかない。

そういえば、と無駄な支出になってしまった斬撃強化を付与した魔石を取り出して眺める私。

「こんなのでも売れるのかしら」

せいぜい、案山子が切れやすくなるだけで、特に火炎や電撃が付与されているわけでもない単純な効果だけど、金貨一枚も出費したのだから元は取りたいわね。魔道具屋さんのお婆さんなら中古で買い取ってくれるかもしれないわ。そう思い、この間の魔道具屋に寄った。

「すみません、効果を付与した魔石を買い取ってもらえませんか」

「どれ、見せてみな」

私は斬撃強化を付与した魔石を渡した。

「これはこの間のフォレストウルフの魔石じゃないか」

「鎌に付けたら魔石の負荷で折れてしまって使えないことがわかったの」

そうして鍛冶屋での一件をお婆さんに話すと、お婆さんは鑑定眼鏡を取り出して魔石を確認しだした。

「…金貨三十枚かね」

「えぇ！　そんなにするの。火炎や電撃も付与していないのに」

そう言うと、そんな効果が付与されていたら街の店には置いておけないそうだ。

私はとりあえず斬撃強化の魔石を売ることにして、代わりにまた手頃な魔石をいくつか買い込み、作ったばかりのギルド証を出して決済を済ませた。

「また何か売る気になったら持ってきな」

そう告げるお婆さんに挨拶をして私は魔道具屋を後にした。

⁘

店から出ていくメリアを見送る婆さんは、先ほどの魔石を手に取り改めて鑑定眼鏡を通して効果を確認する。

「斬撃強化プラス六十かい。フォレストウルフの魔石に込められる効果じゃないさね」

この魔石を取り付ければ、そこらの鍛冶師が売った数打ちの鉄剣でもちょっとした魔剣になる。

村娘が、効果が付与されていない魔石を買って何をしようというのか不思議だったけど、どうやら、あのなりをしていながら魔石への効果付与ができるらしい。

それにしても十歳を少し過ぎたくらいの娘っ子が商業ギルド証まで持っているなんて、どうなってるんだい。まあ、老い先短いわっちが気にすることでもないさね。そう思った婆さんは魔石をしまうと仕事に戻った。

✧

思わぬ収入を得て魔石を仕入れた私は、冬の手仕事の代わりに作るものに思案を巡らせていた。

「折角だから、コンロの魔道具が欲しいところね」

薪を割るのは幼いメリアちゃんには無理だろうと、親切な隣人が融通してくれるのだが心苦しい。冷蔵庫はこれから冬になるから後回しでも構わない。冬になるまでできるだけ薬草を採取しつつ、冬がきたら火炎と氷結の効果をそれぞれ付与した魔石で火力調整できるコンロを作って薪を節約する。うん、それでいきましょう。

「ああ、そんな先の話より帰ったら干し柿や干し草を取り込まなくては」

そう言って帰ってからの作業に思いを巡らせると、まだまだ魔道具で楽々生活にはほど遠いと私は溜息をついたのだった。

✧

明くる日の朝、私は中級ポーションに使用する薬草の採取に出かけた。薬草は高原に生えているため、村から少し離れた場所にある山岳地帯に来て山道を登っていく。

「ぜぇぜぇ…十二歳でこんなところへ来るなんて正気の沙汰じゃないわ」

一本や二本なら稀《まれ》に低地でも生えているけど、先日使い切ってしまったので本来の植生地である高山に来るしかなかったのだ。

そんな私は山に入って早々、ピンチに陥ろうとしていた。

グルルルル！

獣の唸り声に顔を上げると、いつの間にかフォレストウルフに囲まれていたのだ。

「はぁはぁ…痩せっぽちの私なんて食べても腹の足しにもならないわよ」

そんなことを言いながら鎌を構えて無理矢理息を整えると、目の前の一匹が俊敏な動きで襲いかかってきた！

ススッ…

しかし、私はそんなフォレストウルフの動きをたやすく見切り最小限の体捌《たいさば》きで躱《かわ》すと、電撃の効果を付与した鎌をフォレストウルフの首に押し当てる。

ビリビリッ！　キャイーン！

鎌から発せられた電気ショックに高く短い鳴き声を上げたかと思うと、フォレストウルフは舌をだらんとさせて地面に倒れ伏した。

「電撃なら鎌にかかる負担も少ないわ」

山岳地帯に入るにあたり、私は護身用に電撃効果を付与した草薙の鎌三号改を持ってきていた。体は十二歳とはいえ、経験は熟練の錬金術師のそれなのだ。素材採取のために危険地帯にも足を運んだ私が、フォレストウルフごときに後れをとるわけがないわ！

その後続けて七体のフォレストウルフを倒すと、敵《かな》わないとみたかフォレストウルフの群れは去っていった。周りには舌をだらんとして痙攣しているフォレストウルフが転がっている。

「うーん、フォレストウルフの解体なんて面倒くさいわ」

とりあえず魔石だけでも抜き取ろうかしら…気が進まないわ。命を頂くなら肉も毛皮も余すところなく利用しないと、単なる虐殺という気がしてしまう。

魔獣の群れに襲われていながらそんな感想を抱くとは我ながら抜けていると思ったけど、ここは見逃すことにした。

「カゴに入れられるのは薬草だけ。空きはないのよ」

そう言って自分を納得させると、倒れたフォレストウルフを尻目に高原に向かって登っていった。

✧

「あったわ、癒し草の群生地」

山の中腹付近の高原に着くと一面、白い花をつけた癒し草の群生地が広がっていた。カゴ一杯分どころか、こんな群生地が手付かずで放置されているなんて、近隣に薬師はいないのかしら。

自然の花畑を前にしばし佇《たたず》んでいた私は、ふと我に返ると急いで採取を始めた。根から抜いてそのまま錬金術で乾燥をかけて軽くした後にカゴに詰めていく。日が暮れる前に帰らないといけない。フォレストウルフの群れがいる森で野宿なんて御免だわ！

「あら？　これは月光草じゃない！」

上級ポーションの材料である月光草が一本だけ生えているのを見つけた私はラッキーとばかりに丁寧に採取する。そうして月光草を片手にカゴを乾燥させた癒し草で一杯にした私は、来た道を引き返して夕方に下山した。

家に帰って干し草を取り込み牛のミー子の飼い葉を替えて掃除をした後、汚れた体を拭いて少し横になろうと寝そべると、次第に瞼《まぶた》が重くなっていく――

チュンチュンチュンッ！

「いつの間にか寝てしまったわ！」

扉から差し込む光と小鳥のさえずりに目を覚ました私は水瓶の水で顔を洗うと、昨日の収穫を確認してホッとした。夢オチだったら泣くわ。

「これでしばらくは中級ポーションの材料には困ることはないわね」

そして、と月光草を見つけてニンマリとする私。これで上級ポーションを作って希釈すれば下級ポーションが百本できるわ。でもさすがにそれはもったいないから、もしもの時のために一本だけ作っておきましょう。

右手に月光草、左手に癒し草を握り…それを同時に錬金術にかける。

「二重魔力水生成、水温調整、薬効抽出、合成昇華、薬効固定、冷却…」

右手に浮かべた赤色の魔力水と左手に浮かべたピンク色の魔力水が両手の間で混ぜ合わされ、お椀のようにした両手のひらの上に真っ青な上級ポーションの水球が浮かんだ。出来上がった上級ポーションを瓶に詰めて鑑定をすると、

上級ポーション（＋＋）：軽い欠損や重度の傷を治せるポーション、効き目最良

「よっし！　さすが私ィ！」

久しぶりとはいえ過労死するまで作ったポーションの作製をしくじる私ではない。新鮮な材料で作っただけあって、最高品質の上級ポーションが出来上がっていた。冬までまだ間があるとはいえ、材料が新鮮なうちに量産しておきたくなるわね。でもその前に、

「草でも干しますか」

ミー子の餌は毎日替えてやらないと乳の出が悪くなってしまう。ああ、水も汲んでこなきゃ！

そう言って急いで外に出るメリアは村娘そのものであった。

作業が一段落すると太陽が高く昇っていたので、私は休みを入れて芋を蒸して食べていた。朝食？　そんなものはない。フォレストウルフを倒したのが家の近くだったらお肉にして美味《おい》しくいただいたのに。

そんなことを考えた私は、自身の運搬能力が低すぎる問題に気がついた。もっと運べればフォレストウルフも全部まとめて持ってこられたし、ポーションも十本ではなく二十本とか三十本とかまとめて売れるはずだ。

「そうだわ、魔石もあるし魔法鞄でも作ろうかしら」

大した魔石はないから拡張できる容量も限られているけど、一立方メートルでも便利なことには変わりない。小型のポーチにすれば十個腰に付ければ十立方メートルよ！　お洒落じゃないけど。

そうしてこの間買い込んだ魔石に空間拡張効果を付与してポーチに取り付けて瓶を入れてみると十本は楽々入った。これなら腰の両側前に一つずつ、後ろ両側に一つずつの四つも作れば当面は十分ね。

そう判断した私は四つの魔法鞄を作ると、左前のポーチに鎌、右前のポーチに商業ギルドの会員証とポーション類を入れ込んだ。これで街までポーションを持って歩くのが大分楽になるわ。

一応、貴重品ということで魔石とか薬草とかも後ろのポーチに入れて持ち歩こう。

こうして持ち運びの問題を解決した私は、中級ポーションを作って希釈しては低級ポーションを量産していくのだった。


魔法鞄という運搬手段を得た私は、早速、量産したポーションを商業ギルドに持ち込んでいた。

「というわけで、また売りに来ました！」

「三十本ですか、拝見させていただきます」


低級ポーション（＋＋）：軽い傷を治せるポーション、効き目最良

以前にも増しておかしいと、受付嬢のカーラは何度か見直したが間違いない。全て最高品質の薄いピンク色の低級ポーションだ。というかその前に、なぜ魔法鞄をこのような少女が持っているのか。そんな内心の疑問を押し殺すカーラ。本数が増えたということは、きっと新しい商流を開拓したのだろう。

目の前の受付嬢がそんなことを考えているとは露知らず、私は卸す量が増えたことに上機嫌で

目利きが終わるのを待っていた。

「全て最高品質なので金貨十八枚、手数料は十本当たり銀貨一枚となります」

提示額に私は頷くと、ギルドの会員証を出し口座に振り込んでもらった。これだけあれば調理用の魔道具にするコンロの台座やオーブンの筐体《きょうたい》を作ってもらえるのではないかしら。

そう考えた私は、商業ギルドを後にして職人街に向かった。やがて鉄を鍛える槌《つち》のマークの入った鍛冶屋の看板を見つけると、店に入って中にいた中年の男性に話しかける。

「こんにちわ。ここは鍛冶屋さんであっているかしら？」

「おう、あってるぞ。俺は鍛冶屋のガンドだ、よろしくな」

「こんな形の鍋を置く台座二組と、鍋やフライパンそのものと、後は円筒状の長さ三センチ程度の筒、取手の付いた扉のある金属の箱を作ってほしいの」

そう言って私は魔石を嵌《は》め込む場所の指定をして、くぼみを設けてもらうようにガンドさんに説明した。

「作れはするがオーダーメイドは高いぞ」

いくらか聞くと金貨十枚とか。うぅ…結構するのね。でもこれも文化的な生活のためよ！　私は提示額を了承して商業ギルドの会員証で決済した。

「一週間もすればできるから来週取りに来てくれ」

「わかったわ、楽しみにしています」

そうして私はガンドさんに別れの挨拶をすると、鍛冶屋を後にした。

これでパンケーキもクッキーも作り放題よ！　なんせ小麦や大麦だけは納税しても腐るほどあるのだ。砂糖はないけど、パウンドケーキやクッキーは作れるだろう。いや、砂糖も甜菜《てんさい》のような甘《あま》みのある根菜を探せば、栽培して錬金術で糖分を抽出してしまえば砂糖を精製できるのではないかしら。薬師だからとポーションばかり作っていたけど、成分抽出なんて基本中の基本なのだし。

なんにしても、いよいよ食生活の改善が見えてきてニヤニヤが止まらなかった。

✧

一週間後、ポーションの販売を兼ねて鍛冶屋に発注した調理器具を受け取りに街に出た私は、道中で血を流して倒れている商人を見かけた。馬車の荷台が荒らされているところを見ると、盗賊被害にでも遭ったのかもしれない。

「うぅ…」

倒れている商人風の男はまだ息があるようだった。特に腕も足も千切れてはいないし、腹を切られて後ろから剣で刺されただけね。

それでも放っておけば遠からず死ぬのは間違いなかった。

「仕方ないわねぇ」

私は青い色をした上級ポーションを取り出すと、患部に半分振りかけて残りを口から飲ませた。

その直後、切り傷から煙が吹き上がったかと思うと傷跡一つない肌が現れ、完全に回復していた。

「さすが私の上級ポーション、完璧ね！」

男はまだ気を失っているようだけど息も穏やかになっているし、上級ポーションで失った血液も補塡《ほてん》されたでしょうから、目を覚ますのも時間の問題でしょう。

でも悠長《ゆうちょう》に待っている時間もないので、私は豪快に平手打ちをかましました。

「うぅ…俺は？」

「気がついた？　傷ついて倒れていたから介抱してあげたわよ」

「そうだ、俺は盗賊に剣で刺されて…」

そう言って腹部を確認する男性だったが、どこも刺されていないことに呆然《ぼうぜん》として呟く。

「傷がない」

腹にも背中にも傷も痛みもない。ただ、衣服が破れていることから夢ではなかったことはわかる。そう混乱する男に、私は種明かしをした。

「運が良かったわね、ちょうどポーションを売りにいくところだったから飲ませて治してあげたのよ」

そう言って低級ポーションを取り出して見せる私に、狐につままれたような表情をして男は礼を言った。

「…ありがとう？」

ポーションで治るような傷だっただろうか。心なしか襲われる前よりも調子がいい。慢性化していた膝の痛みまで消えている。そんな不思議体験に戸惑いつつも助けられたと理解したのか、代金を支払おうとする男。

「ポーションの代金を払おう」

私が商人ギルドの会員証を取り出すと、男性は胸を探って会員証を出して私が申告した二本分の代金を支払ってくれた。

「馬もいなくなってしまったことだし、一度街に戻る」

「そうなの？　私も街に行くので途中まで一緒ね。私はメリア、よろしくね」

「俺はシリルだ。よろしくな」

そうして街に一緒に向かうことになると、男性はここに来るまでの経緯を話し出した。

「街から村に行商に出る途中だったんだが、ここらも物騒になってしまったな」

「あら、ここから先の村というと私のところかしら。うーん、馬のいない馬車だと速度も出ないし魔法鞄で運べばいいんじゃないかしら」

そう言って、私は腰の前後左右に付けた四つの魔法鞄を指差す私に、シリルさんは呆れたような声を出して答えた。

「そんな鞄いくらすると思っているんだ」

続いて、農村の村娘の出立《いでたち》なのに魔法鞄を前後左右に四つも付けているなんておかしいとシリルさんに指摘され、私はそうなんだと呟いた。

それを聞いたシリルさんは、隣を歩く私が常識をあまり知らないことに気がついたのか、更に詳しく説明をしてくれた。

「小さな魔法鞄でも金貨百枚は下らないぞ」

つまり、お前さんは最低でも金貨四百枚を付けて歩いているように見えているから気をつけろということらしい。

そんなシリルさんの言葉に私はやってしまったという顔をしてみせたものの、もう見せてしまったものは仕方ないと開き直ることにした。

「もう散々見せてしまったから今更隠しても遅いわ。それに…襲ってきたら返り討ちよ！」

物騒なことを聞いた気がしたシリルだったが、空耳だろうと前を向いた。やがて門まで来るとシリルは別れを告げて街の中に消えていった。

✧

シリルさんと別れた後、私は頭を抱えていた。

「うぅ、上級ポーション一本を使って金貨一枚とは大赤字だわ。低級ポーション二本と言わず、十本ふりかけたと言えばよかった」

そんなことを言うメリアだったが、実は十本でも大赤字だった。致命傷であろうとも傷跡すら残さず完治、軽い欠損や古傷も完全に治してしまえる上級ポーションの価値は金貨一万枚は下らないのだ。

そう、前世で働き詰めだったメリアはモノの価値に疎《うと》かった。

「過ぎてしまったことを振り返ってもしようがないわ、それより今日は調理器具が待っているのよ！」

そう言って私は鍛冶屋に急ぐのだった。

✧

職人街にある鍛冶屋に到着し店に入って挨拶をすると、ガンドさんが笑顔を向けてくる。

「おう、嬢ちゃんか。できてるぞ！」

差し出された完成品を見ると、要望通りのものができていた。試しに台座に火炎と氷結の魔石をセットして、火炎を付与した魔石と氷結を付与した魔石同士を近づけたり遠ざけたりしてみると、ちゃんと火力調節ができるコンロになっていた。

「よし、うまくいったわ！」

「まさかの魔道具かよ…」

ガンドさんが何か呟いた気がしたが、はしゃいでいた私にはその声は届かなかった。

「ありがとうございました！」

「おう、また何かあれば言ってくれ」

私は調理器具を魔法鞄に収納すると鍛冶屋を後にし、その帰りがけにポーション三十本を商業ギルドに卸した。

口座に貯まっていくお金に、この調子なら街でポーションを作っているだけで暮らせるんじゃないかという考えが浮かんだが、過労死がフラッシュバックしたので頭を振ってその考えを捨て去ると、

「私は今度こそのんびりとしたスローライフを楽しむのよ！」

そう宣言して、私は決意を新たにしたのだった。

✦

街から家に戻ると、私は早速コンロやオーブンを台所に設置した。育てた麦を粉にしてクッキーの生地を作り注文した金属の円筒でくり抜くと、順次オーブンに投入して加熱する。

それから氷結の魔石で牛乳を冷やして待っていると、クッキーの焼ける香ばしい匂いが漂ってきた。私は頃合いを見てオーブンからクッキーを取り出すと、ブワッと美味しそうな匂いが部屋中に立ち込めた。そして、そのうちの一枚を口に放り込む。

「美味しいわ！」

次々とクッキーを口に放り込み、冷やした牛乳を飲んでご満悦な表情を浮かべる。砂糖は入っていないけど、麦を少し温めたものや蒸した芋ばかりの生活とはおさらばね。気軽に火を使えるからこれからは温かいものが食べられるわ。

そう考えながら更に一枚を手に取ろうとしたちょうどその時、家の引き戸がスパーンと勢いよく開けられ、ケイトが姿を現した。

「ちょっとメリア！　また何か美味しいものを一人で食べて！」

「またアンタはタイミング良く、いえ悪く現れるものね」

水飴の時といい今回のクッキーといい、美味しいものを検知するセンサーでも付けているのかしら。とはいうものの、あれだけの匂いをさせていればバレて当たり前かもしれない。

そんなことを考えつつも、私はクッキーを取り分けてケイトに差し出す。

「仕方ないわね、半分だけよ」

「ありがとう！　…美味しい！　ンググッ！」

急いで食べて喉に詰まらせたケイトの背を叩き、冷やした牛乳をコップに注いで飲ませるとケイトは一息ついたようだった。私は呆れつつも、お菓子のない村でクッキーを出したらこうなるのも当たり前と、更なる食生活改善に考えを巡らせる。

こうなってくるとお肉も食べたい。それには狩の道具と冷蔵庫が必要かしら。あと井戸から水を汲み上げる手押しポンプも欲しいわね。あと製粉機も考えなくちゃ。石鹸も欲しいし油もなんとかしないと。でももうすぐ冬だし暖房を考えるべきかしら。囲炉裏の代わりにコタツが欲しいわ。

そうして際限なく広がる願望と妄想から私を現実に引き戻したのは牛の鳴き声だった。

「しまった、ミー子の世話をしないと！」

まだまだ文化的な生活には時間がかかりそうだった。

✧

ポーションを作っては商業ギルドで売り捌く。そんな日々が続いて数週間ほど経過した頃だろうか。ある日、役人が村長さんに案内されて家にやってきた。

「メリアスフィール・フォーリーフ、お前を脱税の疑いで連行する！」

なんということでしょう。商業ギルドでの売り上げが本業の農業を上回るほどになり、ギルドでキッチリ記録が残ることで領主の目にとまることになったらしい。確かに農村籍の村娘が商業で荒稼ぎしてたら問題だわ。

「メリア、お前さん何をしたんじゃ」

「ごめんなさい、ちょっと薬を売ってて……」

ごにょごにょと言い訳する間もなく、私は役人が乗ってきた馬車に乗せられて連行された。十二歳ということもあり手足を縛られたりはしなかったけど、いわゆるお縄についたというやつね、トホホ。

こうして私は予想外の嫌疑《けんぎ》で街の領主の屋敷に連れていかれた。

✧

領主の屋敷に着くと、その一室で早速取り調べが行われた。

「商業ギルドの記録によると大量のポーションを卸していたようだが、どこから仕入れたのか？」

「自分で作りました」

「嘘をつくな！　村娘がポーションを作れるわけがなかろう！」

ですよねー！　我ながら無理があるとわかっているけど、そもそも周りに薬師がいないのに適当な言い訳も思いつかない。こうなったら仕方ないわね。

「では今ここで作ってみせます」

「なんだと？」

そう言って腰のポーチから癒し草と瓶を取り出した。

「魔力水生成、水温調整、薬効抽出、薬効固定、冷却…」

そうして中級ポーションを作ってみせた。

「なん…だとぉ!?」

査問官と思《おぼ》しき人はちょっと待ってろと言って出ていったかと思うと、鑑定ができる人を連れてきた。鑑定人は一体何の用かと訝《いぶか》しむも、査問官に差し出されたポーションを鑑定して答える。

「最高品質の中級ポーションですね、これがどうしたんです？」

「この村娘が作った」

ハァ？　そんなばかなと言いたそうな顔で鑑定人は私の方を見たかと思うと、査問官の方に振り返って何を寝ぼけたことを、と笑い出した。

「中級ポーションの製法が失われて何年経つと思っているんですか」

無理無理と鑑定人が言うと査問官の人がもう一度やれというので、腰のポーチから癒し草を取り出してもう一度ポーションを作ってみせた。

「できました」

目を丸くして鑑定をかける男の人は、信じられないものを見たように掠《かす》れた声で言った。

「さ、最高品質の中級ポーションをいともたやすく…」

「しかし商業ギルドの記録では下級ポーションを大量に納品していたとあるが？」

「ああ、それはこういうことです」

十本の瓶に中級ポーションを均等に分けて魔力水を生成して薄めてみせた。

「ああ！　なんというもったいないことを！」

「どうなったんだ？」

「…全て下級ポーションですよ、最高品質の」

とりあえず嘘を言ってないことが判明したようなので、これは案外いけるかもとへらっと笑って言ってみる。

「農村でのほんの冬の手仕事です」

「「そんな手仕事があってたまるか！」」

チッ、ダメだったわ。その後、より詳しく審議すると言って二人とも出て行き、私は軟禁部屋に残された。

✧

しばらくすると査問官の人が来て、私は軟禁部屋から別の執務室のような部屋に連行されて、偉そうな人の前に立たされた。隣には、先ほどの鑑定人が控えている。

「もう一度ポーションを作ってみせろ」

私は査問官の人に言われるまま作り、査問官の人に渡した。偉い人が顎《あご》で指示すると、査問官から鑑定人にポーションが渡された。

「間違いなく最高品質の中級ポーションです」

それを聞いた偉そうな人は「そうか」と短く答えた後、私に話し始めた。

「領主のブラウンだ。お前に裁定を下す」

なんとなくそうではないかと思っていたけど領主様だった。

「まだ十二歳ということもあり脱税に関しては不問に付す。ただし…」

罪に問わない代わりに薬師としてコールライトの街で開業することが義務付けられてしまった。家がないと言うと、老衰で亡くなった薬師が使っていた家屋と店舗を土地ごと下げ渡すそうだ。

「あの…農村の家や畑はどうなるのでしょう」

「村長に伝えて村の者に引き継がせる」

収穫量が減っては困るからな。そう続けた領主様に、せめて荷物だけでも運び出したいと願い出ると、運び出しについては了承された。

このあと、商家籍としての追徴課税分をギルド証で支払った。今後の納税はどうすればいいのか聞くと、商家籍への異動により商業ギルドの口座から自動的に引き落とされるそうだ。

最後に、下げ渡される家と店舗の地図と鍵を渡された後、私はようやく釈放された。

「はぁ、もう日が暮れるわ」

夕焼けに照らされた街並みに溜息をつきながら、地図に示された家に向かう。

「…ここであってるわよね？」

一言で言ってデカい！　街の郊外の丘に建てられた家は、ちょっとした薬草畑もある二世帯くらいで住むような立派な家だった。店舗はこことは別に街の中心部にある所謂《いわゆる》一等地にある模様。

こんなの十二歳の子供が一人で維持できるわけが…ある。

「まあ、今までの大人二人分の麦畑よりずいぶんと楽よね」

私はそう思うことにした。

門から出ていく村娘を窓から見下ろすブラウンは、感慨深げに言った。

「まさか我が領の農村にあんな逸材が埋もれていようとは」

機材を一切使わずに錬金術のみで鮮やかに最高品質の中級ポーションを、できて当たり前とばかりに作る。それがどれほどのことか。

薬師の家系が絶えてしまったこの街には、粗悪な下級ポーションすら外から仕入れない限り入手できなかったのだ。それがどうだ！

ブラウンは、目の前に置かれた三本のピンク色のポーションを見る。僅《わず》か十二歳の娘が作れる代物ではない。それどころか熟練級の錬金薬師のみが作製できたといわれる逸品なのだ。

「末永く血筋を残してもらわねばな」

ブラウンは遠くを見つめると、村娘の扱いに思案を巡らせた。


次の日の朝、領主様に下げ渡された薬師の家で目を覚ました私は開口一番こう言った。

「お腹が空いたわ」

昨日はもう夕方だったので寝室だけ掃除してさっさと寝てしまった。街で何か買って食べて、ついでに街の店舗も見てこよう。

そう考えて家に鍵をかけて地図を片手に街の中心にテクテクと歩いていく。行きがけにパン屋があったので、パンを四本買って水を分けてもらい、道すがらかぶりつく。

「美味しいわ」

そう言って食べ歩きながら更に街の中心へ歩いていくと、薬屋と思しき店舗が見えてきた。

「だからデカいっていうのよ！」

街の中心を走る十字路からそれほど離れていないじゃないの。有力商店でもあるまいし、十二歳の娘に何を期待しているというのよ！　普通は街はずれのアトリエみたいな、こぢんまりとした店舗じゃないの？

「まあいいわ。くれるものならもらっておこうじゃないの」

そうして店舗のカギを開けて入ると、郊外の家と違って定期的に掃除していたのか、薬棚を含めて綺麗に保存されていた。カウンターから奥の部屋に入ると、仕分け棚が沢山設けられた調合室、空の薬品瓶が山積みにされた倉庫、二階にはリビングと寝起きできるようなスペースまであった。

「郊外の家がなくても、店舗で暮らしていけるんじゃないかしら」

でも小さいとはいえ薬草畑は捨てがたいわね。あのデカい家の維持をどうするかが今後の課題だけど、最悪、ハウスキーパーを雇って掃除してもらえばいい。だけど、そんなに儲かるかしら。

それ以前に、材料的に中級ポーションしか作れないけど、低級ポーションとかどうすればいいのかしら。ハッキリ言って中級も低級も手間は変わらないのよね。

「面倒だし店売りはせずに商業ギルドに卸して終わりにしようかしら」

接客も案外時間がかかるのだ。開業する約束でも営業形態までは指定されていない。店で製造したポーションの委託販売を商業ギルドに相談してみよう。

✧

商業ギルドに、領主から昔の薬師の家屋や店舗を下げ渡されて開業する経緯と共に、手数料は出来高払いで委託販売をしてもらえないか相談を持ちかけたところ、二つ返事で了解してもらえた。

「お安い御用です。お任せください」

早速と作り置きしていた中級ポーションを三十本並べて、薄めて低級にするかも含めてお任せしてしまった。希釈すれば三百本分、しばらくはこれで回るでしょう。手数料を差っ引いた売り上げは自動的に口座に振り込まれる寸法よ！

商業ギルドで用を済ませたメリアは、急いで農村に戻り、コンロやオーブンをポーチにしまった後、新たに大きめの魔法鞄を作って当座の小麦と大麦を詰め込んだ。

その後、ミー子の飼い葉を替えて掃除した後、村長さんのところに行って商家籍となった経緯を話し、ミー子のことを頼んだ。

「街に行っても達者でな」

村長さんはミー子の里親探しを了承すると、そう言って頭を撫でてくれた。

私は、両親を亡くした十歳の時から目をかけてもらった村長さんに深々と頭を下げてお礼をして村長さんの家を後にすると、続けてお世話になった村人たちに挨拶に回る。

「つらいことがあったらいつでも戻ってくるんだよ」

「うちで取れた野菜だ。持っていきな」

村長さんと同じように村の大人たちは皆、温かい言葉で送り出してくれる。そして、最後にケイトの家を訪ねた。

「領主様の命令で街で暮らすことになったからお別れの挨拶をしに来たわ。これ、よかったらおばさんと一緒に食べてね」

そう言って、私は作り置きしておいたクッキーをケイトに手渡す。しかし、ケイトはクッキーの包みを取り落として、涙を滲ませて私に抱きついてきた。

「どうして急にそんな…行っちゃ嫌だ！」

私は啜《すす》り泣くケイトの背中をさすりながら、慰めるように言い聞かせる。

「ごめんね、領主様の命令なの。でも近くの街に住むことになるから、永久に会えないというわけじゃないわ」

私が街で実績を作って信頼されれば、生まれ育った村を時々訪れることくらいは容認されるでしょう。それに、ポーションの作製に必要な薬草の採取で立ち寄ることもあるはず。

そう言い聞かせると、やがて落ち着いたのかケイトは顔を上げて言う。

「わかった、村のこと忘れないでよ。あたしもメリアのことは絶対に忘れないから！」

「ありがとう。あなたは私の大切な友達よ、忘れるはずがないわ」

こうして別れの挨拶を済ませた私は、生まれて十二年の時を過ごした村を後にする。貧しいながらも人情に溢《あふ》れる村人や友人のケイトと過ごした楽しい日々を思い出し、私は温かな気持ちに包まれながら、街での新生活に向けて新たな一歩を踏み出すのだった。

翌日郊外の家の台所にコンロやオーブンを設置して、当座の食料を買いに街に来た私は、ギルド証の残金が急激に増えていることに気がついて商業ギルドに来ていた。そこで私はカーラさんから驚くべきことを知らされることになる。

「もう売り切れたの⁉」

「一瞬でしたよ」

なんということでしょう。私が作ったポーションは張り紙を貼ったそばから売れてしまったようだ。

「メリアスフィール様のポーションは高品質で有名ですから」

最初に卸した低級ポーションなど希釈したポーションだというのに、高品質といわれてもピンとこないわ。ここまで売れるとは思っていなかったから、材料となる薬草の補充を考えなくてはいけない。うーん、冒険者ギルドにクエストを出して集まるかしら。薬草採取なんて初級クエスト、誰も受けないわよね？　今後の課題ということにしよう。
私は手持ちの十本だけを追加で納めて、また次の機会に持ってくることを約束して商業ギルドを後にした。

✧

一方のカーラは、出入り口の扉を開けて出ていく少女を見送ると満面の笑みを浮かべた。

最高品質のポーションを商業ギルドで一手に引き受けられる。そんな競合不在の独占販売権、美味《おい》しすぎた。

しかも中級ポーションなのだ。そこらの低級ポーションとは訳が違う。重度の傷でも完治する中級ポーションは王都ですら入手は難しい。それがこんな辺境で手に入るのだ！

先日、当の薬師を名乗る少女はこう言った。

「需給次第で適当に薄めて売ってください」

もちろん、そんなことするはずがない。このポーションをセットで一本付ければ、難しい商談でも一発成約だ。そんな魔法のポーションを薄めるなどとんでもない！

こんな貴重品を、あんな年齢の少女が一人で直接販売していたら、薬屋の前で暴動が起きていただろう。

ギルドであれば、不心得者にはちょっとポーションの供給を渋る素振りを見せるだけで大人しくさせることができる。この追加の十本の販売も、ズラリと書かれた予約順リストを見て、ギルドに非協力的な者を除く先着十名に売るだけの簡単なお仕事であった。

そう、正確には張り紙を貼ったそばから未来の分まで売れていたのだ。

「次の納品日が楽しみですね」

受付に対して急に丁寧な対応になった商人たちに、カーラは笑いが止まらなかった。

✧

商業ギルドを出た後、自分で薬草を採取しにいくことを考えた私は、職人街の鍛冶屋を訪れていた。そこで店に入って店主のガンドさんに挨拶をすると早速用件を伝える。

「何か護身用の武器が欲しいの」

また高原に薬草採取に行くことを考えると、以前使用した電撃の鎌はいささかリーチが短い。フォレストウルフ程度ならいいけど、もっと大型のフォレストマッドベアーだと耐久面で少し厳しい気がする。

そう思って鍛冶屋のガンドさんに武器の相談をしていた。

「斬れなくてもいいわ。魔石を設置できる丈夫な鉄の棒でいいの」

そう言って草薙《くさなぎ》の鎌三号改を取り出して放電する様を見せると、電撃に感心しながらもガンドさんはこう指摘した。

「いやぁ、嬢ちゃんには鉄の棒は荷が重いんじゃねぇか？」

確かに。であれば槍や薙刀《なぎなた》みたいに先だけ鉄でもいいわね。

そう思って槍のように柄《え》の部分を木製として穂先だけ金属とした武器を説明すると、丈夫《じょうぶ》に作ればこの間の斬撃強化も一緒につけられるそうだ。ただし金貨四十枚くらいはかかるらしい。

予算が足りるかどうかギルド証の残高を確認したところ、また商業ギルドで確認した時から残高が増えていた。もう先ほどのポーションが完売したらしい。早すぎるわ！

「もっと費用がかかってもいいから、とにかく丈夫に作ってください」

そう言うと、持ち手の木をエルダートレントにして金貨六十枚でどうかと言われたので、即決してギルド証により決済を済ませた。

今度は二週間くらいかかるそうなので、出来上がる頃にまた来ると約束して、私は鍛冶屋を後にした。

✧

帰り際、街を歩いているとやたら注目されていることに気がつく。ここも決して都に近いとは言えない辺境の街とはいえ、さすがに農村の村娘の姿で出歩くのは目立つようだ。

商売道具として武器を買うのもいいけど、女の子なのだし、やはり身だしなみは整えないといけないわ。

そう思った私は職人街にある服飾店に行き、出来合いの服を何着か買って帰ることにした。

カラン、コロン♪

「いらっしゃいませ。あら、可愛らしいお客さんね。どんな御用かしら」

店のドアを開くと、ドアベルの音に気づいたお姉さんが愛想のいい笑顔を浮かべて声をかけてきた。

「こんにちは。実は農村を出て街で暮らすことになったので、街娘に相応《ふさわ》しい衣服を十着かそこら見繕ってほしいのです。お金は十分あると思います」

そう言って、私は商業ギルドの会員証を見せた。

「あらあら、その年齢で商売をしているの？　接客用なのかしら」

「薬師をしていますが、販売はギルドに委託しています。売り子の格好とかを意識する必要はないので、普通の服をお願いします」

そう言った私に、お姉さんはビックリした表情をして声を上げた。

「ええ!?　ひょっとして商業ギルドで囲っている薬師ってあなたのことなの？」

いつの間に囲われていることになったのかわからないけど、事情を知らない人にとっては委託販売も囲っているように見えるのだろうと空気を読み、軽く頷いて答えた。

「たぶん私のことです。この街で薬師として働くことになったメリアスフィール・フォーリーフです。よろしくお願いします」

「私はアリシア、こちらこそよろしくね。服飾のことなら任せてちょうだい！」

その後、支払いに問題ないことから遠慮はいらないと踏んだのか、やれ都で流行の服だの男の子の目を引く可愛い服だの、取っ替え引っ替え勧められて着せ替え人形と化すことになる。

これはお洒落が大好きなお姉さんだと二時間コースと見込んだ私は、考えるのをやめてアリシアさんの勧めるコーデをありがたく聞き入れることにした。きっと、可愛い街娘を演出してくれるはずだ。

「沢山買ってくれてありがとう。メリアちゃんに似合いそうな服を揃《そろ》えておくから、また来てね！」

「はい、今日はありがとうございました」

しばらくして人形状態から解放された私は、挨拶をして服飾店を後にする。店を出てしばらく道を歩いたところでふとクルリと体を回転させてみると、長めのスカートの裾がふわりと広がる様に私は感慨深げに呟いた。

「またこうしてスカートを穿《は》ける日が来るとは思わなかったわ」

農村で暮らしていたら、一生モンペ姿で過ごしていたことだろう。それが当たり前と思っていた時はなんとも思わなかったけど、やっぱりこうして可愛い服を着ると嬉しく感じてしまうわ。

そんな高揚感を抱きながら、私は食材を買い込みつつ家路についた。

✧

郊外の薬師の家に帰宅して早々、私は売り切れたと思われるポーションの補充作業に入る。

「とりあえず今ある癒し草でポーションでも作ろうかしら」

そう言って、自分の四方に瓶を置いて両手の親指と人差し指の間に一本ずつ、中指と薬指の間に一本ずつの計四本を手に持ち、錬金を始めた。

「四重魔力水生成、水温調整、薬効抽出、薬効固定、冷却……」

チャポポポポポン！

「よしと、どれも最高品質ね！」

上級ポーションで二重同時合成、最上級ポーションで四重同時合成の技術が必要になる。つまり、彼女は最上級ポーションの作製技術で、中級ポーションを同時に四本生成して時間短縮をはかっているのだ。

こういうことをするから仕事をどんどん回されて過労で死ぬのだが、当の本人はそれに気がついていなかった。そういう意味では、彼女が望むスローライフへの道のりは、彼女の効率化にかける情熱とは裏腹に、遥か遠く険しいものだった。

✧

メリアはアリシアさんの店で買い込んだ新しい服を着ると、薬草採取クエストが出せないかと冒険者ギルドを訪ねていた。そこで依頼用のカウンターにいる女性に薬草クエストについて聞いてみたところ、無理ねと一刀両断だった。市場の薬草価格との兼ね合いで、冒険者の人件費と採

算が取れないのだそうだ。

仕方ない、そう思って帰ろうとしたその時クエストの掲示板が目に入る。

「フリークエストのフォレストウルフを狩ったら解体してくれるのかしら」

「ギルド員になって、手数料を払えば解体してくれるわよ」

なるほど、じゃあ冒険者ギルドにも登録しておこうかしら。そう思って登録をお願いしたところ、本気かという目を向けられたが、

「銀貨五枚よ」

と、事務的に対応してくれ、商業ギルドと同じように会員証を手に入れた。違いといえばランク表示かしら。今はFランクらしい。

「まあ解体してもらえるならどんなランクでも変わらないわね！」

そう割り切った私は、次に今後の薬草採取の往復の手間を考え、大きな容量の魔法鞄が必要と踏んで魔道具屋を訪れることにした。

久しぶりに訪れた私を覚えていたのか、魔道具屋のお婆さんは挨拶も短めに済ませて今日は何の用かと尋ねてくる。

「なるべく大きな魔石が欲しいです」

「今はこれしかないね」

そう言って差し出されたのはノースホワイトグリズリーの魔石だった。これなら三十立方メートルはいけるかしら。というか、これなら冷蔵庫に使いたいわね。いくらか聞いてみると金貨十

枚だそうだ。

「買いますけど、同じくらいの大きさで、もう一つないでしょうか」

「あるよ。これも同じノースホワイトグリズリーさね」

おお、これなら小さい方で冷蔵庫を作れるわね！　そう判断した私はギルド証で支払いを済ませると、お礼を言って魔道具屋を後にした。

✧

それから二週間かけて、店舗にあった空瓶の数だけ中級ポーションを作製した私は、ノースホワイトグリズリーの魔石で新しく作った魔法鞄を腰に下げ、商業ギルドに来ていた。

「今度は二百本作ってきましたけど、空瓶がなくなりました」

どこかで瓶を売っていないかとカーラさんに尋ねたら、次からは作った分だけ空瓶を用意してくれるそうだ。手間が省けたわ！

「ところでずいぶんと大きな容量の魔法鞄ですが購入されたのですか」

「あ、これは今日作ったものです」

「メリアスフィール様は魔法鞄を販売する気はございませんか」

カーラさんの言葉に私は少し考えると、使用する魔石の大きさ依存でまったく同じ容量にできないこと、そして当たり前だけど鞄そのものも用意する必要があるが素材やデザインは千差万別であるという二つの理由から、値付けが難しいことを話した。

するとカーラさんはギルドで用意した組み合わせでいいと言う。

「一応薬屋をするように言われているので、本業の片手間で済む範囲なら請け負います」

そう言って、目安として腰のポーチがフォレストウルフの魔石で一立方メートル、今回のノースホワイトグリズリーの魔石で三十立方メートルと伝えた。

「一辺三メートルの立方体より少し大きいくらいなら、ちょっとした馬車代わりにはなるかもしれません」

そう言って話を締めたところ、次回、薬瓶と一緒に材料を渡してくれることになった。

⟡

メリアが商業ギルドを出た途端、カーラは発狂したように声を張り上げた。

「なんてことなの！　金貨百枚相当のポーチと相場がつかない容量の鞄を簡単に作れるなんて！」

そう、薬師は薬師でも彼女は錬金薬師だったのだ。

カーラは急いでギルド長の執務室に向かい事の顛末《てんまつ》を報告すると、最高級の鞄とそれに見合う魔石を融通すれば、錬金薬師のメリアスフィールの副業でオークション級の魔法鞄ができることを話した。

「オークション級の魔法鞄の作製のどこが副業なんだよ」

そう言って商業ギルド長は突っ込んだが、カーラは頭を振って言い募《つの》る。

「今日、彼女が納入した二百本の中級ポーション全てが最高品質の錬金薬師なのです！」

そしてそれを運ぶための利便のためだけに、家庭でパッチワークでもしたかのような気軽さで大小の魔法鞄を作って身に付けてきたのだと。

「道理で領主が絶えた薬師の家屋と店舗をポンと下げ渡すわけだ」

脱税疑惑でしょっ引かれたのに、豪勢な庭付き家屋と一等地の店舗を渡されて帰るなんておかしいとギルド長は思っていた。なんせ報告したのは彼自身なのだ。

しかし、低級ポーションの脱税額など、かの少女がこの辺境の地にもたらしうる利益に対してささやかすぎたというわけだ。

「とにかくこのチャンスを逃すことはありません。オークションに耐えうる品質の鞄の発注と、可能な限り大きな魔石の調達の許可をお願いします」

「いいだろう、ギルド長権限で可能な目一杯の額で揃えるんだ」

こうして、魔法鞄に必要な鞄の発注と巨大魔石の調達が進められることとなった。

✧

商業ギルドを後にした私が職人街の鍛冶屋を訪れると、ちょうど表に出ていたガンドさんが出迎えてくれた。

「おう、嬢ちゃんか。できてるぞ！」

ガンドさんの案内に沿って店の奥の倉庫に入ると、石突《いしづき》が付いたエルダートレントの長い柄に、先の尖った両刃《もろは》の穂がギラリとその存在を主張する武器が姿を現した。というか、ごく普通の槍《やり》ね。

ガンドさんは、立て掛けられていた槍を手に取って説明を入れてくる。

「この石突を外すと魔石が設置できる」

「なるほど、まずは魔石なしで試してみたいわね」

そう言ったところ、店舗の奥の扉を抜けた中庭にある試し切りスペースに通された。そこには案山子《カカシ》が何体か設置されており、ここで作製された武器の切れ味を試しているようだった。

「こいつを使って案山子《カカシ》を斬ってみてくれ」

そう言ってガンドさんは手に持っていたエルダートレントの槍を私に渡すと、数歩離れた場所で腕を組んで試し切りを促してきた。

「槍なんて久しぶりね」

私はヒュンヒュンと振り回して重さや重心を確かめた後、槍を下段に構えて自然体をとる。

フッ！

前世で師匠に習った剣技を真似た孤月下段斬りからの突き一閃《いっせん》。斜めに切断された案山子の上半分が、斬られる前とまったく同じ位置を維持するように槍に突き刺さっていた。

「ふむ…なかなかの切れ味ね」

私は槍を引き寄せて二つに分《わか》たれた案山子の切断面を確認すると、押し潰《つぶ》されることなく綺麗に切断されていた。

魔石なしの素の切れ味を確認した私は、今度は斬撃強化の魔石と電撃の魔石を設置して、槍を上段に構えて一気に突き入れる。

フッ！

紫電一閃《しでんいっせん》。焦げた案山子の後ろの土壁に、穿孔《せんこう》が穿《うが》たれ煙を上げた。私は槍を引き寄せて槍の穂や柄を確認して特に問題ないことを確かめると、満面の笑みを浮かべた。

「いい槍ね！　これならフォレストマッドベアーが十四いても楽々返り討ちだわ！」

「おいおい、嬢ちゃんどんな腕前してんだ」

魔石なしでもやべえと切断された案山子の断面を確認するガンドさんに、今度は冷蔵庫の筐体《きょうたい》が欲しい旨を伝えて、箱の寸法や冷気を閉じ込めるための密閉性について説明した。

「わかった。構造は簡単だが物はでかいから、材料費が嵩《かさ》んで金貨二十枚だな」

私はギルド証で冷蔵庫分の決済を済ませながら槍のお礼を言うと、ガンドさんの鍛冶屋を後にして家路についた。

⁂

パンや飲料水を魔法鞄に詰めて薬草採取のために再び山岳地帯に来た私は、先日と同様に息を切らして山道を歩いていた。

「ぜぇぜぇ…やっぱり厳しいわ」

魔法鞄から水筒を取り出し水を口に含んで息を整えていると、前から大きな生き物がこちらに向かってくるのが見えた。

「フォレストマッドベアーね、ちょうどいいわ」

私はエルダートレントの槍を中段に構えると、がばりと両腕を上げて威嚇《いかく》のポーズを取ったフォレストマッドベアーの喉元に向けて神速の突きを繰り出した。

ズドォーン!

電撃の大きな音と共に槍の間合いの遥か先にいたフォレストマッドベアーの首に穴が穿たれ、そのまま後ろに倒れていく。

しばらく動きがないことを確認して残心を解くと、倒れたフォレストマッドベアーの傷口を確かめた。

「飛燕雷撃穿《ひえんらいげきせん》、うまくいったわね! やっぱりリーチと飛び道具があると楽だわ」

そう言ってフォレストマッドベアーを魔法鞄に取り込むと、再び高原に向かって足を進めていく。二時間ほど山道を登ったところで、かつて来た癒し草の花畑にやってきた。

「うう、寒いわね。次は春にならないと来れないから沢山採取しないとね」

そう言って黙々と癒し草を抜いては錬金術で乾燥させて魔法鞄に取り込んでいく。一箇所で集中して採取しすぎないよう、一定間隔で移動しながら少しずつ採取しては奥に進んでいくと、癒し草が群生する中で月光草が点々と生えている場所を見つけた。

「珍しいわね。月光草がこんな簡単に見つかるなんて」

そう思ってふと立ち上がり山を見上げると、もう一段上に月光草の群生地があることに気づく。

「うわぁ、月光草の群生地なんて凄《すご》いわ。少しずつ取って残しておけば、来年もここで群生しているわね」

私は十本だけ月光草を採取すると、癒し草の群生地に戻り採取を続けた。そうして薬草採取を続けているうちに日が暮れてきたので、ここで野宿することにした。

私は、家の台所から外して来たコンロと作り置きの煮物が入った鍋を魔法鞄から取り出すと、鍋をコンロの上に置いて煮物を温め直した。

やがて湯気が出て十分温まったところでパンを取り出し煮汁につけては齧《かじ》りつく。

「煮汁につけて食べる硬いパンも味があるけど、そのうち天然酵母で柔らかいパンを食べたいわ」

食事を終えると、服を二重に着込み槍を引き寄せて寝込んだ。

✧

チュンチュン！

小鳥の囀《さえず》りに目を覚ますと体を震わせた。一言で言って寒い。冬も近い高原で野宿なんて、もし地脈の力を自由に操れない普通の人間だったら狂気の沙汰だわ。

私はコンロでお湯を沸かしてお茶を飲んで体を温めると、薬草採取を再開した。

「もっと大きい魔法鞄なら小屋ごと運べるから野宿も楽なんだけどな」

そんなことを考えつつ、二時間ほど癒し草を採取したところで時間切れとばかりに下山することにした。日が沈むまでに街に着きたい。

そうして下山を急ぐ途中で小腹が空いたので、休憩にと座ってパンを食べていると、あたりから唸り声が聞こえてきた。

グルルルル！

「フォレストウルフ？　今度は容赦しないわよ」

そう言って手に持つ槍を下段に構える私に、フォレストウルフは四方から一斉に襲いかかってきた。

「孤月下段、円舞！」

円を描くように繰り出された槍により上下二つに分《わか》たれたフォレストウルフが四匹、グチャリと地面に落ちた。そのまま周りを探り、気配が消えたところで残心を解く。

「あちゃー、切れ味良すぎたわね。折角の毛皮が真っ二つよ」

そう言いながら魔法鞄にフォレストウルフを詰め込むと、私は食べかけのパンを口にしながら山を下っていき、やがて二時間もすると平地に着いた。

「ここから更に街まで戻るなんて憂鬱だわ。馬車もないし」

いや待って、なければ飛行船でも作ればいいのでは？　コンロができるなら気球も飛ばせるでしょう。高度を下げるならコンロと同様に冷却の魔石を近づけるだけだわ。いや無理ね、構造を作る職人に心当たりがないわ。

そんな取り止めもないアイデアを考えつつ街に続く街道を歩いているうちに、いつの間にか街に着いていたのだった。

✧

私は冒険者ギルドのカウンターでギルド証を提示しながらフォレストマッドベアーとフォレストウルフを取り出していた。

「これの解体をお願いします」

ズンッ！

「えぇ…っと、解体は裏手の解体場のカウンターに出して」

受付の女性の指示に従い、獲物を仕舞い込んで裏手に向かおうとすると、後ろから呼び止められフリークエストの報酬を渡された。

「フリークエストなので安いけど、フォレストマッドベアーが金貨五枚、フォレストウルフが一匹当たり銀貨五枚よ」

そう言ってカウンターに金貨七枚を積んだ受付の女性に、商業ギルド証の口座に入れられないか聞いてみたところ、可能だというので商業ギルド証を出して入金してもらった。

「あとEランクにランクアップよ」

説明によると、一人でフォレストマッドベアーを倒せるような者がFランクでは不味《まず》いそうだ。

渡された新しい冒険者ギルド証を見ると、Eランクと記載されていた。

「まあ。これでランクアップなんてお手軽なんですね」

「お手軽じゃないから。普通の十二歳は熊なんて狩れないし持ち帰れないから！」

どうやらフォレストマッドベアーを持ち込み続ければDランクまでは一直線にランクアップできるようだ。でも解体できればランクなんてどうでもいいわね！

私はありがとうと礼を言って受付を後にすると、裏手にある解体場に来てカウンターにいたおじさんに話しかけた。

「これの解体をお願いします」

ズンッ！

改めてギルド証を提示しながらフォレストマッドベアーとフォレストウルフを取り出した。

「マジかよ、嬢ちゃんが仕留めたのか？」

一撃必殺のフォレストマッドベアーに穿たれた穿孔《せんこう》跡と、上下真っ二つのフォレストウルフという豪快極まりない獲物を見て、私の見た目とのあまりのギャップに驚いているようだった。

「まあ、そんなところです」

「そうか、手数料は一体銀貨二枚だ」

「商業ギルド証で支払います」

「お、おう……」

なんでその年齢で商業ギルド証を持っているんだと、ぶつぶつ呟いていたので薬屋をしてると答えると、おじさんは大笑いして言った。

「どこの世界にこんな獲物を引っさげてくる薬師がいるってんだよ！　それはそうと、全部持ち帰るのか？」

「魔石はいるけど毛皮は床に敷けるフォレストマッドベアーだけでいいわ。後は腿肉二、三キロもあれば残りはいらない。一人でそんなに食べられないもの」

それを聞いたおじさんは残りはギルドで商会に卸しておくと説明してくれた。私はおじさんが提示した売却分と解体手数料の差額分を確認して決済を終えた。

その後、解体は一時間くらいかかるというので、ギルドの食堂で食事を済ませて戻ってくると伝えて解体場を後にした。

「肉料理ばかりね」

冒険者ギルドの食堂に到着した私は、荒《あら》くれ者に相応しい男向けのメニューを見て、思わずそんな感想を漏らす。

とりあえずステーキ定食と果汁のジュースを頼んでみたところ、十分ほどで運ばれてきたステーキ定食はそれなりに美味しかった。考えてみれば肉なんて農村では滅多に食べられなかったのだし、体の成長のために適度に食べておかないと駄目ね。

そう考えながらステーキを細かく刻んでパンと一緒に食べていると、ガラの悪い男がこちらに寄ってくるのが見えた。

「おいおい、ここはお前みたいなこむす……」

ビリビリッ！　バタン！

肩に掛けようとした手に、流れるような所作でポーチから取り出した草薙の鎌三号改の電撃を喰《く》らわせて失神させると、倒れて痙攣《けいれん》する男を尻目に食事を続けた。

「まったく、これだから冒険者ギルドは嫌だわ！」

しばらくしてステーキ定食を完食した後、私はトレイを厨房に返してお礼を言うと、解体場に戻った。

「よう、嬢ちゃん。できてるぞ」

解体場のおじさんは魔石五個とフォレストマッドベアーの毛皮、それに綺麗に取り分けた腿肉を私に差し出した。

「ありがとう」

私はそうお礼を言うと、それらを魔法鞄に詰めて冒険者ギルドを後にした。

✧

私は郊外の薬師の家に帰ると、錬金術でフォレストマッドベアーの毛皮をなめして、防腐処理を施した上でリビングに敷いた。

「うん、とても暖かそうだわ！」

それから冷蔵庫ができるまでの応急処置として、腿肉を冷却の魔石と一緒にして木箱の中に入れて保存した後、水場で山登りや旅で流した汗や埃を洗い流して体を拭いた。

「さ、寒いわ。温水の魔道具も作らないとね」

私は魔石付きの浴槽を作ることを決意して寝室に向かうと、ベッドに入った途端に眠りについたのだった。

✧

「まずいわね」

市場に買い物に来ていた私は、林檎や葡萄に野菜といった品々を買ってギルド証で決済しているうちに、あることに気がついてしまった。

「なんで残金が金貨二万枚近くあるのよ！」

いや理由はわかっている。それは最高品質の中級ポーションが一本金貨百枚以上で売れるからだ。

この調子で私に金貨が集中すると、都から離れた辺境というごく限られた地域ではあるが、金貨の流通量が目に見えて減少してしまう。そうなれば流通する商品に対して通貨の相対的価値が上がり、デフレが起きてしまうかもしれない。

私の所為《せい》でデフレ不況になるのも気分が悪いし、ポーションの供給を減らそうかしら。いや、もっとお金を使おう。

そんなことを考えながら歩いていたせいか、気がつけば次の目的地である鍛冶屋の前に着いていた。そう、今日は例のものが出来上がる日だった。

店の中に入ると、作業をしていたガンドさんが手を止めて顔を上げる。

「こんにちは、ガンドさん。例のものはできているかしら」

「おう嬢ちゃんか。もちろんできてるぞ」

奥の倉庫に連れられて行くと、部屋の真ん中に冷蔵庫の筐体が鎮座していた。早速ノースホワイトグリズリーで作った大きな冷却の魔石と製氷室用にとフォレストマッドベアーの小さな魔石で作った氷結の魔石をセットしてしばらく置いてみると、冷蔵庫内部がそれぞれ狙った温度に冷えていくのが確認できた。

「ありがとう！　とてもよくできているわ！」

「そうかい。そりゃよかった」

私が満足した様子を見せて称賛すると、ガンドさんはそう言って笑った。そこで私は金余りの状況を思い出し、追加注文することにした。

「実は、まだまだ作ってほしいものがあるの。金属製の大きめのお風呂を発注したいわ」

「風呂だと？　おいおい、鉄で作ったらすぐに錆《さ》びちまうぞ」

「ああ、まだステンレスは使われていないのね」

そこで私は、錆びないようにクロムと炭素を一定比率加えたステンレスという金属素材を錬金術で用意するとガンドさんに提案した。それを聞いたガンドさんは新しい金属と聞いて興味が湧いたのか、早速インゴットや鉱石が置いてある仕事場に案内してくれる。

「これだ。足りなかったら倉庫から持ってくるから言ってくれ」

「これだけあれば十分よ。ちょっと机を使わせてもらうわね」

私は置かれていたインゴットや鉱石を鑑定しながら適当に見繕うと、その場で錬金術を発動させた。

「クロム抽出、鉄抽出、金属合成、浸炭、成分一様化……」

ドスンッ！

「はい、ステンレスよ！」

「おいおい、なんだそりゃ！」

ガンドさんは、鉱石が液状化して均等なインゴットに変化したのを見て突っ込みを入れていた。錬金術を見たことがなければ驚くのも無理はない。ほんの数瞬でありえない超純度のインゴットが出来上がるのだ。

そこで私は鉄を錆びにくくする成分を均等に配合した合金を作ったことを大雑把に説明した。

「これを薄く伸ばして浴槽にして温水の魔石を設置できるようにすれば、いつでもお湯に入れるって寸法よ！」

「はぁ…錬金術ってのはすげえな。これも冷蔵庫と同じくらい物がでかいから、工賃金貨二十枚だ」

「わかったわ。またしばらくしたら取りにくるからお願いね！」

私はついでにと、店に作り置きされていた肉包丁とパン包丁、それから肉をミンチにするスマッシャーも購入すると、冷蔵庫ともども魔法鞄に収納して鍛冶屋を後にした。

⁘

鍛冶屋のある職人街を出て商店街に来た私は、帰りがけに商業ギルドによって空瓶を受け取ることにした。いつものように受付カウンターに行くと、カーラさんに別室に案内された。

「こちらになります。壊れ物ですから、このように別室で保管することにしました」

「ありがとうございます。ポーションを作ったら、また持ってきますね」

そう言って木箱に入っていた空瓶二百本を魔法鞄に収納すると、ついでにと奥の棚に置いてあった鞄を渡された。

「こちらが先日お話しした魔法鞄の材料です」

「ずいぶんいい品《しな》ですね」

一見して高級品とわかる瀟洒《しょうしゃ》な鞄の中に、子供の握り拳大の魔石が付いていた。もしかしてワイバーンの魔石？

「ちょっと待ってくださいね。机をお借りします」

私はカーラさんに断りを入れると、その場で空間拡張効果を魔石に付与した。

「はい、容量は三百立方メートルかしら。馬車十台分くらいですね」

「えっ!? は、はい！ お預かりします」

それと…私はもらった空瓶の一つを机に置き、右手に月光草、左手に癒し草を握りそれを同時に錬金した。

「二重魔力水生成、水温調整、薬効抽出、合成昇華、薬効固定、冷却…」

チャポン！

「薬草採取に行ったら、ちょっとだけ月光草が取れたので、少ないですけどこれを五本納めますね」

カーラさんは、目の前の真っ青な色をしたポーションを鑑定した結果に絶句しているようだった。私も念のため鑑定をかけてみると、思った通りの品質に出来上がっていた。


上級ポーション（＋＋）：軽い欠損や重度の傷を治せるポーション、効き目最良

特に失敗はしていないことを確認した私は、続けて残りのポーションを作製していく。

「四重魔力水生成、水温調整、薬効抽出、合成昇華、薬効固定、冷却…」

チャポポン！

そんなカーラさんを尻目に、二本同時錬金を二回繰り返して追加の四本を作り、再度品質に問題ないことを確認してカーラさんに手渡した。

残りの月光草は自分用に取っておくのよ！

「メリアスフィール様、四重合成は…その、あまり人前でされない方がよろしいかと」

どうやら、目立つらしい。私はわかりましたと軽く頷き、また中級ポーションを作ったら来ることを伝えて商業ギルドを後にした。

✧

メリアが商業ギルドを出た途端、カーラは血相を変えてギルド長の執務室に向けて駆け出していた。

バンッ！

「大変です！　ギルド長！」

ギルド長は、執務室の扉を蹴破るようにして入ってきたカーラを見ると、まずは落ち着けと両手を前に出し、常に落ち着いた対応をするカーラはどこに行ったんだと笑って言うと、当のカーラは先ほどメリアが作製した魔法鞄とポーションを突き出した。

「ん？　例の魔法鞄の材料じゃないか。あとなんだ…この青いの」

「三百立方メートルの容量の魔法鞄と最高品質の上級ポーションです！」

そう答えたカーラに、まさかとギルド長は目の前の品々に鑑定をかけて絶句する。

魔法鞄（＋＋）：容量三百立方メートル

上級ポーション（＋＋）：軽い欠損や重度の傷を治せるポーション、効き目最良

絶句するギルド長に、更なる驚きの事実が伝えられる。

「魔法鞄は手渡したその場で、上級ポーションは…二本同時に合成して見せました。それも二回連続で！　つまり、四重合成の最高位錬金薬師ということですよ！」

そう言ってカーラは執務室の机をバンッと叩いた。

「やべぇな。他のやつに見られてないか？」

「空瓶や魔法鞄の材料を渡すために別室に案内していたので見られていません」

それから人前で四重合成は控えるように言いましたと続けたカーラに、ギルド長は溜息をついて呟く。

「これは領主報告事案だな」

こんな人材を護衛もつけず出歩かせていたら、いつ、他領の貴族に攫《さら》われてもおかしくない。いや国内の貴族ならまだいい方だ。他国に連れていかれたら目も当てられないのではないか？むしろ王宮に幽閉《ゆうへい》されるのが普通だろう。

まあそれはそれとして、

「王都のオークションにかけるか」

最高級上級ポーションと戦略級魔法鞄。どこまでの値がつくか想像もつかなかった。

✧

商業ギルド長の報告書を読んでいた領主のブラウンは、報告のある一点を見て息を止めた。四重合成の最高位錬金薬師、あの村娘が？　まずいな。

「バトラー、薬師の周辺に影をつけて護衛させせろ」

執事のバトラーはかしこまりましたと礼をすると部屋を出ていく。

「こうなってくると、辺境の街の領主である私程度では囲いきれんか」

そう言ってブラウンは自身の寄親《よりおや》であるファーレンハイト辺境伯に宛てた手紙を書き始めるのだった。

私は郊外の薬師の家に帰ると一本だけ上級ポーションを作製し、残りの四本の月光草は材料のまま取っておくことにした。そう簡単に見つかるとは思わないけど、精霊草が見つかったら二本分の最上級ポーションの材料になるわ。

その後、鍛冶屋で受け取った冷蔵庫を魔法鞄から出して台所に設置し、肉類や果実を冷蔵庫に入れ、製氷室に水の入った容器をそっと入れて扉を閉めた。

「やっぱり冷蔵庫のある生活は落ち着くわね」

すぐに傷んでしまうことがなくなるから、ある程度の期間なら生ものでも貯蔵しておくことができるし作り置きもできる安心感は、何物にも代え難い魅力がある。

そうしてしばらく冷蔵庫を見て文化的な生活に近づいたことに感慨を覚えると、今度は市場で買ってきた林檎と葡萄で天然酵母を作る準備をすることにした。

「ふふふ、これで柔らかいパンが食べられる日も近いわ」

後はお風呂が手に入れば、一通りの衣食住は揃ったも同然！　贅沢を言えば石鹸が欲しいわね。植物油を抽出して作ってみようかしら。苛性《かせい》ソーダ…いや、石灰岩から水酸化ナトリウムを錬金術で抽出すればいいわね。

翌日、メリアは市場で植物性の油と石灰岩を買い込むと、油に石灰岩から抽出した水酸化ナトリウムとハーブの成分を加えていき、マヨネーズのようになるまでかき混ぜた。その後、容器に流し込んだ石鹸を保温の効果を加えた魔石と共に木箱に入れて一日寝かせ、固まった石鹸を包丁で使いやすい大きさに切り分け、錬金術で乾燥処理を施した。

出来上がった石鹸の一つを摑《つか》み、水をかけて両手の間に石鹸を挟んで擦《こす》ってみると、適度に泡立ち手の汚れが綺麗に取れた。乾かした手の匂いを嗅いでみると、ほのかにハーブの香りがする。

「うん、まあまぁね！」

シャンプーも欲しいけど、石鹸シャンプーだと髪が傷むから別途考えなくちゃいけないわ。まあ、ハーブエキスで作った香油で洗い流すくらいにしておきましょう。まだ十二歳の小娘なのだし、そんなに色気づいても仕方ないわ。

こうして、ハーブ石鹸とハーブ香油が出来上がったのだった。

✧

数日後、ポーションの瓶に仕込んだ林檎と葡萄を見ると、シュワシュワと泡立っているのが見えた。どうやらうまく天然酵母ができたようだわ。

私は早速市場で買い込んだ小麦粉をベースに牛乳とバターでパン生地を練り上げ、天然酵母を加えてしばらく冷やしておく。二倍ほどに膨らんだパン生地を取り出しガス抜きをして練り上げ十五分くらい生地を置き、最後に食べやすい大きさに切り分けてオーブンに投入する。

「うわぁ！　いい匂いがするぅ！」

十分ちょっとしてオーブンから取り出すと、狐色《きつねいろ》をした懐かしの柔らかいパンが出来上がっていた。牛乳と一緒に食べると、フワッとした食感が口に広がる。

懐かしの味に惣菜パンを作ってみたくなり、私は丸いパンに包丁で切り込みを入れて具の用意に取りかかった。冷蔵庫から取り出した肉をスライスしてフライパンで軽く焼いた後、庭で取れた野菜の葉と一緒にパンの切り込みに挟んで食べてみた。

「はぁ！　美味しいわ！」

ああ、なぜパン屋さんはこういうパンを作ってくれないのかしら。今度、商業ギルドで聞いてみよう。そうだわ！　石鹸やシャンプーも、もしかしたら高級品として存在しているかもしれない。自作もいいけどバンバン消費してお金を回していかないとね！

そんなことを考えながら、出来立てのパンを頬張り幸せそうにするメリアだった。

「そのようなものは存在しません」

なんということでしょう、柔らかいパンはもとより石鹼もシャンプーもなかったわ！　商業ギルドに中級ポーションを納めるついでに、魔導コンロ、オーブン、冷蔵庫を一通り持ち込み、天然酵母を使用してパンを焼いてみせたり、ハーブ石鹼やハーブ香油などを持ち込んでみせたりしたところ、どれ一つとして類似するものは出回っていなかったのだ。

「メリアスフィール様、特許登録をしましょう」

正直言ってこんな日用品に権利を主張する気はなかったけど、自分自身がパンや石鹼の使用を差し止められたら困るので、言われるままに登録することにした。どこの世界でも世知辛いものだわ。

私は、コンロやオーブン、冷蔵庫、それから現在作製中のお湯沸かし機能付きの浴槽の魔道具の作り方と、天然酵母を利用したパンの作り方、ハーブ石鹼やハーブ香油の作り方を申請書に書いて提出した。特許料は、いつものように勝手に口座に入るらしい。

「…パン以外は、錬金術が必要ですね」

「石鹼は工夫すれば錬金術なしでもできるわよ」

こんな感じの蒸留器具で成分を取り出し…と、抽出に必要とされる器具の形状や、日陰で一ヶ月乾燥させるような代替案も追記していく。

「なるほど、これなら大商会であれば大量生産も可能になるでしょう」

よし！　これで自分で作る手間も省けそうだ。サンプルとして柔らかいパンを二個と、石鹼と香油の瓶をいくらか置いていった。

✧

「ギルド長、メリアスフィール様が！」

「またか。今度はなんだ」

提出された特許申請書とサンプルのハーブ石鹸とハーブ香油を差し出すと、商会に作らせたいというメリアの意向を伝えた。これだけのネタ、普通は自分で金儲けに使うもんだが、

「四重合成の錬金術師には時間の無駄か」

一分とかからずに金貨百枚のポーションを作り出すメリアが、一般の生産者のように働いたら時間の無駄でしかない。

しかし、この魔道具もやばい。薪が一切必要ない上に火力も自由自在に設定できる。冷蔵庫があれば肉が長持ちし、真夏でも氷が作れてしまう。

こんなの登録したら貴族が黙っていないぞ。

「錬金薬師殿は魔道具も一流か。これで十二歳など天才すぎだ」

そう言ってサンプルとして渡されたというパンを頬張るギルド長。

「うめぇ…」

「そうなんですよ！」

訂正だ、料理もやばい可能性がある。既存のパンに我慢できず、こんなものを作るということは、相応の舌を持っているということだ。おそらく常識の水準が違うのだ。

「それなりの規模の商会を集めて特許を利用した商品開発を進めてみるか」

ギルド長はそう結論付けると、街の有力商会へ手紙をしたためた。

⁂

「よう、レント。あの特許の張り紙見たか？」

「ああ、どこの馬鹿だ？　あんな旨いネタを開示しやがったのは」

「わからん、それをこれから聞けるんじゃゃないか？」

商業ギルドの会議室に集められた有力商会の商会長の面々は、互いに牽制しながら探りを入れ、どこの商会の特許でもないことを知ると首を傾げていた。

やがて会議室にギルド長とカーラが入ってくるとざわついていた室内が静まり、ギルド長による説明が開始されようとしていた。

「忙しいところ集まってくれて感謝する、早速だが送った特許の話だ」

「ちょっと待ってくれ！」

ギルド長が話を切り出そうとするタイミングで、街でも一二を争う商会長が挙手して発言の許可を求めた。ギルド長が発言を促すと、その商会長はこう述べた。

「あんな旨いネタを自分で商品展開しないわけがない。開示されたものよりいいものがあって、それを隠して罠《わな》に嵌《は》めようとしてるんじゃないか？」

商会長の鋭い指摘に室内がざわついた。確かに、そう考えるのが自然だ。特許通りに大量に作ったあとに、それより優れた商品を流すことで損失を出させる。それくらいしか、あんな商品を他人に作らせる理由が思いつかなかったのだ。

しかし、そんな声を振り払うようにギルド長が手を振って答えた。

「それはない。発案者はこれらを使った事業をする暇がないんだ」

「暇がなくても手下にやらせればいいだろう」

そうだそうだと、その時にギルドとして補償してくれるのかと囃《はや》し立てる商会長たちに、ギルド長は少し悩んだような顔をした後、決定的な一言を繰り出した。

「発案者は、あのポーションの作製者だ」

ざわついていた会議室が静まり返った。

「はっきり言って若すぎるから手下もいないし、こんな些事《さじ》に関わっている時間などない」

そう続けたギルド長に、一同は納得した。

確かに、ギルドを通さずに街の一等地にある薬師専用に設けられた店舗でポーションを売れば済むものを、わざわざ委託販売しているのだ。今回の話と状況は完全に一致している。

そうして特許展開の話に確かな裏付けが取れると、商会長たちは別のことに気が向いた。

発案者、メリアスフィール・フォーリーフ。噂の薬師の名前が知れた瞬間だった。名前からして女性なのだろう。しかもギルド長によると若すぎるという。ならば未婚なのではないか？　つまり、この商品を作れば…

ダンッ！

「このレント商会に任せてほしい！」

会議室の長机を叩きつけるようにして起立したレントは声を張り上げた。

「なっ！　抜け駆けは許さんぞ！」

「わしのガトー商会なら専任使用料を払う！」

一気に修羅場と化してしまった。最高級の中級ポーションを作り出し魔道具をも生み出す。であれば錬金薬師ということだ。そんな金の卵の若い未婚女性とのコネクションが持てるなら、事業の成否にかかわらず専任使用料など安いものだ。

結局、収拾がつかなくなったので特許は共有使用ということで折り合いがついた。順序が逆になってしまったが、その後、詳しい説明とサンプルが提示され会合は幕を閉じた。

✧

同じ頃、メリアのいる辺境の街から遠く離れた王都で開かれたオークションでは、大きな歓声が上がっていた。

「ロットナンバー7、こちらが最高品質の上級ポーション五本セットとなります、スタートは金貨一万枚からお願いします」

二万、四万、八万！　のっけから倍々で上がっていく。これがあれば古傷でも失った指でも完治する一品だ。最低でも一本一万枚だが、最高品質の上級ポーションが五本もあるのだ。貴族、それも武門の家であれば喉から手が出るほど欲しかった。

結局、相場の三倍の十五万枚で売れた。競り落としたのは元帥《げんすい》を務めるフォーブ侯爵家の執事ローランだった。

「これでぼっちゃまの傷が完治します！」

幼い頃から支えていた侯爵家嫡男を想い、初老のローランは涙を流していた。

フォーブ侯爵家は武門の家だ。利き手の小指を失い十全に剣を振るえなくなった嫡男のために上級ポーションを探していたが、今では誰も上級ポーションを作製できる薬師はいなくなっており、高位貴族の保管庫に残るのみで市場からは完全に消えていたのだ。それが五本もある。これで膝などの古傷も含めて完治の目処《めど》が立ち、ローランは歓喜に身を震わせていた。

「最後になります。本日の目玉、ロットナンバー8、こちらが三百立方メートルの収納を可能とする大容量魔法鞄です。どうぞ！　鑑定してください！」

おおー！

各自鑑定をした結果に会場内にどよめきが走った。馬車十台の収納をこれ一つで賄《まかな》う。これを持って早馬に駆けさせれば、超特急での大量商品輸送、部隊の兵糧《ひょうろう》輸送などが可能となるのだ。国宝級と言っても過言ではなかった。

「金貨一万枚からのスタートとなります、ではどうぞ！」

十万、二十万、三十万！　初めから十倍スタートで瞬く間に三十倍に跳ね上がっていた。これが辺境の商業ギルドで片手間に作られたと知ったら卒倒するだろう。

そんな国宝級の魔法鞄は、金貨五十万枚でグリーンライン公爵に落札された。

「これで北の長い国境線を守る部隊に対して機動的な兵站《へいたん》運用が可能になるな」

北の隣国に隣接する公爵領では、防衛ラインが東西に長く続いており、機動的な部隊運用が求められていた。そのため、これで大量の物資の輸送が簡単に行えるようになると公爵は満足した笑みを浮かべていた。

「それにしても、上級ポーションにせよ魔法鞄にせよ、このような品が市場に出てくるとは…」

公爵を含め皆、希少品が忽然《こつぜん》と市場に現れたことの意味を推《お》しはかり、一様に目を鋭くさせた。そう、貴族たちの知らない、これらを作れる者が現れたということだ。

その可能性に思い至った貴族たちは、オークション会場をあとにすると一斉に調査を進めることになった。

⁘

そんな貴族たちの動きも知らずに、当のメリアは市場からの帰りがけに鍛冶屋で受け取った浴槽を風呂場に設置し入浴を楽しんでいた。

「はぁー、生き返るわぁ」

十二歳のセリフではなかったが、気持ちよさそうに湯船に浸かるメリアは、ようやく文化的な生活を送れるようになった実感に身を委ねていた。

十歳で両親が亡くなってからというもの、ずっと働き詰めだったのだ。それがお金に不自由がなくなり、衣食住、全て満ち足りた状態となった今、気が緩むのも仕方ないことだろう。

「このままチンタラとポーションを作っていれば、のんびりとしたスローライフを楽しめそうね。あとは冷暖房器具を備え付ければ完璧だわ！」

そう言って頬を緩めるメリアの平穏な日常が終わりを告げる瞬間が、刻一刻と迫っていた。

✧

「メリアスフィール・フォーリーフ、辺境伯の命によりお前を辺境伯領に連れていく」

「なんでよ！　脱税はしていないはずよ！」

脱税はしていなくても貴族社会のこの世界、いくらでもしょっ引かれる理由はあるのだ。理由はわからないけれど、またいつ帰ってこれるかわからないと思い、すぐに支度をするから待ってほしいと騎士の風体《ふうてい》をした男性に懇願《こんがん》すると、数分だけ待ってくれるという。

私は急いで薬草や食料をはじめ、コンロや冷蔵庫など全ての家財道具を魔法鞄に詰め込むと、家の外に停《と》められた馬車に乗り込んだ。

馬車に乗せしばらくして意味もわからない歌を口ずさみ始めた私を見て、気が触れたのかと騎士の男性が話しかけてくる。

「何を勘違いしているかわからんが、領主のブラウン卿の要請により寄親のファーレンハイト辺境伯がお前を保護することになったのだ」

「えっ？　辺境伯様が保護ってどうして？」

どうやら領主様は寄親の辺境伯に私を保護するように頼んだようだけど、保護される理由がまったくわからない。

それを聞いた騎士の男性は呆れたような声で宣《のたま》った。

「お前な…四重合成を行える最高位錬金薬師であると同時に、三百立方メートルの魔法鞄をあっさり作れる者が護衛もつけずに一人でいたらどうなると思っているんだ」

そう言って、先日、遠く離れた王都で開かれたオークションでの魔法鞄や上級ポーションの落札価格を教えられた。

「五十万枚！　たかがあんな容量で!?」

「たかがってどういう常識をしている！」

別に千立方メートル以上あるわけじゃないし、ポーションくらい他に作れる薬師はいるでしょうと言うと、騎士は真剣な顔をしていった。

「いないのだ」

「えっ？」

なんということでしょう。過労死したのは私だけじゃなかったのだ。私が死んだあと、どんどん需給は逼迫《ひっぱく》していき、一人、また一人といなくなり、錬金薬師の家系は途絶えてしまったらしい。

稀《まれ》に市井《しせい》で錬金術の素養がある者が生まれても、錬金薬師が弟子に伝える書庫《ライブラリ》も途絶えた後では様々な製法が失われており、上級以上は低品質ですら再現できなかったようだ。

そのような状況になって初めて国法で錬金薬師保護法が制定され、過労死しないような法的配慮がなされたらしいが、後の祭りだった模様。

「えっ！　つまり、まともな錬金薬師は私一人ってこと？」

騎士は重々しく頷いた。冗談じゃないかと思って商業ギルドの会員証を取り出し残高を確認すると…金貨が約六十万枚増えていた。まさかそんなことになっていたなんて。

「他の普通の薬師はどうしているの？」

「王宮や有力貴族に保護されて負担にならない程度に中級ポーションの製法の安定化を模索しながら、失伝した上級以上のポーションを研究している」

「いや、そりゃ無理でしょ。上級以上を師匠なしで作ろうなんて百年早いわ！」

そう言って爆笑した私を見て、呆れながら騎士は言った。

「十二歳で何を言っている。第一笑い事じゃないぞ」

そうだった。笑いを引っ込めて神妙な顔を作る私。無理でも無茶でも真面目に研究している人には悪いわね。

「仕方ないわね、数人なら弟子を取ってもいいわよ」

「弟子……」

今度は騎士が何を言っているのかわからないという顔をした後、

「その代わり三食昼寝つきよ！」

そう言った私に、胡乱《うろん》な目を向けてきた。どうやら本当に私が錬金薬師なのか疑っているようね。まあ、当たり前か。それなら辺境伯の命令など無視して放っておいてほしかった。

「いずれにせよ、短いスローライフの夢だったわね」

そう呟いたメリアは、馬車の窓から遠ざかっていくコールライトの街並みを寂しく見送った。

◇

辺境伯領に着き、領都の辺境伯邸の一室に連れられた私は、辺境伯当主様に挨拶をしていた。

「私はゲルハルト・フォン・ファーレンハイトだ」

「お目にかかれて光栄です、辺境伯様。私はメリアスフィール・フォーリーフでございます、以後お見知り置きを」

私は昔を思い出し胸に手を当て錬金薬師の礼をとった。そう、偉い人には染みついた習性で機械的に対応するのが一番よ！　などという、しょうもない内心を隠して。

辺境伯様は「ほぅ……」と感心した様子を見せたかと思うと、まずは薬師の腕前を見せてほしいと仰《おお》せになった。

私が、精霊草がなく手持ちの材料の都合で上級ポーションが限度ですがと断りを入れると、それで構わないという。

それではと、私は腰のポーチから薬草と瓶を取り出し、目の前に二本の瓶を置いて両手の親指と人差し指の間に一本ずつ月光草を、中指と薬指の間に一本ずつ癒し草の計四本を手に持ち、ポーションの作製を始めた。

「四重魔力水生成、水温調整、薬効抽出、合成昇華、薬効固定、冷却……」

チャポポン！

二本同時に出来上がった真っ青な上級ポーションを、私を連れてきた騎士に渡して元の位置に戻り、改めて辺境伯の方を向いて告げた。

「どうぞ鑑定を」

そうして胸に手を当て錬金薬師としての礼をとり目を伏せる。辺境伯は騎士に顎《あご》で指示し、騎士が執事らしき人にポーションを手渡すと、

「二本とも最高品質の上級ポーションにございます」

執事らしき人が、そう辺境伯に報告するのが聞こえた。

「見事であった、そなたの安全はこのゲルハルトが保障しよう」

「はっ、ありがたき幸せにございます」

などと機械的に頭を下げ返事をしてから、頭の中ではどういうことよ！　という声が出ていた。

一方の辺境伯は満足そうに頷くと、騎士に部屋に案内せよと指示を出して退出していく。

まあ、後で騎士の人に聞けばいいか。私はそう結論付け頭を一層下げた。

⁂

「ねぇねぇ騎士さん、さっきのどういうこと？」

「……お前さっきの殊勝な態度はどこにいってしまったんだ」

呆れたように言う騎士に、

「偉い人には事態がよくわからなくてもマナー通りに対応するのが基本でしょ！」

「まあ……そうだな」

「イエス・オア・イエス、偉い人にはそれしかないのだから考えるだけ無駄なのよ、だからさっさとさっきの辺境伯様の言葉の意味を教えて？」

そう言うと、溜息をついて騎士が答える。

「お前は辺境伯様の庇護下に入った。もう他の貴族からの指図は受けないということになる」

「えっ！　それって家来的な何か？」

騎士は深く頷いて続けた。

「正式にはファーレンハイト辺境伯直属錬金薬師、それがお前の今の肩書きだ」

なんということでしょう、私はいつの間にか辺境伯の家来になっていたわ！　これから私は辺境伯の屋敷の一室を与えられ、そこで過ごす流れのようだ。

薬草採取とかどうするのか聞くと、そんなものは下男《げなん》に指示すれば取りに行ってくれるという。楽に…なったのかしら？

「でも、保護されても私は今更研究することなんて残ってないわよ？」

材料さえあれば最上級ポーションだろうがなんだろうが作れるのだ。強いて言えば、便利な生活魔道具の開発かしら。そう言う私に、騎士が不思議な顔をして聞いてきた。

「便利な生活魔道具とはなんだ」

私は魔法鞄に入れて持ってきた冷蔵庫やオーブン、コンロに浴槽などを出して効果を見せると、職人さえ紹介してくれれば飛行船も作って空も飛びたいと言った。

理解できないと踏んだのか、騎士は考えるのをやめておざなりな返事を返した。

「まあ、それはおいおい話していけばよかろう」

そして騎士はある部屋の扉の前に私を連れて来ると、ここがお前の部屋だと扉を開けてみせた。

部屋の中をのぞいてみると、四十平方メートルくらいの広いスペースの奥に、更にクローゼットルームや洗面所兼浴室のようなものが見える。

「何これ！　贅沢すぎない？」

「お前は錬金薬師をなんだと思っているのだ」

「体《てい》のいい便利屋」

がっくりと肩を落とした騎士は、私に世間一般の錬金薬師の待遇を説明した。どうやら、辺境伯麾下《きか》の騎士たちからは錬金薬師殿と呼ばれるような立場らしい。

「えぇ！　十二歳に殿はないわ、メリアって呼び捨てにしてよ」

あ、メリアちゃんでもいいわよ、と気安く話しかける私に溜息をついた騎士は、

「そうだと助かる。また食事の時間になったら迎えに来る」

そう言って部屋から去っていった。

✧

「ブレイズ、錬金薬師の様子はどうだった」

「はっ！　どうやら堅苦しい関係は苦手のようでメリアと呼び捨てにしてほしいと申しておりました」

「齢《よわい》十二であれだけの礼節を身につけておきながらか？」

辺境伯は先ほどの少女が見せた年季すら感じさせる一分の隙もない礼を思い出して言った。

「はっ、イエス・オア・イエス、偉い人にはそれしかないのだから考えるだけ無駄なのよ、だからさっさとさっきの辺境伯様の言葉の意味を教えてなどと申しておりました」

それを聞いた辺境伯は爆笑して「それは気がつかなかった」と言った。辺境伯とて、王宮ではあるまいし堅苦しい挨拶など煩わしいのだ。

「それでは、今後はわしにも堅苦しい挨拶は不要と伝えておけ。わしも慣れない態度に肩が凝っ

たわ」

　そう言う辺境伯に黙礼を返したブレイズに、重ねて問いかけた。

「で、それ以外に何か言っておったか？」

「はっ、もう錬金薬師として今更研究することなど何もないと。最上級ポーションですら作れると。だから、生活便利道具や空を飛ぶ飛行船の開発をすると申しておりました」

　そう報告したブレイズに驚く辺境伯。

「なんと、失伝した最上級ポーションの作製方法も含めて全て習得していると言うのか」

「はっ、そういえば道中で数人なら弟子を取ってもいいと申しておりました」

　ブレイズは、まともな錬金薬師は自分以外いないのかと驚いていた様子や、たかが上級ポーション、たかが三百立方メートルの魔法鞄で金貨五十万枚と、まったくもって常識が抜け落ちているメリアの様子を話した。

「ですが、裏を返せば、その腕は全盛期の錬金薬師と遜色ないもの、と取れます」

「なんということだ…」

　辺境伯領に弟子としてあてがう錬金薬師はいない。こうなると、

「辺境で弟子が見当たらないのであれば、王都に住まわせ王宮に出仕させるほかあるまい」

　辺境伯はそう結論付けると窓から王都の方角に目を向け、遥か遠くを見つめるように目を細めた。

「早速だが王宮に出仕してもらう」

「えぇ！　ここに来たばかりじゃないの」

昨日、辺境伯領の領都ファルスに着いたと思ったら、今度は王都に移動なんて忙《せわ》しなさすぎる。

「夕食に舌鼓を打って天蓋付きのベッドで新たなスローライフの始まりに胸を高鳴らせていたのに！」

王都に向かう馬車の中で、そんなしょうもないことを言うメリアの姿があった。

「ファルスに来る時に弟子を取ってもいいと言っていたじゃないか」

「そうだけど辺境伯様の屋敷で教えればいいじゃない」

しかし錬金術の素養を持つ者が辺境伯領に一人もいないのだとか。

そこで、このままファルスに留め置いて宝の持ち腐れにするより、王宮に出仕させて錬金術の素養を持つ者たちを育てさせた方が国全体で見れば良かろうとゲルハルト様は判断されたらしい。

「私みたいな小娘の言うことなんて聞くのかしら。ねえ、騎士さん」

「…俺の名はブレイズだ。まあ、聞かないだろうな」

「ちょっと！　もちろん大義のためには大人しく従うだろうってフォローするところじゃないの⁉」

「嘘は嫌いなんだ」

騎士、いやブレイズさんはそっぽを向いてそう漏らした。

「そこは嘘をついてでも、いたいけな少女を気遣うところでしょ。そんなんじゃ世の中うまく渡っていけないわよ！」

そう言って大いに憤慨する私をジト目で見て、

「そんな気遣いが必要なタマではなかろう」

と言うブレイズさん。失敬な！

それにしても王宮かぁ。どうしてこうなったと言いたくなるような超スピードの展開だわ。私はまだ柔らかいパンも、石鹸も広めていないのよ？　砂糖はもちろん、ショートケーキやミルクレープだってまだ作っていないわ。王宮に行ってしまったら鍛冶屋に発注することや、料理のプロにレシピを伝えて作ってもらうことだってできないんじゃない？

「王宮でお菓子作りをしたり調理に必要な器具の作製を鍛冶師にお願いするのは無理よね」

「お前は王宮に何をしにいくつもりだ…」

心配するのが王宮での立ち回りではなくお菓子やそれに必要な器具の注文とは、やはり気遣いなど必要ないではないかとブレイズさんはぼやいているけど、それはそれ、これはこれ。別腹なのよ！

ガタンッ！

そんな他愛もないやりとりをしていると、急に馬車が止まった。もしやと思って周囲を探ると、多数の人の気配がする。どうやら囲まれたらしいわね。

ちらりと窓の外を見ると、柄《がら》の悪い顔をした男が下卑《げび》た笑いを浮かべてこちらを見ていた。ひぃふぅみぃ…八人くらいかしら。

仕方ないわねと私が電撃の槍を取り出して馬車から出ようとすると、肩を摑《つか》まれ止められた。

「待て、何を自然に出ていこうとしている」

「何って返り討ちするために決まってるじゃない」

そう言って肩の手を振り払うと、勢いよく馬車から飛び降りた。盗賊たちは馬車から出てきた私を見ると、与《くみ》しやすいと判断したのか一層顔をニヤつかせて脅しをかけてくる。

「おう、命が惜しかったら有り金全部置いていきな」

そう言って山刀をチラつかせる盗賊の頭目《とうもく》と思《おぼ》しき男に、私は先手必勝とばかりに瞬歩で距離を詰めて首筋に電撃の槍の穂を当てた。

ビクンッ！　ドサ…

いきなり頭目が無力化されたことで浮足立った盗賊たちに向かって、私は魔法鞄から大量の水を放出する。

「グァ！　なんだ水か？」

「バカめ、そんなの効かんわ！」

「バカは…あんたたちよ！」

そう言って私は電撃の槍の石突で水溜まりを突いた。

ビリビリビリッ！　ドサドサドサ…

「水を伝って電撃を流すだけの簡単なお仕事です、ヴィクトリィ！」

そう言ってブレイズさんの方を振り返ってVサインを送ると、頭にゲンコツが落ちた。

「痛っ！　何するのよ！」

「アホか！　怪我をしたらどうする！」

「そんな柔《やわ》なことで錬金薬師が務まりますか。希少な材料を取りに危険地帯まで踏み込めるように鍛えるのは錬金術の初歩の初歩なのよ！」

ブレイズさんはそう言い放った私に顔を手で覆いながら声を張り上げた。

「そんな錬金術の初歩があってたまるか！」

「まあ、いいわ。さっさと縛って役人に突き出して換金よ」

気を取り直して、私は魔法鞄から縄を取り出す。その後、自分では抜け出せない特殊な縛り方で手足を結んで八人を芋蔓式に繋ぐと、馬車の後ろの取っ手に縄を縛りつけた。

「お前、手馴れすぎてないか？」

「失敬な、慣れているわけがないでしょう。馬鹿なこと言ってないで出発するわよ」

ブレイズさんもここで追及しても時間の無駄と悟ったのか御者に出発の合図を送ると、最後に念を押してきた。

「次からは俺や護衛の兵士たちに任せろ。盗賊などに後れはとらん」

「わかったわよ」

その後は平穏な旅が続き、しばらくすると王都への中継点となる街に到着した。そこで門番に馬車で引き摺ってきた盗賊たちを引き渡し、賞金が出ることもなくそのまま街の宿屋に向かうことになる。

「なんということなの、まさかタダ働きだなんて」

なんと、私は辺境伯直属錬金薬師なので、辺境伯領内で盗賊を捕まえても単に別部署の人に引き渡しただけのこと。つまり報奨を出す方で出される側ではなくなっていた。

「これじゃあ盗賊さんたちは引き摺られ損じゃない！　かわいそうに」

「それを縛り付けた本人が言ってもな」

「まあいいわ。せめてこの街で旅の醍醐味を味わうとしましょう」

冷静に突っ込みを入れるブレイズさんの言葉を無視して、私は街の特産物や美味《おい》しい店を探す。

なんせ、農村と辺境の小さな街くらいしか知らないのだ。珍しいものの一つや二つ、期待してもいいでしょう。

「ここいらにそんなに珍しいものはないぞ。強いて言えば辺境から王都に向けて運ばれるチーズくらいのものだ」

そういうブレイズさんだったけど、私はチーズと聞いて興味をそそられた。スライスしてパンと一緒にオーブンに入れればたちまち美味しいチーズパンの出来上がり。ケチャップを作ればピザもいけるじゃない！　それにチーズケーキなど、お菓子にも使えるわ。

私は是非とも買っていきたいと強く要望し、街の市場に寄ってチーズを買い漁った。ギルド証には使いきれないほど金貨が溜まっているのよ。使わなきゃ経済が回っていかないわ！　この調子で食材を集めていけば、王都に着く頃にはいろんな料理が作れるようになりそうね。

「ところで、今日はこの街で一泊するのかしら？」

「ああ、先触れを出してあるから既に予約は済んでいる」

そう言ってチーズを大量に買い込んで満足した私を連れて、ブレイズさんは馬車を宿に向かわせた。そうして到着した先にあったのは、街の中心の高級宿だった。

「こんなところに泊まっていいのかしら」

「錬金薬師が泊まる宿としては普通だ」

そんなに優遇されているの？　ひょっとして王宮スローライフが始まってしまうのかしら。長距離移動なんて夜通し馬を走らせるか、ゆっくりでいいなら野宿が当たり前だった時代に比べれば夢のようだわ。でも、

「そんなに過保護にされて錬金術を使えるのかしら」

「錬金術に過保護も何も関係ないんじゃないか？」

「関係あるわよ」

錬金術は地脈を通して発動しているのだ。弛《たる》んだ体では気の通りが悪くて術が安定しないわ。

「弟子を取ったら王都を毎日何周か走らせようかしら」

「やめとけ」

そんなことしたらぶっ倒れると止められた。まあいいわ。安定するかどうかは本人の努力次第なのだから、私がそこまで責任を持つこともないわね！

そんなやりとりをしながら建物に入ると、吹き抜けの広々としたロビーの中央に階段があり、二階の各部屋へと続いていた。ブレイズさんが受付のカウンターに行ってチェックインを済ませると、私は広い部屋に案内された。

「食事は部屋に運ばれてくる。明日の朝食を済ませたら王都まで止まらずに進めるからゆっくり休んでおけ」

ブレイズさんはそう言うと隣の部屋に入っていった。どうやら要人警護用で続き部屋のようだ。まさか私が護衛されるようになるなんてピンとこないわ。

部屋に入って浴槽を見ると、既にお湯が張ってあったので魔道具の出番はなかった。さすが高級宿ね。私は早速お風呂で旅の疲れと汚れを落として用意されていた布で体を拭くと、新しい服に着替えてベッドに横になり、思考を巡らせる。

この時代では錬金薬師のライブラリが全て失伝しているという。私はかつての同僚の顔を思い浮かべる。あんなにいた仲間たちの家系も、全て絶えてしまったということだ。一体、どうしてそんなことになってしまったのか。

「いずれにしても、今度こそスローライフを勝ち取ってみせるわ」

私はそう宣言して決意を新たにすると、そのまま目を瞑《つむ》って寝てしまった。

✧

「あぁあああ！　なんで起こしてくれなかったのよ！　折角楽しみにしていた旅のディナーがおじゃんになってしまったわ！」

そう声を張り上げる私に、ブレイズさんは淡々と答える。

「ベッドで眠るレディを起こすなど無粋な真似はできまい」

「今朝、その眠れるレディの頭にゲンコツを落として叩き起こしたのは誰よ！」

ブレイズさんはそっぽを向くと、朝食は食べられたのだからそれでよかろうと言った。

メリア自身は気がついていなかったが、度重なる移動で疲れが溜まっていたのだ。ブレイズはそれを考慮してギリギリまで寝かせてくれたのだった。

「これから馬車を走らせて夕方前には王都の門に到着する予定だ」

だから寝たければ馬車の中で適当に寝ておけと言う。そんなの無理だわ。こんなに揺れる馬車の中で寝られるわけないでしょう。馬車もバネやスプリングを付けてもっと自動車みたいに快適にしないとダメよね。

ん？　火炎の魔石と冷却の魔石で蒸気機関を作ったら魔石で動く自動車ができるのかしら。

「馬の力に頼らず魔石で動く馬車を考えついてしまったわ」

「なんだって？」

水を入れる、火炎の魔石で蒸発する膨張力でピストンが押し出される、下部に設置した冷却の魔石で蒸気が冷やされる、蒸気が冷えてピストンが戻る、戻る圧力で蒸気を吐き出し新たに水を吸い込む、最初に戻る。理論上は水の供給と魔石の魔力が続く限り動き続けるわね。

でも、精巧な機械を作れる職人が必要だから、これから行くところを考えると実現は難しい。

「考えついても実現できる環境ではなくなってしまったわ」

「物によっては都合をつけられなくもない。何せ王都というからには腕のいい鍛冶師が集まっているからな」

ブレイズさんの言葉に、もし実現したらできることを考えたところ、ほぼ産業革命と同等のことができることがわかった。上下と回転エネルギーさえ得られれば鉄道だろうと、蒸気船だろうと、産業機械だろうと、製粉機などの農業機械だろうと思いのままよ！

「王都の生活に慣れてきたら頼むわ、きっと凄《すご》いものができるはずよ」

でも需要によっては錬金術師たちは馬車馬のように働かされ、スローライフの道が閉ざされてしまう。

神様、フィリアスティン様。あなた様の世界、錬金術に依存しすぎですよ。私がやらなくても、私のライブラリを受け継いだ直弟子たちは、この知識に気がついてしまうだろう。この錬金術師の知識継承という仕組みも人の一生では辿り着けない知識を伝承していく分には便利だけど、行きすぎた知識も伝わってしまうのが難点よね。

そんなことを考えているうちに、単調な馬車の揺れに眠くなって意識が落ちた。

✧

ブレイズさんに体を揺さぶられて目が覚めると馬車が停められていた。人間、案外どこでも眠れるものね。

「ファーレンハイト辺境伯の王都の邸宅に到着したぞ」

馬車の窓から外を見ると、広い庭に夕日に照らされる建物が見えた。さすがに大貴族ともなると、仮の館でも立派なものなのね。

そんな感想を抱きつつブレイズさんに連れられて王都の邸宅に入ると、執事とメイド長に挨拶された後部屋に案内された。先日過ごした領都の部屋よりは狭いけど、それでも三十平方メートルくらいの広さはあり、室内に置かれた天蓋付きのベッドを見るにつけ格差社会を感じてしまう。

「今日もそのまま寝るか？」

「食べるわよ！　朝しか食事を取っていないじゃない」

そう言うと私はブレイズさんと一緒に食堂に案内された。席についてしばらくすると、前菜、シチューとパン、鳥の香草焼き、フルーツとコース料理が出された。

「蒸した芋で済ませていた数ヶ月前からしたらとんでもない贅沢だわ」

「その割にはテーブルマナーにほとんど問題がないのはなぜだ」

ブレイズさんは不思議がったけど、こちとら人生三周目よ。舐めないでほしいわ！　などと言っても信じないだろうし、お茶を濁して今後の予定を聞いてみた。

「本来なら王宮に行く前に礼儀作法を学んでもらう必要があるが…」

「礼儀作法の教育！　頭の上に本を載せて歩いたり、テーブルマナーを守れなかったらビシィっと手鞭が飛んでくるという、あの！　お断りだわ！」

恐れ慄《おのの》きながらそんなことを言うと、ブレイズさんは呆れたように言う。

「どこの貴族令嬢だ。辺境伯に初めて対面した時のように猫を被っていれば十分だ」

「まあ、ブレイズ様のお心遣い、感謝いたしますわ」

「やめろ！　鳥肌が立ったぞ！」

「失敬な！　いたいけな少女が精一杯の背伸びをしていると微笑ましく笑うところでしょう」

そう言ってデザートを摘《つま》む私をブレイズさんはジト目で見ると、

「いたいけな少女は盗賊を一人で一網打尽にして馬車で引き摺った挙句に換金するなどと言わない」

そう言って、錬金薬師候補には貴族の子弟もいるから穏便な行動を心がけるようにと注意してきた。

面倒くさいわね、貴族の子は貴族の仕事をすればそれでいいでしょう。もしかして貴族家当主も、跡取りの嫡男と予備の次男以外の子息の将来には苦慮しているのかしら。

「教えても言うことを聞かない姿が目に浮かぶわ」

「それが宮仕えの定めだろう」

「本当にスローライフは遠いわね」

私はそう締め括って夕食を終えると、その日は早めに眠りについた。

✧

「では研究棟に向かおうか」

メイドさんに髪を綺麗にセットされて外行きの衣装を着せられた時から予想はしていたけど、王都に着いた次の日から出仕とは。辺境伯家はせっかちすぎるわ。

そうしてぶつぶつと文句を言う私に、道中の馬車の中でブレイズさんが説明を入れてくる。

「錬金薬師の研究棟は王宮の離れにあるからそんなに気を張ることもない」

話によると私も研究棟に一室もらえるらしい。そこでは調薬に必要なものが一通り揃えられているという。更には、薬草がなくなったら申請書を書いて出しておけば補充してもらえるそうだ。

「何それ、精霊草とか月光草を申請するしかないじゃない。あと魔石もね！」

「魔石は関係ないだろう」

チッ！　でも御用聞きの商人に言えば買えるという。つまり自分で払う分には問題ないということね。

「ついでに鍛冶師も紹介してくれないかしら」

試しにそう言うと、辺境伯家は辺境守護の必要性から鍛冶師のツテは豊富だから帰りがけに寄ってもらうことになった。

そんなやりとりをしているうちに、正面に大きな城が見えてくる。

「これはまた、ずいぶんと大変なところに来てしまったようね」

「あの城には用はない。西側の林を隔てた場所に研究棟はある」

ブレイズさんの言葉通り、正面の門から西に三十分ほど馬車で移動したところで、ようやく研究棟に到着したのだった。

✧

研究棟に入った後、そのまま管理責任者の執務室に通されると、室内にいた貴族と思しき男性が自己紹介をしてきた。

「私は研究棟の管理を任されているフォーリン伯ブライトだ」

それに対してブレイズさんは騎士の礼をとりながら自分と私の紹介をする。

「はっ、私はファーレンハイト麾下の騎士ブレイズと申します。本日より出仕することになった辺境伯直属筆頭錬金薬師を連れて参りました」

そのセリフの後、私に礼をするように促してきたので、当たり障りのない挨拶をする。

「お目にかかれて光栄です、伯爵様。私はメリアスフィール・フォーリーフでございます、以後お見知り置きを」

ちょっと！　離れだから偉い人はいないんじゃなかったの!?　それに筆頭って何よ、一人しかいないいじゃないの！

そんな内心のツッコミを隠して右手を胸に当て錬金薬師としての礼をとる私。いやはや、染みついた習慣は裏切らないわね。

しかし私の名前を聞いた伯爵様が眉をピクリとさせて問い返した。

「ほう、そなたが噂の…」

噂のって何よ、などということはおくびにも出さず、伏し目がちに斜め下を見て過ごす。それから少しの間をおいて、私に割り当てる研究室の場所を告げて鍵をブレイズさんに渡すと、伯爵様は予定があるそうで、また今度と軽く挨拶をした後で王宮に向かわれた。

✧

「ちょっと、聞いてないわよ。伯爵様がいるなんて」

「別に問題なかろう。イエス・オア・イエス、考えても無駄なのだろう？　そんなことより研究室に行くぞ」

「それもそうね。喉元過ぎればなんとやらと言うし、早速、精霊草と月光草を他人任せでゲット作戦よ！」

そんなことを言う私にも耐性がついてきたのか、ブレイズさんは「そういうことだ」と同意して歩《ほ》を進めた。

「ここだな」

そう言ってやけに大きな両開きの扉の鍵を開けて中に入ると、馬鹿みたいに広い部屋が目の前に出現した。結婚披露宴でもするのかしら？

「こんな広い部屋で何をしろって言うのよ」

私は棚に整然と積まれた薬草や、引き出しに収納された大小様々な薬品瓶を確認すると、試しに一本ポーションを作ってみることにした。

「魔力水生成、水温調整、薬効抽出、薬効固定、冷却……」

チャポン！

中級ポーション出来上がりっと、はい鑑定。


中級ポーション（＋）：やや重い傷を治せるポーション、効き目良

「あまり薬草の質が良くないみたいね。良品質止まりよ」

「単に合成のばらつきじゃないのか？」

「失礼ね！　この私がポーションの作製をして、ばらつきが出るわけないでしょう」

そう言って私は自前の材料で四重合成をしてみせた。もちろん全て最高品質よ。

着任して間もないし、この部屋も長らく使われていなかったのかもしれないから素材が劣化してしまったのかしら。採取の仕方や保存に問題があったら嫌ね。

「これじゃあ、精霊草や月光草を見つけても…まあ良品質なら許容範囲かしら」

そう言って、書類棚に申請書の束を見つけると、早速リクエストする薬草を記入していった。

精霊草、月光草、状態はなるべく新鮮な状態が望ましい。可能であればその場で錬金術を使って乾燥。そうしないと良品質にしかならない。目的は最上級ポーションの作製、申請者メリアスフィール・フォーリーフと。

「申請書を書いたらどうするのかしら」

「下の階の受付に提出用の箱が置かれているのでそこに出せばいい」

なるほど。なんだか薬局事務みたいね。大体のシステムを理解した私は、先ほど作った五本の中級ポーションのうち、三本を薬棚に置き研究室を後にした。

✧

研究室から受付に来た私は、申請書を入れる提出箱を見つけると、中級ポーション二本を持ってブレイズさんに問いかける。

「申請書は提出箱に入れておけばいいけど、材料とした薬草の品質の差による違いとしてサンプル提出する良品質と最高品質の中級ポーションはどこに置けばいいのかしら」

「何か用があれば、そこに置いてある呼び鈴を鳴らして研究棟つきのメイドを呼べばいい」

私は呼び鈴を手に取ってチリンチリンと鳴らすと、隣の部屋から髪を後ろに束ねたキリッとした表情のメイドさんが出てきた。

「研究棟でメイド長を務めますバーバラと申します。何か御用でしょうか」

「こんにちわ。今日から研究棟の一室でポーションを作ることになったメリアスフィール・フォーリーフです」

そこで私は、備え付けの薬草では良品質しかできないので、自分で採取した薬草との違いを示すサンプルとして、最高品質のポーションと良品質のポーションを申請書に添付しようとしたことを話した。

「受付に置いておけばいいかしら」

そう言って無造作にカウンターに置いたラベル付きの中級ポーションを、バーバラさんはひったくるように手にした。

「とんでもございません！　私がお預かりしてブライト様に直接お渡しします」

「そ、そうですか。それではお願いします」

私は手にした申請書をバーバラさんに渡すと、別れの挨拶をして初日の出仕を終えた。

フォーリン伯ブライトは研究棟を出て王宮に到着すると、宰相のチャールズの執務室に赴《おもむ》き短く挨拶を終えると早速本題に入った。

「例の錬金薬師が出仕しました」

「如何《いかが》であった、その錬金薬師は」

ブライトはメリアの様子を思い浮かべながら慎重に答えた。

「見た目は十二歳の少女ですが、錬金薬師としての礼儀作法には一部の隙もなく、私を前にしてもいささかも動揺した素振りを見せません」

まるで熟練の内務官と接しているかのような印象だった。少なくとも、調査させた村娘の生い立ちで身につくものではない。いずれにしても、ファーレンハイト辺境伯直属の筆頭錬金薬師なので、辺境伯の許可なしには手を出せない。そんな報告をすると、

「辺境伯は、弟子を取らせてやってくれと言っておる」

「は？　十二歳の娘にですか」

宰相は重々しく頷くと、驚きの内容を告げた。

「辺境伯から届いた書状には、辺境伯の目の前で、四重合成で最高品質の上級ポーションを二本同時に作ってみせたと書いてある」

かの娘は失伝したポーション作製方法も含めて全て習得していると。しかし辺境伯領に錬金薬師の素養がある者は他にいないと伝えてきたという。そこで、さすがに辺境伯一人で困っているのはどうかと考えたらしい。しかし、そんなことがありうるのか？

ブライトが思案していたところ、そこに急を知らせる声が上がった。

「ブライト様、大変です！」

研究棟のメイド長を務めるバーバラが、王宮つきメイドならではの落ち着いた佇《たたず》まいをかなぐり捨てて走ってくる。どうしたのかと問うと、かの錬金薬師が薬草の申請書と共に受付に放置しようとしたという二本のポーションを突き出してきた。

宰相と共に申請書の内容を見たブライトは驚愕した。

「目的、最上級ポーションの作製…だと」

しかも噂の錬金薬師のために新しく用意したはずの薬草の在庫に問題があったのか、薬草の採取の仕方や後処理を記載し、こうしないと良品質にしかならないと書いてあるのだ。

「このポーションの鑑定は？」

「最高品質と良品質の中級ポーションです！」

メリアがクレーム代わりにポンと置いていった中級ポーションは、一本金貨百枚は下らない。それを受付の申請書箱の脇に置いて放置しようとしたという。とても尋常な感覚とは言えないが、この程度はサンプルとして提示する程度のものだということが言外に伝わってくる。

そう判断した宰相と伯爵は互いに目を見合わせて頷き合う。紛れもなく本物だと。

そんな一幕も知らず、当のメリアは帰りがけに辺境伯ゆかりの鍛冶師に会えると聞いて息を巻いていた。

「槍もそろそろ手入れに出す頃だったし、よかったわ」

そう言って、私は村の近くの街で作ってもらった槍を取り出す。それほど酷使したつもりはないけど、フォレストウルフを四匹同時にぶった斬ったり、フォレストマッドベアーに飛燕雷撃穿《ひえんらいげきせん》を放っているのだ。ガタが来てないか一度は点検しておきたかったのだ。

「愛用の武器を常に万全の状態を保つよう心がけるのは錬金薬師の基本よ！」

「それは戦士や冒険者の基本だろう」

まったく…と、ふと槍を見たブレイズさんは、それがなかなか良い品であることに気がついたようで、しげしげと槍を観察してきた。

「なかなか良い作りをしているな」

私は草薙《くさなぎ》の鎌三号改を取り出して見せ、これに斬撃強化を付与した魔石を付けたらポッキリ折れたので、電撃の魔石と斬撃強化の魔石二個を付けても耐えられるように作ってもらったとこの槍の経緯を説明した。

そう、メリアはまったく気にしていないが、まさかの二重魔槍だったのだ。

「お前、錬金薬師じゃなかったのか」

「は？　どうしてよ」

元々は、牛の餌にする飼い葉の草刈り用に切れ味を強化したり、護身用に電撃を付与したほんの手慰みだと言うと、ブレイズさんは天に顔を向けて手で目を覆うようにした。

「どうしたの、貧血でも起こしたの？　騎士なのに軟弱ね、それでは辺境の安全は守れないわよ！」

そう発破《はっぱ》をかける私に、ブレイズさんは力なく後で槍の威力を見せろと答えた。

なんだ、効果付きの武器に興味が湧いただけなのね。そう思った私は、気を利かせてブレイズさんにいい提案をしてあげる。

「ブレイズさんも魔剣を作っておく？」

斬撃の魔石一つでも最低金貨二十枚くらいの剣じゃないと耐えられないって言ってたけど、フォレストウルフの魔石に耐えられる剣で二十枚というなら、もっと上位の魔物の魔石を使ったらかなりかかると説明した。

しかし私の予想に反してブレイズさんはあまり乗り気にならず、武器の強化については口外しないようにと逆に釘を刺されたのだった。

✧

馬車で移動すること一時間、王都の職人街で鍛冶屋が立ち並ぶ区画に到着した。立ち並ぶ鍛冶屋の中でも比較的大きな店舗の前に来ると、こちらに気がついた壮年の親方然とした鍛冶師が声をかけてきた。

「おう！　ブレイズじゃねぇか。剣のメンテナンスにでも来たのか？」

「テッドさん、ご無沙汰しています」

ブレイズさんはテッドさんに王都に来た理由を話した後、護衛対象である私を紹介した。私はその紹介に続いて、テッドさんに挨拶をする。

「辺境伯直属の錬金薬師、メリアスフィール・フォーリーフです。親方さんよろしくね！」

「おう、俺は王都で鍛冶師をしているテッドだ。よろしくな！」

私は王都に来る前に辺境の街で作製した魔道具を見せながら、今後、魔道具の筐体《きょうたい》など色々と注文したいとお願いすると、テッドさんは任せろと胸を叩いて豪快に笑った。気さくな人みたいでよかったわ。

「そうそう。魔道具じゃないけど、護身用の槍のメンテをお願いしたいの」

ついでにブレイズさんがこの槍の威力を見たいらしいと話すと、店の裏にある中庭の試し切りスペースに連れてこられた。ここでも辺境の鍛冶屋と同様に、切れ味を確認するための案山子《カカシ》が用意されている。

「おう、こいつに向かって攻撃していいぞ」

テッドさんの言葉に頷いた私は、槍を中段に構えて重心を落とす。その後、軽く息を吸い込み、フッと息を吐き出すと同時に槍を鋭く突き出した。

ズドンッ！

槍から飛び出た雷を纏《まと》う刺突《しとつ》が案山子に吸い込まれ胴体部に焼け焦げた穴を開けたかと思うと、そのまま後ろの土壁を穿《うが》った。そう、フォレストマッドベアーに放った飛燕雷撃穿《ひえんらいげきせん》だ。

「まあ、こんな感じよ！」

ブレイズさんにそう言った後、魔石の効果でガタがきてないか全体的に見てほしいとテッドさんに渡した。

「お、おう。任せとけ…ってか、錬金…薬師？」

「こんなの薬師が持つものじゃないだろ。過剰防衛もいいところだ。それに、今ので技量のほどもうかがえた。道理で盗賊に一人で向かったわけだ」

テッドさんもブレイズさんも薬師が持つ代物じゃないと言いたいみたいだけど、薬草採取には必要だった。

「癒し草が生えている高原までの山道でフォレストマッドベアーやフォレストウルフが襲ってくるから、鎌だとちょっと面倒くさくなったのよ！」

そう言って私はポーチから電撃の鎌を出して見せて、槍を作った理由を説明する。

「ウルフの首筋に鎌を当てて気絶させるには、体捌《たいさば》きで躱《かわ》さないといけないでしょう？　山登りの途中で激しく動くのは十二歳の女の子にはきついのよ」

しかしブレイズさんは頭を振って、そんなところ初めから行くなと突っ込みを入れる。

「とはいうものの、護衛する立場からすれば護衛対象が行くかもしれない場所を想定した武器を用意するに越したことはない」

そう続けたブレイズさんはテッドさんに魔剣としての利用に耐えうる剣の値段を尋ねる。

「テッドさん、あの槍と同じ魔石に耐えられる剣はいくらでできる？」

「騎士向けということなら耐久性に余裕を持たせて金貨百枚は欲しいな」

それを聞いたブレイズさんは、手を口に当てて悩む素振りを見せる。ここは私が一肌脱いであげるとしましょう！

「どうせ新調するならもっと派手な火炎斬撃剣とか、周囲一体を凍らせる氷雪斬撃剣の方がかっこいいわよ！」

「何と戦うんだよ…」

「ファイアードラゴンとかアイスドラゴン？」

「そんなものと対峙したら死ぬだろう！」

大丈夫よ、さすがにドラゴン相手なら盾も用意するから。それに、精霊草が生えている場所は、大抵、ドラゴンの巣の傍《そば》だったわ。

「ドラゴンの巣から精霊草を取ってくるのが錬金薬師の卒業試験なのよ」

「そんな卒業試験があってたまるか」

呆れるブレイズさんだったけど、この際、昔のことはどうでもよろしい。

「お金が何十万枚も死蔵《しぞう》されたまま使う機会もないのに勝手に特許料で増えているの。とにかく、私としては予算制限なしの剣や槍を作って見せてほしいわ。特定の魔石を基準に加減して打った剣ではなく、限界点を見せてほしいのよ！」

そう言って、鍛冶師としての本気を見せてほしいと更に煽りを入れた。

「おもしれぇ、見せてやろうじゃねぇか。鍛冶師テッドの最高の一品ってやつを」

「入手可能な最も大きい魔石三個を使って斬撃大強化、硬度大強化、大電撃の三重魔剣…雷神剣を作りましょう！」

互いに意気投合してドラゴンでも一刀両断よ！　おお！　と両手を突き上げるメリアとテッドを見るにつけ、この二人は混ぜたら危険、放っておいたらどこまでも突き進む、そう思ったブレイズだったが、全ては後の祭りだった。

⁂

テッドさんの鍛冶屋で前金をギルド証で支払った後、王都の魔道具屋で魔剣に使用する直径四センチ近くの中級魔石三つを買い込んだところで、ふと気がついてしまった。

「おかしいわね。魔石で蒸気機関を作ってもらおうと思っていたのに、気がついたら雷神剣を作ることになっていたわ」

「もっと早く気がついてほしかった」

まあいいわ。どちらにせよ過剰に溜め込んだ金貨を市場に還流させないと不景気になる。

「そういえば、私が作った中級ポーションは今までのように販売していいのかしら？」

「別に構わないんじゃないか」

以前しょっ引かれる原因となった税金関連も、今では辺境伯に納税されるよう付け替えされているから問題ないそうだ。それなら辺境でしていたように、王都の商業ギルドに行って瓶と交換でポーションを卸す相談もしないといけないわね。

「ちょっと商業ギルドに寄ってもらっていいかしら」

「構わないぞ、今日はもう予定もないしな」

よし、これで辺境の街でしていたことは、全てできるようになるわ！

✧

テッドさんの鍛冶屋から馬車で向かうこと数十分、商店が立ち並ぶ商業区にある商業ギルドに到着すると、受付のカウンターにいる受付嬢に商業ギルド証を提示しつつ、ポーションの卸売りの相談を持ちかけた。

「こんにちは、ポーションを売る相談をしたいのですが」

「ポーション、でございますか？」

私は強制連行される前まで作り置きしていた最高品質の中級ポーションを百本ほど魔法鞄から取り出し、辺境で商業ギルドに卸売りをしていたことや、そこで卸売りする際に同数の空瓶を用意してもらっていたことなどを話し、同じ条件で委託販売してもらえないか相談した。

「メリアスフィール様、お安い御用でございます。このベティに全てお任せください！」

「ありがとう、ベティさん。品質は研究棟に置いてある材料の都合で、次回は良品が混じってしまうと思いますが、よろしくお願いします」

私はまたしばらくしたら同じ本数のポーションを持ってくる約束をし、何かあればファーレンハイト辺境伯の王都邸宅か王宮の離れの研究棟宛てに連絡するように依頼すると、商業ギルドを後にした。


「あとは帰ってゆっくり斬撃大強化、硬度大強化、大電撃を付与するだけね」

そう言って軽く伸びをする私にブレイズさんが尋ねてきた。

「大剣なんて作って持てるのか？」

「何を言ってるの？　ブレイズさんが使うに決まってるじゃない」

これで盗賊の集団だろうとドラゴンの群れだろうと安心ね！

✧

それからしばらくして、魔石設置の調整のため、真打ちとは別にもう一本の剣を使って設置場所や形状の調整をすることになり、私は再びテッドさんの店を訪れていた。

「こんにちは、テッドさん。剣の具合はどうかしら？」

「おう！　メリアの嬢ちゃんか。影打ちができたぞ」

そう言って、テッドさんは店の奥からベースとなる大剣を持ち出してきて差し出した。手に取って確認すると、三箇所ほど魔石を設置するための窪みが設けられているのが見てとれた。

そこで私は、先日効果を付与した三つの中級魔石を取り出し、それぞれ取り付ける際の注意点を説明していく。

「これが効果を付与した魔石よ。大電撃は剣身と柄《つか》の継ぎ目にして絶縁し、斬撃大強化は柄頭に、硬度大強化は柄中央で強度を担保するのが望ましいわ」

「なるほど、中央の魔石の上下を握って振るう感じだな！」

テッドさんの言葉に私は頷き返した。魔石を設置しての試し切りは威力が定かではないので、一人で行わないように注意する。

「それにしても変わった色をしているわ。アダマンタイト…いえミスリルかしら？」

「気がついたか。この大剣はアダマンタイトとミスリルの合金を使っている」

魔剣のため、魔石の魔力伝導を高めるためにミスリルを混ぜ込み、その分は硬度強化の魔石の効果で硬度を担保するそうだ。

「あとな、こいつを持っていけ」

そう言ってテッドさんは私に緋色《ひいろ》の槍を差し出した。

「これは、私のために？」

「そうだ。魔石の負荷というより、嬢ちゃんの腕にあの槍は少々不足だろ。先日の技をあと十回も撃てばエルダートレントの木を使っていても柄が割れちまう。だからヒヒイロカネをベースにしたミスリル合金の槍を作っといたぞ」

テッドさんの説明によると持ち手は雷豹《らいひょう》の皮を巻いて絶縁してあるそうで、魔石を多少強化しても問題ないそうだ。

私は差し出された槍を受け取ると、魔石を付けずにその場で孤月下段斬りからの突きを繰り出してみた。以前より重い分、素の威力が増しているのが感じられる。あと二年もして体が成長すればちょうどよく感じるだろう。

「ありがとう、とても扱いやすいわ！」

「まったく薬師にしておくにはもったいない腕をしてやがる」

そう言って笑うテッドさんに、辺境の薬師はこれくらいやれなきゃねと笑い返し、ギルド証を向けて代金を支払った。

✧

テッドさんの店から辺境伯邸に戻る馬車の中で、ブレイズさんが思い出したように話しかけてきた。

「そういえば、王宮からの知らせによると数週間後に弟子候補が三人ほど来るそうだ」

「へぇ…え⁉」

一瞬、自分のこととは気がつかずに流しそうになったけど、聞き間違いがなければ、この十二歳の私にすぐにでも弟子をつけると？　それはまた、ずいぶんと思い切ったのね。

「でも知識伝承の相性からライブラリを共有できないとわかったら即クビよ」

「ライブラリ？　なんだそれは」

そこから説明が必要なのかと思いつつも、私は錬金術の師匠と弟子の間で行われる地脈を通した知識伝承の儀式の概要を伝えた。同調して共有する知識ライブラリにより錬金術を伝えるので、実技の指導はするけど基本的に座学は必要なし。同調には血縁が最も相性が良く確実であり、本来は子供や孫に受け継いでいくものなのだと説明した。

「そうして何代にもわたって完全な形で知識は受け継がれ、世代を重ねるごとに洗練されていくの。だから、師匠なしで上級以上は無理って言ったのよ」

「そうだったのか…」

ブレイズさんは納得したようだった。千年、二千年と伝えられて少しずつ完成されていった錬金薬師の知識を一代で成そうというのは無理なのだ。

「後腐れがないように事前に報告しておいた方がいいな」

「なぜ継げないんだ、みたいな騒動はごめんよ。そこに悪気《わるぎ》は介在しないんだから」

そう言って肩をすくめる私に、

「そこが伝わらないのが貴族というものだろう」

と諭《さと》すブレイズさん。

「うぅ、憂鬱だわ。本来は一族の秘伝なのに絶滅危惧という特殊事情《バーゲンセール》でタダで教えてあげようというのだから、それだけで感謝してほしいくらいよ！」

そう言ってプンプンし出した私にブレイズさんは善処すると言うと、揺れる馬車の中で器用にも王宮に宛てる手紙を書き始めた。

✧

それからしばらく研究棟に出仕してはポーションを作製して商業ギルドに卸す生活を繰り返すうちに、テッドさんから雷神剣が完成したという連絡が辺境伯邸に届いた。

一刻も早く見てみようと、辺境伯邸からテッドさんの店に急行すると、店の外に出ていたテッドさんが私が乗る馬車に気がつき手を振って声を張り上げる。

「おう！　ブレイズ、メリアの嬢ちゃん。完成したぞ！」

テッドさんは馬車から降り立った私とブレイズさんを店の奥の倉庫に案内すると、立て掛けられていた真打ちの雷神剣を手に取り掲げてみせた。

「うわ、結構大きいわね。ブレイズさん振れるかしら」

「余裕だ。これでも筆頭錬金薬師の護衛騎士だぞ」

「まあ、それはよかったわ。じゃあ、早速試し切りよ！」

それじゃあ試し切りスペースの案山子《カカシ》で試そうと歩を進めようする二人を私は慌てて制止する。

「いや案山子で試すのはちょっと、いえ、かなり無理があるんじゃないかしら」

テッドさんとブレイズさんは互いに顔を見合わせると、揃って聞いてきた。

「「じゃあ何で試すんだ？」」

「王都郊外の丘に立つ木よ」

✧

馬車に揺られること二時間。テッドさんとブレイズさん、それから私の三人は王都を出てしばらくしたところにある大きな木が生えた小高い丘の前に来ていた。

「なあ、こんなところまで来てどうするんだ？」

そう尋ねてくるブレイズさんに丘の上にある木を指差しながら私は言い放った。

「この位置から、あの大木に向けて雷神剣を振り抜くのよ」

「「はぁ？」」

二人とも釈然としない様子だったけど、私はテッドさんを連れて離れた場所に退避すると、ブレイズさんに手を振って合図する。

「いつでもいいわよー！」

ブレイズさんは肩から大剣を抜き放ち、しばらく重さを確かめていた。その後、上段に大剣を構えて息を吸い込み、裂帛《れっぱく》の気合を入れて丘の大木に向けて振り下ろすと、次の瞬間、空と大地の間を縦一文字に閃光《せんこう》が走った。

バリバリッ！　ズガァァァーン！！！

激しい光と音に目と耳を塞いでしばらく経ち、ゆっくりと目を開けると…大木が消し飛んで丘が二つに割れていた。

「やったわっ！」

剣を振るったブレイズさんは振り下ろした姿勢のまま硬直していたが、特に問題ないようだ。

私は目を輝かせてテッドさんに振り向き拳を振り上げ喜びを伝える。

「雷神剣の完成よ！」

「ハッハッハ！　こりゃすげぇ！」

「ファイアードラゴンだろうとアイスドラゴンだろうと一撃よ！」

いぇい！　パァーン！　と手を合わせた私とテッドさんに、前から突っ込みの声が聞こえてきた。

「アホか！　強力すぎるだろぉ！」

私とテッドさんはブレイズさんの元に近寄り大剣を受け取って耐久性に問題がないことを確認した後、

「この私が雷神剣と銘打った剣が強力じゃないわけないでしょう」

と不思議そうに言って、テッドさんに「ねぇ？」と同意を求める。するとテッドさんも大きく首を縦に振り「メリアの嬢ちゃんの言う通りだな」と言って頷いた。

「「何が問題なのよ」んだ？」

二人してそう言う私たちに、ブレイズさんは疲れた顔をして問題を指摘していく。例えば、こんなものを作らせて辺境伯は叛意《はんい》があるのではないかと王家に勘繰《かんぐ》られたらどうするとか、周りに危険が及ぶとか色々だ。うーん……

「じゃあ、お蔵入りにしましょう」

そう言って確認していた剣を持ち去ろうとした私の肩を、ブレイズさんはガシィ！　と摑んだ。

「いや、待て。安全に使えば問題なかろう」

「なぁんだ。やっぱりブレイズさんも気に入ったんじゃない」

ねぇ？　とテッドさんに向いて同意を求めると、したり顔でこう言った。

「まったく素直じゃないやつだ！　一撃必殺の最強剣だぞ、男のロマンを前にグチグチ言うな！」

そうして、ハッハッハ！　と王都の郊外で私とテッドさんの笑い声が響き渡った。

後日、ロマン武器なる雷神剣だけでは手加減するのは不可能という当たり前の結論に達し、フォレストウルフの魔石を使用する私の槍と同程度に調整した影打ちとの二本セットで決済を済ませることになるのは、また別の話である。

✧

楽しいロマン武器製作も束の間、とうとう、三人の弟子候補との顔合わせの日がやってきた。

「私はメリアスフィール・フォーリーフ、ファーレンハイト辺境伯直属の筆頭錬金薬師よ」

そう自己紹介をした幼さが多分に残る私を見て、弟子候補の三人は一様に困惑の表情を浮かべる。そんな微妙な空気を和《やわ》らげるかのように、フォーリン伯爵がフォローを入れてくる。

「メリア嬢はこの年で四重合成の錬金術を会得《えとく》しており、最高品質の上級ポーションを同時に二つ作ったそうだ」

その技術を継承するにあたり、地脈を利用した知識伝承が可能な相性の良い錬金薬師を弟子として錬金薬師のライブラリを継承し、うまくいけば実技指導もしていくと辺境伯から協力の約束を得ているとフォーリン伯爵は説明を続けた。

それを聞いて困惑の表情を解いた二人は、ライブラリとは何かとか、継承はどのようにするのかなどと質問をしてきたが、一人だけ憮然とした表情で不平を漏らす。

「こんな小娘にポーションなど作れるはずがない、はったりだろう」

そう発言したのは、やはりというか恐れていた通り、子爵家の貴族の三男坊だった。ついに、この時が来てしまったわ！

「しかしエディ君、彼女の腕は辺境伯が保証している」

尚《なお》も言い募ろうとするエディ君に、ふと思いついたように、伯爵が私に実際作ってみせたらどうかと提案してきた。私は材料がもったいないので中級ポーションならと申し出ると、伯爵はそれでいいと了承した。

私は腰のポーチから薬草と瓶を取り出し、自分の四方に瓶を置いて、両手の親指と人差し指の間に一本ずつ、中指と薬指の間に一本ずつ癒し草を手に持ち、錬金を始めた。

「四重魔力水生成、水温調整、薬効抽出、薬効固定、冷却…」

チャポポポポン！

出来上がった四本のピンク色をした中級ポーションを伯爵の傍の女官に渡した後、改めて伯爵の方に向き直り告げた。

「どうぞ鑑定を」

胸に手を当て錬金薬師としての礼をとり目を伏せる。伯爵は傍《かたわ》らのバーバラさんに鑑定を促した。

「全て最高品質の中級ポーションです」

「そんな馬鹿な！」

エディ君はバーバラさんからひったくるようにして中級ポーションを奪い取ると、自分で鑑定をかけたようだ。

「ありえない…」

愕然とした様子のエディ君に結論は出たと判断したのか、伯爵は話を続けた。

「彼女は見ての通りの実力者だ。見た目や年齢にかかわらず、先達《せんだつ》として敬《うやま》うように」

「…わかりました」

エディ君以外の二人はすぐに返事をしたが、エディ君はそのままぶつぶつと呟いて伯爵の声が届いていないようだった。

私はブレイズさんの方を向いて問うような目を向けたが、ブレイズさんは軽く頭を横に振った。

構わないでおけってことらしい。

こんなの相性がいいわけない、やる前から結果が見えてるわ。

✧

それから互いに名乗りを済ませた後、地脈を利用するため地面に触れられるよう、中庭の木陰にやってきた。

「木の根元の前で、額《ひたい》と額を付けて相性をはかります」

それで継承できるかどうか判定できると言うと、エディ君が自分が先にやると言って前に出てきた。まあ、いいけどね。

「膝をつけて両手を胸の前で合わせて、心を落ち着けて瞑想《めいそう》してください」

目を閉じて瞑想《めいそう》を始めたエディ君に額をつけ、地脈を通して、例えて言えば爪の先ほどというほんの一部のライブラリ共有を試《こころ》みる。

バチッ！

痛ったぁ…当たり前だけど、相性最悪じゃない！　弾《はじ》かれるなんて初めてよ。

「えっと、無理でした」

「嘘をつけ！」

激昂《げきこう》して摑みかかろうとしてきたところを余裕の体裁きで避けると、エディ君はバランスを崩して転んだ。それから一息遅れてブレイズさんが護衛として私の前に立つと、懲《こ》りもせず向かってこようとしたエディ君を制止して強制退場させていく。ふぅ…困難《ボンボン》は去ったわ。

「無理かもしれないけれど、師弟でのライブラリ共有の儀式は、母のように、あるいは姉のように、または妹や娘に対するような親愛の情を向けて臨《のぞ》むのが通例なのよ。だから同調は通常は血縁で行われ、赤の他人と同調するのは難しいの」

それでも血の繋がりがなくても伝承できた実例はある、それは何を隠そう私のことだ。そう言って、残った二人に知識伝承の儀式についての心構えを説《と》いていく。

地脈に触れられる素養を持ち、同調できる波長の似た親しい者同士の間でのみ知識伝承は成り立つのだ。少なくとも反感を持つ場合は脳に衝撃が走って物理的に痛いから、やる前から言ってくれると助かる。そう説明した私に二人は神妙に頷いた。

どうやら残った二人は弾かれることはなさそうだ。

一安心した私は、十七歳の女の子アルマちゃんと十五歳の男の子ライル君に、同調の試しを順次試みる。

「うーん、ライル君の方で、もしかしたらうまくいくかも？」

アルマちゃんの方は同調するには波長が遠すぎた。それを聞いたアルマちゃんはがっかりして肩を落としたけど、キッと顔を上げたかと思うと私にとんでもないことを言ってきた。

「弟子は無理でも助手でいいので使ってください！」

「ええ!?　助手ってどうして…」

詳しく聞くと、天涯孤独で断られると帰る場所がないと言う。どうやら私の存在により、今までは素養があれば研究棟に入れた者でも、可能性がないとわかればお払い箱になるようだ。

「わかったわ、アルマちゃんを助手にしてあげます。地脈を扱う素養はあるのだし、採取した薬草を乾燥させるくらいの術は使えるようになるでしょう」

「ありがとうございます！　役に立てるよう、頑張って覚えますね！」

こうして私は弟子の他に助手を一人召し抱えることになった。予定外だったけど、お金はあることだしなんとでもなるでしょう。

「ライル君は同調の確率を少しでも上げるためしばらく私と一緒に過ごしてもらうわよ」

そう言って先ほど話した親愛の情を高めるためと補足すると、ライル君は小さく頷いた。

✧

「一時はどうなることかと思ったけど、一回目で一人可能性がある子が見つかるなんてラッキーだわ」

二十人や三十人に一人、つまり三パーセントから五パーセントの狭き門だと話す私に、ブレイズさんが尋ねてきた。

「これから弟子としばらく一緒に過ごすって寝ても覚めてもか？」

「まあ、それが望ましいというだけで嫌なら仕方ないわ」

そう言って狭き門を通り抜けたライル君に目を向けると、彼は慌てたように答えた。

「嫌じゃないです！」

「そう？　あくまで確率を上げる処置なので難しくなったら言ってね」

「はい」

ということよ！　とブレイズさんに向き直って親指を立てた。ブレイズさんは、顔に手を当てて溜息をつきながら独りごちた。

「これは数年もすれば女性以外伝承禁止になるところだった」

「なんでよ。別に波長が合えば構わないでしょ？」

「お前な……」

と、ブレイズさんは私に振り向き、例えば十八歳男子と十五歳女子が寝ても覚めても一緒など問題だろうと宣《のたま》う。

「主に思春期男子の理性が持たない！」

そう言い切るブレイズさんに、問題でもなんでも必要なことだと説《と》く。

「仕方ないじゃない！　ライブラリを共有した師弟は、地脈を通して常に傍らに師匠のぬくもりを、あるいは、かわいい弟子を感じて生きていくようになるのよ」

だから、数人ならと人数を絞ったんじゃないの。私は師匠一人としか同調したことがないから実際どうなるか想像できないけど、かなり精神を強くもたないとならないはず。

「何十人も常に傍らにいるように感じていたら、大家族の肝っ玉母ちゃんでもなければやってられないわよ！」

そう言い捨てた私に、ブレイズさんはキョトンとした顔をして言う。

「いや、お前はむしろ肝っ玉母ちゃんになるだろ」

「どういう意味よ！」

「そのままの意味だ」

そんな私たちのやり取りを見ておかしくなったのかライル君は笑った。そういえば自己紹介をしてもらっていなかったとライル君のことを聞いてみた。

「僕は地方の教会の孤児院で育てられ、錬金薬師の素養を見出されて王都に連れてこられました」

なるほど、私も両親は亡くなって、街に、辺境伯領に、そして王都にと点々としてきたことを話して聞かせた。

「もしうまくいったら、私を姉…は無理でも妹でもなんでも家族のように思ってくれると嬉しいわ」

そう言って笑いかける私にライル君は小さく頷いた。

✧

それからしばらくはポーションを作ったり、商業ギルドに行ったりと、助手となったアルマちゃんと弟子候補のライル君とで共に過ごす毎日が続いた。

今日は魔道具でクッキーを作って午後のティータイムを楽しんでいる。焼きたてのクッキーを二人の前に差し出すと、待ってましたとアルマちゃんがパクリと頬張った。

「すごく美味しいです！」

「それはよかったわ。沢山焼いたから遠慮なく食べてね。はい、ライル君も。あーん」

「じ、自分で食べられます！」

「心の壁を作っては駄目よ。同調するには依存するくらいでちょうどいいのよ！」

私はそう言って顔を赤らめて口をパクパクさせていたライル君の口にクッキーを放り込むと、ライル君はモシャモシャとクッキーを咀嚼《そしゃく》した後、

「ホントだ、すごく美味しい！」

そう言ってビックリした顔をした。

「ライル君ずるい！　メリア様！　私にも、あーんしてください！」

どちらかといえば私があーんしてもらう方なのではと思いつつ、大きく開けた口にクッキーを放り込んであげると、アルマちゃんは蕩《とろ》けるような笑顔を見せてクッキーを頬張った。

「メリア様はポーションだけでなく、美味しいお菓子もお作りになるんですね！」

「ポーションは体を、豊かな生活は心を癒してくれるのよ」

そのためには、衣食住を更に充実していかなくてはならない。ポーションはもちろん大事だけど薬師も人間なのだ。

「どんなに忙しい時でも、心にゆとりを持つことを忘れないでね。さもないと…」

「「さもないと？」」

「過労死してしまうわ！」

そう言ってオーバーアクションに頰に両手を当てる私に、二人は互いに顔を見合わせて笑う。

今はそうして笑って聞き流してもいい。でも私の弟子にはきちんと伝えておかないと、かつての錬金薬師たちと同じ運命を辿りかねない。ライル君や孫弟子たちが苦しい思いをした時に思い出してくれればと、私は未来に向けてささやかな願いをライブラリに込めたのだった。

⁘

そうして他愛ない日常を過ごして数週間が経過し互いの緊張が解けた頃、私はライル君に知識伝承の儀式を行った。

「これからは、私が家族よ」

「ありがとうございます、メリア師匠」

その結果、なんと一発でうまくいったわ！　私が地脈を通して師匠から受け継いだライブラリをライル君も閲覧できるようになっていた。

「家族に近い親愛の情を抱かないとできないはずなのに不思議だわ」

そう首を傾げている私にブレイズさんは告げる。

「そんな条件なら、うまくいって当たり前だろ」

「なんでよ？」

それは俺の口から言うことじゃないな、そう言ってブレイズさんは手を振った。そんな私たちの前で今、ライル君が中級ポーションの作製を試みていた。

「魔力水生成、水温調整、薬効抽出、薬効固定、冷却……」

チャポン！

どれどれと、ライル君が初めて作ったポーションを鑑定にかける。

中級ポーション：やや重い傷を治せるポーション、効き目普通

「ふむ、普通の品質ね。体の鍛え方が足りないのかしら」

「そうですね、地脈の通りが悪いみたいです」

これから毎日王都の周りで走り込みをします、と相槌《あいづち》を打ったライル君にブレイズさんは驚いた声を上げた。

「錬金薬師は体を鍛える必要があるという話は冗談じゃなかったのか！」

「当然でしょ、私をなんだと思っているの」

「練筋薬師」

なんですって！　と怒る私から逃げるように席を立つブレイズさんの様子を見ながら、ライル君は心の底から笑いを上げていた。

こうして、一度、錬金薬師の血脈が絶えたこの世界で、二人目の錬金薬師が誕生した。

「メリア師匠、この蒸気機関というのは一体…」

ついにこの時が来てしまったわ、私のライブラリを共有したら避けられない問題が。

師匠から継承した知識は純然たる錬金薬師のそれだったけど、私の代からオーパーツというべき転生前の知識が詰め込まれている。つまり、一度絶えた錬金薬師のライブラリが私を起源《ルーツ》にして広まっていくと、不完全ながら科学知識も伝承されてしまうのだ。

「まだ考え中なの。そのうちテッドさんに作ってもらうわ」

よって、いずれは拡散されてしまのだから、もう自重する必要はないということね！

概念だけとはいえ分子や原子まで伝わってしまうのだから、千年もすれば科学とファンタジーが融合した世界になっていることでしょう。ならば、内燃機関ではないのだから出力も限られている蒸気機関など、かわいいものだわ。私はそう結論付けた。

「それよりポーション作製はどうなの？」

「はい、たまに良品が混じるようになってきました！」

「それはよかったわ。後は体を鍛えて地脈の通りを良くして、自力で薬草を採取してこれるだけの護身術を身につけるだけね」

そんな私の言葉にブレイズさんが茶々を入れた。

「あの過剰な護身術か」

「単に、錬金術の知識と共に武術や体術の体系も洗練化されてしまっただけなのよ？」

千年、二千年と錬金薬師が薬草採取に山岳地帯や秘境を出入りし、必要に迫られて試行錯誤した結果、様々な護身の術がライブラリに収録されている。先達の中には、優れた武術を学んで活かせばいいと考えて実践した者もいれば、武術の才能がない代わりに武器を強化したら楽になるのではと考えた者もいる。

そうした長きにわたる積み重ねの突端《とったん》が今の私なのだ。しかし知識はともかく、運動神経は人それぞれ。

「だからライル君も先達を例に、自分に合う護身の技を選んで体得していくといいわ」

「わかりました、色々試してみます」

ライル君は頷き、ブレイズさんも納得したようだが、

「その理屈だと過去の錬金薬師の中で盗賊を捕まえて特殊な縛り方をして引き摺るような強者《つわもの》がいたのか」

などと、なおもブツブツと言う。

「何を言っているの？　それは伝承知識とは関係ないわ」

そう答えた私を「やはりな」という目で見るブレイズさん。また失礼なことを考えているわね。盗賊を捕まえて換金するなんて常識でしょう。縛り方も、私が前世で本で読んだものだし、原型となった「市中《しちゅう》引き回しの上、打ち首獄門《ごくもん》」は江戸時代の産物よ！

「ところで、ライル君の所属はどうなっているの？」

錬金術の習わしとして名の一部を受け継ぎ、ライル君はライル・フォーリーフとなったとはいえ、もともと王宮で囲われていたわけだし、国もしくは王侯貴族の誰かの所属になっていてもおかしくない。

「…上で調整中だな」

錬金薬師を安定して輩出していくには、ライル君も外から弟子を取ったり、通常通り確率の高い血族に継承していく必要がある。そんな代々続くであろう錬金薬師の獲得を巡って、権力者の間では鍔《つば》迫《ぜ》り合いが起きているらしい。

「当分決まらないので、今は暫定処置で筆頭錬金薬師の麾下《きか》、つまりファーレンハイト辺境伯所属ということになる」

「言っておくけど、ライル君が継承した知識を更に継承させるには十年必要よ」

知識が脳に定着するまで同調は行えない。更に言えば、

「ちなみに私も最低でも二年は間を置かないと厳しいわ」

知識を送られた方ほどではないけれど、送る側も脳に負担がかかるのよ。連続して行ったら知

識が抜け落ちて失われてしまうわ。

「体感的には、次に儀式ができるのは私が十五歳くらいになった頃かしら。その次はやってみないとわからないけど、大体三年は欲しいわ」

「それを早く言え」

ブレイズさんは急いで書状をしたため始めた。なんと、王宮にいた錬金薬師の素養を持つ者でうまくいったからと、自領に錬金薬師の素養を持つ者を抱えていた貴族たちも我も我もと、素養のある者を王都にかき集めていたらしい。

「うぇぇ、勘弁してほしいわ！」

そんな、ねずみ算式じゃないんだから、私一人しかいなくなった状態で急に増やせるなら錬金薬師の血脈は絶えたりしてないわよ。

ともあれ、次の継承時期までしばらくは余裕ができたわけだし、これからはスローライフに向けて便利な魔道具を作っていかなくちゃね！

✧

知識伝承の儀式が終わって時間に余裕ができた私は、予《かね》てから考えていた魔石で動作する蒸気機関を具現化するため構想を図面に落としていく。

やがて発注に値するところまで構想が固まると、図面を持ってテッドさんの元を訪れた。店の前で掃除をしていたテッドさんを見つけた私は元気よく挨拶をする。

「こんにちわ、テッドさん！　お久しぶり！」

「おう！　メリアの嬢ちゃんじゃねぇか。今日はなんの用だ？」

私はテッドさんと店に入ると、シリンダーブロックとピストン、クランクシャフト、部品を止めるナットやネジ、それから水の吸排気機構に稼働部部分にさす油の注意書き、シリンダーからの位置が可変な火炎の魔石と、シリンダーに固定された冷却の魔石を取り付けた蒸気機関、そして回転エネルギーを伝えるシャフトやギア、軸受となるボールベアリングの図を次々と机に広げていった。

「なんだこりゃ？」

「魔石を使って回転運動を起こす魔道具よ！」

私は蒸気機関の仕組みを簡単に説明した。

うまくいけば、馬なしで馬車の車輪を回転させたり、船を推進させたり、水を汲み取って管《くだ》を通して部屋まで通したり、自動的に布を織らせたり製粉のための石臼《いしうす》を引かせたりと色々できるはず。

電撃の魔石から直接使用できる電気を取り出すのは難しいけど、磁石と銅線で発電機を回せば似たような構造でモータも動かせるし夢は広がるわ。

「嘘だろ、嬢ちゃん。本業の薬師はどうしたんだよ」

「ちゃんとやってるわよ、この歳で弟子も取ったのよ。それに、ひたすらポーションを作ってばかりしていたら過労死してしまうじゃない」

そう言ってだらりと両腕を垂らして参ったフリをする私に、ブレイズさんはツッコミを入れる。

「ポーションの代わりに別の何かを作っていたら世話ない」

「それはそれ、これはこれ。別腹なのよ！」

またかと溜息をつくブレイズさん。

大体、さっさとモータまで行きつかないとハンドミキサーやジューサーはどうするの？　生クリームを手軽に作れるところまでくれば、だいぶスローライフ感が出てくるわ！　そうよ、まだ若いのだから老後までに楽する道具をいっぱい作っておけばいいのよ。

その老後に辿り着くことなく二回も過労死したことを頭から追い出して、目的に邁進《まいしん》するメリア。そのうちガントチャートや作業分解図――ＷＢＳ（ワークブレイクダウンストラクチャー）でも作りそうな勢いだ。

「こりゃおもしれぇな！」

そんなメリアと混ぜたら危険なテッドが声を上げた。鍛冶師としての集大成とも言える予算制限なしの大剣も面白かったが、まったく新しい機械部品やギア機構もまた、彼にとって頭をガツンと殴られたくらいに衝撃的だったのだ。

「素人考えだから多少の強度不足が発生するかもしれないけど…」

そう言って私はポーチを逆さにして硬度強化を付与したフォレストウルフの魔石をドザァーと机にぶち撒けて言い放った。

「試作段階では硬度強化の魔石で無理矢理解決よ！」

なるほど！　テッドは目から鱗が落ちる思いだった。鍛冶師としての目から見て、強度的に無理がある箇所も散見されたが、硬度強化の魔石を湯水のように使えるなら話は別だ。メリアの硬度強化の魔石の効果を大剣で知っていたテッドは、早くもやる気になっていた。

「嬢ちゃんとならなんでもできそうな気がしてきたぜ！」

「テッドさんならそう言ってくれると思っていたわ！　頼んだわよ！」

おう！　とばかりにパァーン！　と手を合わせるメリアとテッドを見て、ブレイズは少し前の戦略級ロマン武器の既視感《デジャヴ》を感じ、このまま放置しておくととんでもないものが出来上がってくる嫌な予感を拭いきれず、思わず言葉が口を突いて出た。

「なぁ、それ爆発したりしないだろうな？」

「科学の進歩に犠牲はつきものなのよ！」

やっぱり危ないものだった！

その後、ブレイズは十分な安全の確保をメリアに懇々《こんこん》と言いつけたが、「わかってるわよ」というおざなりな返事に不安を覚えつつも、図面を広げた机で激しく議論するテッドとメリアを見て止めるのを諦めた。

　ここしばらく没頭していた蒸気機関を発注に漕ぎつけた私は、アルマちゃんを引き連れて辺境伯邸に戻り、打ち上げ代わりにお菓子を作っていた。

　出来上がったパンケーキやクッキーに生クリームを挟んで食べようと、牛乳にバターを入れて細い棒でかき回していたけど、なかなかツノが立たず疲れてきたのでアルマちゃんに交代してもらう。

「これをかき混ぜるだけでいいんですか？」

「泡状になるよう素早く混ぜてね。粘性が出てピンとツノが立つまでお願い」

　その後、しばらくしても変化のない様子に痺れを切らしたアルマちゃんが口を開く。

「液状のままなんですけど、本当にツノが立つようになるんですか？」

「やっぱり泡立て器もなしに生クリームを作るのは無謀だったかしら」

　泡立て器でも大変だからハンドミキサーやジューサーが欲しいけど、モータは割とハードルが高い。まず磁石がないのよ。手元でクルクルとハンドルを回す手回し式なら簡単に作れそうだけど電動式が欲しくなる。

　そんなことを考えているうちにツノが立ってきていたのでアルマちゃんにストップをかける。

「ご苦労様、もう十分よ」

「もう、右手が攣《つ》りそうです！」

　赤い木の実を生クリームで包み込んで二枚のクッキーで挟んだ所謂《いわゆる》クッキーサンドを作り、ご褒美として椅子に座り込むアルマちゃんに一番に食べてもらう。

わ。

「美味《おい》しいです！」

疲れなど吹き飛んだかのように次々と口に入れ始めたアルマちゃんを尻目に自分も試食してみる。うん、悪くはないけど砂糖を入れないと今一歩ね。サトウキビか甜菜《テンサイ》を探さないといけないわ。

「はい、料理長もよかったらどうぞ」

一時的に厨房を借りたお礼にと、料理長に何個かクッキーサンドを渡した。

「ほう、これは興味深い味ですな。まさか牛乳がこのように変わるとは」

「生クリームというの。柔らかいパンケーキの間に挟んだり、薄く焼いた生地と交互に積層させたりと、色々使えるのよ」

そうだ。餅は餅屋と言うし、やはりプロに作ってもらった方が美味しくなるはずよね。そう考えた私は、今後、少しずつ料理やお菓子のレシピを料理長に伝授して改善してもらうことにした。手始めに、

「料理長に研究してもらえると助かるわ。クリームを作る時に甘い調味料を混ぜるといいのよ」

そう料理長に伝えて厨房を後にした。

その後、部屋に戻ってブレイズさんとお菓子を食べながら、私は磁石の作製について考える。

ネオジム、鉄、ホウ素で作るネオジム磁石。あるいはマンガン系のフェライト磁石。他にもニッケル、銅、亜鉛で作る磁石など色々と種類はある。商社時代のレアメタル採掘権研修の基礎知識

もあながち馬鹿にできないわね。

　とにかく、錬金術で鉱石から特定の成分を抽出することはできるから、インゴットになる前に適当な型を用意してそこに流し込むようにすれば、ブラシレスモータの外周を覆う半円筒形の磁石は作れるはず。

　私はテッドさんからもらってきた鉱石を腰のポーチから取り出し、試しにネオジム磁石の成分を抽出して紙で作った型に流し込んでみた。

「重みでちょっと紙の歪みが出たけど、思ったより綺麗にできたわ」

　流し込む時に一定方向の磁気を流せば、磁気モーメントが揃った磁石ができるはず。でも、その一定方向の磁気を流すために強力な電磁石が必要よね。そう考えた私は、ステップごとに工程を思い浮かべた。

　まず鉄心に銅線を巻き付ける。鉄心はインゴットそのものだからすぐ作れる。銅線は…何か細い丸い隙間に鉱石から抽出した銅を落としていけばスルスルと細長い銅線が作れる気がするわ。

　私は試しに何重かにした紙に太めの刺《し》繍針《しゅうばり》で穴を開け、鉱石から銅成分を抽出してその穴に向けて落とし込んでみると、紙の下に細くて長い銅線が出来上がった。

　銅線は、別に錬金術がなくても、金属の穴に通して次第に穴の径を小さくしていけば望む太さの銅線が作れるはずだけど、常温で一時的にでも流体になる錬金術は、時に鍛冶では無理なことを簡単に実現してしまう。

　その後、細長い円筒形をかたどった紙に、鉱石から人差し指の太さと長さの鉄を流し込み、紙の上から先ほど作った銅線を巻き付けて銅線の片方をアースし、片方に電撃の魔石により電気を流し込んだ。

バチッ！

なんだか巻き付けていた紙から焦げ臭い匂いが立ち上ってしまったけど気にしない。しかし、音と匂いに気がついたブレイズさんが何事かと隣の部屋からやってきた。

「おいおい、部屋の中で何やってんだ」

「ちょっとした実験よ」

騒ぎになると迷惑だし研究棟で実験した方がいいかもしれないわね。ポーション作製じゃなくて申し訳ないけど。

そう考えながら机を見ると、人差し指程度の鉄芯に先ほどのネオジム磁石が引き寄せられているのが見えた。どうやら一時的にでも電磁石にすることに成功したようだ。

気を良くした私は、今度はブレイズさんに手伝ってもらって半円筒のネオジム磁石の成型の瞬間に、電撃の魔石を発動してもらった。その際、片方はもう片方を処置する時とは反対の銅線の端から電撃を流してもらう。

そうしてできた二つのネオジム磁石を近づけてみるとカチンッ！　と小気味よい音を立てて磁石がくっ付いた。

「やったわ！　互いに正反対の方向に磁性化した永久磁石ができたわ！」

あまりにうまくいったので、私は思わず声を上げてしまった。これで三方向に銅線を巻き付けた回転体の周りに永久磁石を設置すれば発電機やモータが作れるわね…理論上は。

「家庭向けのモータでも一般普及には、ほど遠いわ」

製作過程が錬金術に依存しすぎた。とはいうものの、これで磁石という概念とその作り方はライブラリに登録されたはず。私の代で無理でも、普及させるための工法は後世が編み出せばいいのだし、やがて電撃ではなくエネルギーとして取り出しやすい「電流の魔石」の作り方が生み出されるかもしれない。

「私の代は私だけが使う想定で、錬金術必須の特注品で問題ないわね」

「そうだといいがな」

「何よ、何か気になることでもあるの?」

私の問いかけに、出来上がった磁石をくっ付けたり離したりしていたブレイズさんは、思いついた懸念を順を追って話し始めた。

「俺には何の役に立つのかよくわからんが、どう見ても今までにない代物《しろもの》だ」

「まあ、そうでしょうね」

「つまり、この磁石という不思議な性質の金属単体でも値段がつくということだ」

好事家《こうずか》というのは貴族や豪商にいくらでもいると私に磁石を手渡したけど、そういうものかしら。

「でもこれだけじゃ、方角《ほうがく》を知るくらいにしか使えないわよ」

そう言って磁石を糸で吊り下げると、やがて一定方向を示した。

「……十分すぎないか？」

なんということでしょう、方位磁石すらなかった！

私は説明のために、細い棒状の磁石を作って片側にインクで色を付け円筒状の入れ物の下に方位を示す字を書いて吊るして簡単な方位磁針《コンパス》を作ると、完全版としてブレイズさんに渡した。

「これで、地面に磁石が埋まっていないところなら、どこにいても正確な方向がわかるようになるわ」

常に同じ方向を向くから、樹海で迷ったりとか、大きな船とかで航海に出た時に方角を見失わないようになる。そう伝えると、かなり有用だと言って、特許を取って辺境伯に報告することになった。なんだか、こんなので特許を取るなんて気が引けるわ。

⁂

次の日、特許の登録に商業区の中心街にある商業ギルドに来た私は、いつものように受付に行って担当のベティさんを呼び出してもらう。

「これはメリアスフィール様、本日の御用は？」

「いつものポーションの卸しと、特許出願に来ました」

「特許出願ですか。それではこちらにどうぞ」

ベティさんに案内されて別室に来ると、私とブレイズさんで磁石作製の実演をして見せ、出来上がった磁石を使った方位磁針《コンパス》を紹介した。

「これが完成版だけど、こんな風に常に一定の方角を示すから地図との相性がいいの」

そう言って、見渡す限りの地平線といった広い場所や先の見えない樹海、大海原の海上といった使用例《ユースケース》を伝えた。

「なるほど。なかなか有用な魔道具ですね」

作製できる者はかなり限られるけれど、道具自体の有用性は伝わったようで内容を申請書に記載して登録が終わった。

「あと、こちらが本日分のポーションです。弟子ができたので、そのうち普通の品質のポーションも流通するようになると思います」

「お弟子様は商業ギルドに卸されないのですか？」

「うーん、それはちょっと聞いていませんね」

「よろしければ普通品質のポーションも販売しますのでご紹介ください」

私は少し考えると、無難な答えを返すことにした。

「所属もまだ未定のようですし話は伝えておきます」

実際に卸すかどうかはライル君の自由ということだけど、ベティさんは意図を察した上で、それでも構わないということだ。

「普通品質のポーションでも売れるのね」

「それはそうです。まともなポーションを作れるのはお二人だけなのですから」

それまでは昔の錬金薬師が作ったポーションが貯蔵されて少しずつ使われていたという。それだと、毒消しや石化や病気を治すポーションもなくなってそうね。

私は次回卸すポーションの種類を変えることを考えつつ、ベティさんに挨拶をして商業ギルドを後にした。

✧

帰りがけにテッドさんのところに寄って、モータの構造を説明してモータ部品を作るための鋳型の作製を頼んだ。その際に常温鋳造ともいうべき錬金術の応用を見せると、原理は鋳物と同じと理解したのか専用の石膏型を用意してくれることになった。

「錬金術だと液状化した後すぐ固まるようだから、大型の鋳物は流し切る前に固まってしまって作れないが、小さい部品なら嬢ちゃんが流し込んだ方が良さそうだな」

確かに熱膨張や収縮の影響がなく、高純度で均一化処理までできるので、その通りかもしれない。精度が必要なナットやネジ、それからボールベアリングの真球のような小さい部品は、鋳型ができたら私が流し込むことで段取りをつけた。

あと、小さい部品なら鋳型を作ればバンバン作れるとわかったので、手動ハンドミキサーの取手付きの円盤の内側に付いたギアと、取手と直角に付いた泡立て器具の根元のギアの構造を書いて渡して同様に鋳型の作製を頼んでみた。

「なるほどなぁ、こうすれば直角方向に回転動力を伝えられるのか」

テッドさんは私の書いた簡易図面をしばらく見た後、これなら私の常温鋳造を使わなくても若いやつの課題にちょうどいいと、手動ミキサーの作製を請け負ってくれた。

これでお菓子作りも楽になる。出来上がりが楽しみだわ！

✧

テッドに手動ミキサーを発注してから数週間後、メリアは辺境伯邸で夕食後にデザートとして出されたショートケーキに舌鼓《したつづみ》を打っていた。

「美味しいわ！」

メリアは思わずそう声を上げた。料理長に生クリームを使ったお菓子を披露した後、研鑽を重ねる料理長の料理はどんどんメリア好みに改良されていたのだ。

傍《そば》に控える料理長は「恐縮です」と綺麗に礼をとる。

「これに少し酸味のある実を載せたり、柑橘系の果物を二段のスポンジケーキの間にクリームと一緒に挟むように添えたら、甘みにアクセントが出て引き立つわよ！」

そんなメリアの言葉を逐一メモに取る料理長のクラウス。味の最先端である王都で貴族家の料理長として料理に関して妥協する気は一切ないクラウスと、完成形を知るメリアの舌による相乗効果で、王都の辺境伯邸のデザートは連日超進化を遂げていた。

クラウスは、甘みがあれば茎《くき》でも根菜《こんさい》でも構わないと告げたメリアの言葉をもとに、辺境伯家の威光を惜しみなく使って方々《ほうぼう》を探させ、甜菜《てんさい》のような甘みを持つ根菜を発見した。その根菜から錬金術により直接的に甘味《かんみ》を抽出して砂糖を精製したメリアは、一気に甘味の可能性が広がったことに気を良くし、協力的な料理長に色々なレシピを提供したのだ。

これにより辺境伯家の食事は天然酵母を使った柔らかい白パンはもちろんのこと、カスタードクリームの入ったクリームパンや調理パンなど、バラエティに富んだパンが並ぶようになった。

そして、クレープやミルクレープ、そしてスポンジケーキに生クリームやホイップクリームを使ったショートケーキ、カスタードクリームを使ったタルト、更には王都近郊のチーズを使ったチーズケーキも作られるようになり、ことデザートに関してはかなりの水準まで来ていた。

「こんなの貴族のパーティでも出ないぞ」

警護として辺境伯についてパーティに出たことのあるブレイズは、連日飛躍的な進歩を遂げていくデザートに困惑の色を浮かべていた。魔剣に比べれば穏便なことこの上ないが、これはこれで何かまずい気がすると自身の直感が警告を発していたのだ。

そんなブレイズの危惧はある意味正しかった。王族や高位貴族を差し置いて、こんなハイセンスで流行の最先端となりうるデザートを辺境貴族がバンバン作ったら、主にご婦人の間でまずかった。

彼が違和感を感じたのは、デザートを自慢げに提供していたのが王都のご婦人から辺境のご婦人に対して行われていた過去の微《かす》かな記憶からだったが、騎士であるブレイズには具体的な示唆

として形になることはなかった。だから、

「いいじゃない！　美味しいは正義よ！」

「まあ、そうだな」

　という風に、流してしまっていた。

「ここまで来たら、今度は酸味のある野菜を探してケチャップとかの調味料を作って、ピザやパスタみたいな料理を楽しみたいわね！　ワインも使って肉も柔らかくしたいわ！」

　尽きることのない源泉のように次々と奇抜なアイデアをもたらすメリアの言葉を逐一メモに取っていくクラウス。

　洗練された飽食の記憶を持つメリアと、料理に対して貪欲な料理長とのコラボレーションは、錬金術による旨味成分の抽出と、コンロやオーブンなどの調理魔道具、更には常温鋳型により錬金術で揃えられていく調理道具も含めて、果てしなくエスカレートしていくことになるのだった。

✧

　あれから数週間後、テッドさんのところを訪れ、出来上がった手動ハンドミキサーを受け取った私は、今度はパスタ製造機《マシン》の図面を見せていた。

「これは何をするものなんだ？」

「料理用の機材よ。平《たいら》にした小麦粉の生地を棒状に切るの。ハンドミキサーと同じように、これを使えば小麦を使った美味しい料理が楽にできるのよ」

私は今日受け取ったハンドミキサーを使うとこんな美味しいデザートが楽に作れると、差し入れとして箱に詰めてきたショートケーキをはじめとしたデザートの詰め合わせセットを渡した。

「これはテッドさんには甘すぎるかもしれないけど、奥さんや娘さんにはいいかも」

「わかった女房に渡しとく。こっちの図面は仕組みは簡単そうだから若いのに作らせておくぞ」

私がお礼を言いながらギルド証で決済を済ませると、今度はテッドさんが別の話を切り出してきた。

「頼まれていた精密部品の鋳型ができたから錬金術で試してみてくれ」

「わかったわ」

私は渡されたインゴットから必要な成分を改めて成分抽出して一様化をかけ、用意された鋳型に順次流し込んでいく。熱も出ないし固まる時間も一瞬なので、テッドさんは流し込んだそばから出来上がった鋳物を取り出していき、出来栄えを確認する。

「嬢ちゃんの錬金術はやばいな、気泡や純度のムラが一切見当たらない」

「錬金術で一様化をかけているから、場所によるムラはできないわよ」

ムラがないから歪みが出ないし、構造欠陥もできないので強度も最高なのだ。

「これでもっと大きい鋳造が作れたら完璧なんだがな」

「そこは、今の錬金術の限界ね」

技術は伝承されて改善していくから、そのうち後世の錬金術師が解決しているかもしれない。

あるいは、テッドさんの弟子のそのまた弟子が別の方法で解決していてもおかしくない。そう未来を語った私に、テッドさんも同意する。

「そうだな、技術は教わるだけじゃなく、自分の代で進歩させて伝えなきゃな！」

「そういうことよ！」

まったくテッドさんとは気が合うわ。これで地脈にアクセスできる素養があれば、知識伝承して一気に事を進められたかもしれないけど、それは贅沢というものね。

そう考えた私は将来の技術者たちに期待しつつ、今後の調整についてテッドさんと細部を詰めていった。

⟡

メリアが帰ると、すっかり日が暮れていることに気がついたテッドは、差し入れに渡された箱を片手に夕食の席についていた。

「あなた、これは何かしら？」

「ん？　客の嬢ちゃんが差し入れにくれたものだ」

「なんだか美味しそうな匂いがするー」

女房と娘が興味津々な目で、嬢ちゃんが持ってきたお菓子を見つめていた。

「俺には甘すぎるから、お前らで食べてくれとさ」

「そうなの？　じゃあいただくわ」

ぱくっ…そのまま女房と娘が固まった。

「ん？　おい、どうした。ひょっとしてまずいのか」

と思ったら、凄《すご》い勢いで食べ始めた。

「うま、何これ、美味しすぎる！」

女房は目を輝かせ、娘は言葉にならない言葉を発しながら黙々と食べていた。なんだ、そんなに美味しいなら俺もと手を伸ばしたら、物凄い勢いで箱を遠ざけられた。

「「ダメっ！　これは私たちにって言ってたんでしょ！」」

「いや、まあそうだが…」

目をギラつかせて言う女房と娘に、テッドは所在なさげに伸ばした手を引っこめた。

こりゃやばい、お手上げだ。どうやらこれも、メリアの嬢ちゃんらしい出来栄えらしい。つまりぶっ飛んだ食い物なのだろう。

「こうなるとこの調理器具も早く作らせた方がいいかもな」

嬢ちゃんにもらった図面を見ながらそう独りごちた俺に、

「他の客なんか後にして、最優先で作らせて！　絶対よ！」

「お願い！　お父さん！」

と、食いつくようにして言う女房と娘。わかったわかったと宥《なだ》めると、再びデザートを頬張り出す女房と娘に、こっそり溜息をつく。

テッドは、あの嬢ちゃんが持ち込んでくるものは、例えお菓子でも、何一つとして普通の出来のものはないと認識を新たにしたのだった。

✧

その日、ファーレンハイト辺境伯夫人マーガレットは、憂鬱な気分で王都の辺境伯邸に向かっていた。貴族家夫人の務めとはいえ、王都の貴族夫人とのお茶会は面倒なのだ。なにせ王都は流行の発信地なので、辺境にはないかもしれませんけどと、延々と自慢話を聞かされるだけだからだ。

「はぁ、早くファーレンハイトの領地に帰りたいわ」

やがて辺境伯邸に着いた夫人は身支度を整え夕食のテーブルにつくと、料理長のクラウスが前菜を運んできた。

なんだか、酸味の効いた柑橘系のドレッシングが美味しいわ。次に運んできた旨味を抽出したというコンソメのスープというのも、透明なのにコクがある不思議な味。更に出てきた白身魚も表面がカリッとしていて中がジューシーで柑橘系の果汁がアクセントになっている…どうなっているの？　王都の辺境伯邸の料理はこんな感じだったかしら？

「本日のメインの子牛のビーフシチュー、濃厚赤ワイン仕立てにございます」

肉が溶《と》けるような柔らかさに濃厚なビーフの味が口に広がる。一緒に出されたパンも物凄く柔らかい。マナーが悪いけど、思わず全部食べてしまったわ。

「最後に、デザートの木苺のフルーツショートケーキでございます」

見たことのないデザートが出てきた。真っ白なクリームの上にちょこんと載せられた赤い木苺のコントラストが美しい。積層されたパンのような柔らかいものの間にはフルーツが挟まれていた。

小さく切り分けてそっと口に入れた瞬間に、天上に座す女神が食べるのが相応《ふさわ》しいとさえ思える甘味に昇天しそうになった。そして気がついたら全部食べていた。

「ふ、ふふふ…」

「奥様？」

気が触れたように下を向いて笑い出した辺境伯夫人に心配になったメイド長が声をかけると、突然顔をガバッと上げたかと思うと声を張り上げた。

「勝ったわ！　見てなさいよ、ダイアナ、メルシー、ヴィクトリア！　明日のお茶会は目にもの、いえ！　舌にもの見せてやるわァァァー！」

到着した時の悄然《しょうぜん》とした夫人はどこに行ってしまったのか。急にエネルギッシュになった夫人は、料理長に明日のお茶会に持参していくデザートのスペシャリテの用意を命じたり、メイド長に明日のドレスのピックアップを命じたりと、矢継ぎ早《ばや》に指示を飛ばしていく。

その日は、夜遅くまで高笑いの声が辺境伯邸に響き渡ったという。これが王都の貴族女性を中心とした社交界に、旋風を巻き起こす前日だった。

✧

王都の外、冬を過ぎて春めいてきた野原に運び込まれた蒸気機関から伸びた火炎の魔石の位置を近づけるスロットルの前に、ブレイズさんが大盾を構えて立っていた。

「またこのパターンか」

あれから紆余曲折を経て、ようやく魔石を利用した蒸気機関の試作品が出来上がったのだ。

「硬度大強化と氷結大効果の中級魔石を二つずつ組み込んだ大盾よ！　ファイアードラゴンのブレスだって余裕で防ぐわ！」

「最強の剣に加えて最強の盾まで手に入ってよかったな！　騎士冥利《みょうり》に尽きるだろォ！」

数百メートルほど離れた位置に退避した私とテッドさんは、親指を立てて大丈夫だと声を張り上げた。

「この間の大剣を試した時よりも遠くで言われてもなァ！」

そう大きな声で突っ込んだブレイズさんは乾いた笑い声を上げていた。

やがて覚悟を決めたブレイズさんは、体が蒸気機関から完全に隠れるように腰だめに長方形の大盾を構え、足でスロットルをゆっくり倒していった。

プシュ…シュシュシュシュシュ！　ピィィー！

蒸気機関のピストンがゆっくりと動き出したかと思うと、蒸気を吸排気する小気味よい音を響かせ、馬車を自走させるのに必要な負荷を想定して取り付けられた非常に重い四つの鋼鉄製の車輪が暴力的な勢いで回転を始めた。

「やったわっ！　成功よ！」

「嘘だろ⁉　あの車輪一つで五百キロはあるんだぞ⁉　馬なんて目じゃねぇ！」

次の瞬間、バッと向き合い喜びを全身で表してハイタッチする私とテッドさんに、前方からブレイズさんが声を張り上げるのが聞こえた。

「おい！　物凄い音が大盾の向こう側からするんだが大丈夫なのかァ！」

私は離れた位置から鑑定で蒸気機関の温度を測ると、安定している様子が見てとれた。

「大丈夫よ！　安定しているわ！」

実際に運用する時の安全や騒音問題については、蒸気機関を覆う筐体《きょうたい》をつけたり乗員との間に防壁を設けたりすれば問題ないでしょう。それにしても黒煙どころか有害物質を一切排気せずに蒸気機関が動くなんて、創造神様、あなたの世界はズルすぎよ！

その後、耐久試験として一時間ほど稼働させ、スロットルを入れたり緩めたりして火炎の位置調整で出力をコントロールできることを確認してから完全停止させると、私たちは再び蒸気機関の前に集まった。

「ブレイズさん、お疲れさま！　ここまでうまくいくとは思わなかったわ」

「まったくだ。今までの馬車の軽く十倍は速く走れそうだな」

蒸気機関の各所に問題が生じていないか確認しながら言うテッドさんに、ブレイズさんは、また困ったものを作ってとぶつぶつ呟いている。

「何よ、また問題があるの？」

「どうして問題ないと思えるのかわからんが、馬なしで何倍も速く走れたら軍の常識がひっくり返るだろう」

「おいおいブレイズよ。メリアの嬢ちゃんが魔剣や魔楯、魔法鞄を量産するだけで常識は舞い落ちる木の葉のようにクルクルひっくり返るのに今更すぎないか？」

ここに来る前に大型の蒸気機関や大質量の車輪を丸ごと収納する魔法鞄に驚いていたテッドさんの的確すぎる指摘に、そこを目立たないよう自重するのが大人というものだろうと天に顔を向けて目元を覆ってみせるブレイズさん。

「なら問題ないわね、私はまだ十二歳だからね！」

「そりゃそうだ！」

「「ハッハッハ！」」

王都の郊外で私とテッドさんの底抜けに明るい笑い声が響いた。

後日、ブレイズさんの監修のもと、小型で出力や騒音を極端に抑えたミニチュア蒸気機関を製造し、ごく控え目な速度で馬車や蒸気船の模型を動かしてみせ、あまり目立たない発明品として商業ギルドで特許出願を済ませた。まったく心配性だわ！

大人しくしている様子も見せておけというブレイズさんのありがたい忠告に従って、私は王宮の研究棟に備え付けの材料で毒消し用のキュアポーションと、重度の病気用のキュアイルニスポーションを右手と左手で同時に一本ずつ生成する量産体制に入っていた。

チャポポン！

「師匠、どうしてまったく別の種類のポーションを同時に作れるんですか？」

アルマちゃんの手で次々と小箱に納められていく二種類の瓶を手に取り、ライル君は不思議そうに尋ねてきたけど、私もコテンと首を傾げて不思議そうにして答える。

「どうしてって、二並列《パラ》で進めた方が早く終わるでしょう？」

「二重合成が必要なまったく違う種類のポーションを同時並行で作るなんて、右手と左手で別の文章を書くようなものじゃないですか。同じ種類でも至難の技なのに」

そういうライル君に諭《さと》すように言う。

「右手と左手で違う文章を書けるようになれば、二倍の速さで仕事ができるわ。そうすれば空いた時間で別のことができるのよ」

「それはそうですが…」

そう、別種のポーションの同時合成は知識ではなく完全な実技。それも熟練の域に到達した錬金薬師のみが垣間見ることができる最高の境地だった。

「そうすれば趣味にも時間を割けるしスローライフを送れるようになるはずよ！」

そうだろうかと、右手でポーションを作製しながら今度は趣味用と言わんばかりに左手で魔石に硬度強化の効果を付与し始めたメリアに、いささかもスローライフを連想できないでいたライルは、まったくもって健全な感覚の持ち主だった。「並列《パラ》で進めます」などという言葉は過労死の第一歩なのだ。

ライルはそんな悪い予感を振り払うように話題を切り替える。

「そういえば、この間の蒸気機関は完成したそうですね」

「ええ！　ちょっと馬力がありすぎて小さく作り直すのに時間がかかったわ」

折角小型に作り直したのだから、蒸気自動車を作ってみたいわね。その前にモータを動かすために蒸気発電機や電池なども用意しないと。まあ電池は錬金術を使えば簡単よね。でも照明は電気に頼らず魔石をそのまま光らせた方が早いわ。

あれもしたい、これもしたいと言ってクルクルと表情を変える私をアルマちゃんは尊敬の眼差しを向けて尋ねてくる。

「メリア様の話はまるで夢の世界のようです。これからどんどん世の中が変わっていくのでしょうか」

「蒸気機関を普及させれば人々の暮らしや産業で色々と役に立つはずなんだけど、積極的に普及させるつもりは今のところないし、応用は後世に任せるわ」

いい機会だからと、ライル君に錬金薬師としてではなく人としての心構えを説く。

「薬師の仕事ばかりではなく、自分の興味が湧くことに時間を使うように心がけるのよ。ライル君もライブラリの知識で色々と好きなことをして後世に残すといいわ」

そう続けた私にライル君は強く頷いた。

「そういえば商業ギルドの人が普通の品質のポーションでも買い取りますって言ってたわよ」

紹介してくれって言われたけど別に義務というわけじゃないし、適度な報酬を得る手段としてそんなことがあるとだけ伝える。好きなことをするにしても先立つものは必要だわ。ただ、

「納税には気をつけないとしょっ引かれるから気をつけた方がいいわ！」

強制連行されるのはもう御免と力を込めて言う私に、ライル君は引き気味に「わかりました」と返事を返した。

⁘

毒消し特化のキュアポーションと重い病気を治すことに特化したキュアイルニスポーション、それぞれ毒消し草と癒し草、雪下草と癒し草の二重合成を必要とすることから、難易度としては上級ポーション相当だ。

でも、どれくらいの需要があるのかわからなかったので、商業ギルドで聞いてみようと、私は商店街にある商業ギルドを訪ねていた。

「これはメリアスフィール様、本日はどのような御用でしょうか」

「実は中級ポーションを作る片手間にキュアポーションとキュアイルニスポーションを作ったのだけど、需要はあるのかしら」

そう言って鞄から五十本ずつ二種類のポーションを取り出して見せた。続けて材料の都合で良品止まりと説明した私に、食いつくようにカウンターから身を乗り出して応えるベティさん。

「ええ！　もちろん、もちろん需要はございますとも！　お任せください！」

「わ、わかったわ、お願いね」

と引き気味に答えた私。

ベティの反応は当然だった。二重合成ができる者はいないのだから、これらのポーションもまた市場では枯渇《こかつ》していた。

とりわけキュアイルニスポーションは貴重だ。これがあれば重度の病に臥《ふ》した重病人でも快癒させる貴重な薬で、オークションにかけられるような代物だ。それが五十本！

また、どんな毒でも関係なく解毒してしまうキュアポーションもまた、毒殺対策として貴族御用達の薬だった。

「お前、価値もわからず片手間に作っていたのか」

文字通り片手で…そうベティさんに聞こえないようにボソッと付け加えたブレイズさんに、片手でも両手でも出来は同じと答える私。最上級ポーションじゃあるまいし、両手を使わないとできないものなんてないわ。

「いいじゃない、良品でも需要はあるみたいだし」

「…そうだな」

最高品質がデフォルトの私にとって、良品は失敗作のようなものだったけど、世間一般には良品は文字通り良い品のようだ。なので、ブレイズさんも私の専門である薬に関してはとやかく言うのはやめにしたようだ。

私は再度ベティさんの方を向いて、続けて中級ポーションを納めると、

「たまには違う種類のポーションも卸すようにするわ」

と話して、商業ギルドを後にした。

そう、また大人しくしてるアピールが必要になる物《オーパーツ》を作ったらね！

✧

それからしばらく平穏な日々を送っていたが、突如それは破られた。

「メリアスフィール・フォーリーフ、お前を異端審問のため中央教会に連行する！」

「なんでよ！　私が何をしたっていうのよ」

なんと、異端審問に関しては王宮もブレイズさんも手が出せないようで、気がつけば私は強制的に王都にある教会本部に連行されていた。

脱税もしていないし、別段教会の教えに背くような活動や悪事を働いた覚えもないのにどうい

うことかと、私は軟禁された教会の一室で首を傾げていた。

「二度あることは三度あると言うけれど、また連行されるとは思わなかったわ。嫌だ！　その理屈だと三度目の過労死もあるってことじゃない！」

ことわざが暗示する未来に、私は身震いした。

それにしても教会の一室にしてはやけに贅沢な造りをしているわ。私の記憶では、教会と言ったら人の良さそうなお爺さんが慎ましやかに教義を伝えていたと思うんだけど、だいぶ様変わりしているようね。

そんな感想を抱いていると、部屋の扉が乱暴に開かれ武装した男に乱暴に引かれる。

「査問の用意が整った、こっちに来い！」

「そんな引っ張らなくても行くわよ！」

まったく、これでは罪人のような扱いじゃないの。てくてくと教会建物の長い通路を歩いていくと、やがて講演を行うような広間に来た。前方には中央の席と両側一列に教会のお偉方と思《おぼ》しき人が座っており、その前に書類を片手にした査問官のような人が鋭い目でこちらを睨んでいる。外側を囲むような傍聴席には貴族たちが座っていて、外周の方にブレイズさんの姿も見えた。

そうして周囲をぐるりと確認しながら歩いて中央に設けられた査問席に着くと、ちょこんと席についてて大人しくした。

「それではこれから異端審問会を開く」

中央の席に座った教会お偉方が壇上に立つ査問官に合図をすると、査問官は嘘偽りなく答えること、そして虚偽の申請をすると目の前の水晶が赤く光ることを順次説明し、査問に入った。

「汝《なんじ》、メリアスフィール・フォーリーフで相違ないな」

「はい、間違いございません」

私が答えると水晶が青く光った。ずいぶんと便利な嘘発見器だと、こんな状況にもかかわらず感心しているうちに、私に対する疑惑が読み上げられた。

「汝、メリアスフィール・フォーリーフは、大木を丘ごと引き裂く魔剣を作り出し、悪魔のような甘味《かんみ》で貴族女性を堕落させ、鉄でできた暴走する魔獣を生み出した。これに相違ないか？」

はぁ？　最初の大剣の一文はともかく、貴族女性うんぬんと魔獣のくだりはまったく覚えがないわよ。

「大剣以外は覚えがありません」

「質問には、はいかいいえで答えるように！」

「……いいえ」

水晶が赤く光った。つまり最初の一文はその通りだから偽りということになるようだ。これでは部分的な否定ができないじゃないの！

ブレイズさんを見ると言わんこっちゃないという風に顔を天に上げて目を覆っていた。ちょっと！　ブレイズさんまでそんな態度じゃ信憑性が出るじゃない！　まったく……

「以上、疑惑は真実であると証明されました」

「異議あり！　大ありよ！」

しかしそんな私の意見は無視されて審議は進行していく。

「では、神の鑑定にかける。枢機卿《すうききょう》、前へ」

なんと、人物鑑定ができるようだ。やがて、枢機卿と思しき人が前の列から下りてくると、私の前に青い水晶玉を掲げて何らかの発動句を唱えた。すると、驚いた表情を浮かべて急いで結果を紙に記載すると、前方のお偉方に回した。

神罰：なし

加護：創造神フィリアスティンの慈悲（この者、過労死させるべからず）

枢機卿たちは、神罰対象がないのはともかく、加護欄に記載された一文に驚愕の表情を浮かべていた。加護でも祝福でもなく、慈悲。教会の長い歴史でも初めて見る加護の種類に騒然となった。ただ、間違いなく言えるのは、目の前のメリアスフィール・フォーリーフは創造神自らが目をかけた存在ということだ。

「異端だ！」

前例のない加護に枢機卿から思わず口をついて出た言葉に私は言い放った。

「別に異端でもなんでも構わないわよ！　フィリアスティン様も好きなようにしろって言ってたわ！」

シーン……

騒然としていた枢機卿たちが鎮まり返っていた。メリアは知らずに決定的な一言を発していたのだ。そう、枢機卿以上しか知らないはずの神の御名を。

（まさか使徒か！　まずい！）

枢機卿たちは内心で驚愕の声を上げていた。今まで糾弾していたはずの教会側の重鎮の顔色が目に見えて悪くなり、風向きが一気に怪《あや》しくなっていた。一部の貴族夫人の金銭的な働きかけで査問会を開いたが、想定外の事態に動揺を隠せなかったのだ。

ややあって、重鎮の一人がこんなことを言い出した。

「別にいいんじゃないか？　木の一本や丘や山脈の一つや二つ……」

それだと言わんばかりに、続出する日和《ひよ》った言葉の数々。

「そうだな、むしろ地方説教の帰りにいつも邪魔だと思っておったところだ！」

「甘味も美味《うま》ければ正義だろう。むしろ広めるべきだな！」

「ああ、鉄の魔獣などおるわけがない！　便利な乗り物が増えただけじゃろうて！」

手のひらを返したように疑義を自《みずか》ら否定する枢機卿たちに、今度は傍聴席に座っていた貴族たちが騒然となった。

そこで私は何かあったに違いないと鋭い声を上げた。

「ちょっと！　私にも見せてよ、その鑑定結果！」

「いや、別におかしな結果は出ていないぞ？」

枢機卿の一人が思わず反射的に答えたその瞬間、中央に置かれた水晶が赤く光った。

私は黙って赤く光った水晶を指差して枢機卿を見つめると、観念したように鑑定結果を記載した紙を私に渡した。

「何よ！　この注釈！」

加護：創造神フィリアスティンの慈悲（この者、過労死させるべからず）

「加護なのに、これでは但し書きをするために付けたみたいじゃない！」

私はそんなことを漏らしてプンプンしたが、問題はそこではなかった。

それを聞いた傍聴席の宰相やフォーリン伯をはじめとした王宮官僚貴族たちが、鬼の首を取ったような顔をして糾弾し始める。

「これはどういうことですかな枢機卿」

「まさか教会が加護を持つ者を査問にかけたというのですか？」

「枢機卿におかれましては、どう責任を取られるおつもりか」

今度は糾弾する側からされる側となった枢機卿たちは、自分たちが持ち出した水晶パワーにより洗いざらい査問を開いた裏事情を暴露することになり、責任を取って揃って枢機卿の地位から退くことになった。


波乱の査問会が終わり辺境伯邸に戻る馬車の中で私は大いに憤慨していた。

「もう、とんだ目に遭ったわ！」

「少しは懲りただろう」

「一項目と三項目は雷神剣と蒸気機関のことだってなんとなくわかるけど、二項目の貴族女性を堕落させせって何よ。まったく覚えがないわ！」

そう言ってブチブチと不満を漏らした私に、ブレイズさんはとんでもないことを言い出した。

「なんだ、知らなかったのか」

どうやら辺境伯夫人が王都のお茶会に呼ばれた際に、私と料理長で再現していった前々世のデザートをこれでもかと喧伝《けんでん》して回ったらしい。

毎年、王都の夫人たちに先端の流行を散々自慢されてきた積年の鬱屈《うっくつ》した感情を晴らすかのように、常であれば辺境伯夫人として相応しい立ち居振る舞いで控えるところを、完膚なきまでに王都のお菓子の遅れを指摘したとか。

反論しようにもぐうの音も出ないどころか美味しすぎて食べるのをやめられず、至高のデザートを頬張ったまま悔し涙を流した夫人たち。その原因の一端が私にあることを突き止め、異端審問で追い詰められた私を適当なところで助け出すことで私ごとレシピを我が物にしようと画策したらしい。

「まったく私のせいじゃないじゃない！」

とんだとばっちりだわ。雷神剣も蒸気機関も単なる口実で問題ではなかったのだ。

「でも、これで免罪符が手に入ったことだし、これからは自重する必要もなくなったわね」

「もとから自重してないだろう」

「そうとも言うわね！」

そう言って笑う私にブレイズさんは、ほどほどにな、と溜息を漏らした。

こうして王都中の貴族を巻き込んだ異端審問騒ぎは幕を閉じたのであった。

「カルボナーラ美味《おい》しいわ！」

思いの外早く出来上がってきたパスタ製造機を使って、パスタの生地を細長い棒状に切り分けた後、錬金術で乾燥処理をかけて作った乾燥スパゲティを使ってカルボナーラを作ってもらった。

そんなに特殊な材料を必要としないのに、どうしてこんなに美味しいのかしら。

「確かにこれはいくらでも食えそうだな」

そう言ってブレイズさんもフォークでくるくるとスパゲッティを巻いては次々と口に放り込んでいく。

お菓子騒動で懲りたのでお菓子以外を開発することにしたけど、料理長の弛《たゆ》まない研鑽もあって、びっくりするほど美味しく昇華されていく料理に私は満足していた。この調子でケチャップを作るためにトマト相当のナス科の野菜を探せば、一気にミートスパゲッティやピザなどのイタリアン展開が可能になってしまう。

また食の格差が広がって面倒ごとが起きそうな気がするし二度あることは三度あると言うけれど、既に三度目を経験した私が強制連行されることはないはず。

「そうだわ！　しばらく弟子も増やせないわけだし、辺境伯領に戻らない？」

騒動のもとになった辺境伯夫人が自領に戻っていったことを思い出した私は、自分も辺境伯の領地に戻れば伸び伸びとした生活を送れるのではと期待して聞いてみた。

「…当分、戻ることは無理だな」

「どうして？　ライル君も自分で鍛錬していけると思うわよ？　なんなら、一時的でも辺境伯所属なのだから一緒に辺境で修行してもいいでしょうし」

そういう私にブレイズさんは渋い顔をして答えた。

「引き留めるものが多くなりすぎた」

慈悲という微妙な加護とはいえ加護持ちは珍しいらしく、加護持ちがいる国には攻めないという暗黙の了解から、外交や安全保障上の観点で安全な王都に引き留める。あるいは、ポーションを欲しがる貴族の多さ。あるいは、騒動のもとになったグルメの拡散期待。気がつけば本業以外にも色々なしがらみができてしまった。

仕方ないわね、じゃあ日帰りできるように蒸気自動車でも作ろうかしら。

昼食を済ませた後、私は馬車で職人街に向かいテッドさんの店を訪れていた。

「というわけで馬車の十倍速く走れる乗り物を作りましょう！」

「おお、やっと作る気になったのか！」

今までの十倍は速く走れそうな蒸気機関のパワーを見ておきながら日の目を見ずに死蔵するなど、テッドさんも心の中では残念だったのだろう。私の言葉に喜びを露《あら》わにしている。教会の免罪符も得たことだし、もう問題はないはずよ！

「十倍速く走ると色々な問題が出てくると思うわ」

まず、事故を起こしたらそれだけで普通の人間は衝撃で死んでしまう。

衝撃や振動対策をしなければ、普通に走行するだけでも乗車している人間が乗り心地に耐えられない。一時間もしないうちに酔って吐いてしまうわ。路面の凹凸を吸収するサスペンションがなければ運が悪いと席から投げ出されてしまうだろうし、今までの馬車と違ってゴムタイヤも付けたい。

あとはブレーキがなければ、停車させることもできない。時速六キロや速くて十キロの馬車とは訳が違うのだ。それに曲がれなければ崖下《がけした》に真っ逆さまよ。ステアリング機構が必要だわ。

そうして次々と問題点を上げる私にテッドさんは深く頷く。

「なるほど、ブレイズの強度にも限界はあるしな」

「俺をまるで部品のように言うな」

そうは言っても試験運転をブレイズさんに頼むのは既定路線だわ。私自身が乗ろうとすると止めてくるし。

それはともかく、スロットルのオンオフでアクセルの役割が果たせるとはいっても、スピードを上げたら低速と高速でギアを変えないと高回転域ではトルクが出なくなるし、時速五十キロを超えたら変速機《トランスミッション》やクラッチが必要だわ。高速域でのステアリングを考えたら差動歯車《デファレンシャルギヤ》も欲しくなるかもしれない。

ある程度の完成形は頭にあるのだし、できるできないは一旦おいて機構の狙いと仕組みをテッドさんに話していくことにした。

「こりゃもう馬車じゃねぇな」

机に描かれた自動車のような蒸気馬車を見て唸《うな》るテッドさん。

幸いミニチュアなら常温鋳造の錬金術ですぐ作れそうなので、鋳型用の粘土を持ち帰って、簡単な模型を作って渡すことにした。できるできないは別として、オイルダンパーも付けて内装にもスプリング入りのクッションを入れるのよ。無理なら低速で走ればいいわ。

最後に錬金術でスチレン・ブタジエンゴムを作って見せて、車輪に巻き付けるタイヤの鋳型をお願いした。

「ほう、これなら凹凸のある場所でも衝撃を吸収できそうだ」

「それもあるけど、回転運動を路面に伝えるために摩擦も必要なのよ」

面倒な化学プロセスなしで成分抽出と構造指定と一様化で直接生成できるのは大きなメリットだけど、将来的に大型のタイヤが必要になったら、その面倒なプロセスを考えないといけないわね。

✧

テッドさんとの打ち合わせを終えると今度は商店街にある商業ギルドに赴《おもむ》き、中級ポーションを卸した。今回はお試しに石化解除のキュアストーンと麻痺解除キュアパラライズも持ってきていた。バジリスクや神経毒を使う昆虫に遭遇するような冒険者でもないと需要はないと思うけどね。

そう話すと、ベティさんから思ってもみなかったことを頼まれる。

「メリアスフィール様、聖水を作っていただけませんか」

「は？　教会で作ればいいのでは？」

そう言ったところブレイズさんが私の肩に手を置いて静止してきたので振り返ると、ブレイズさんはゆっくり首を横に振ってみせる。なんということでしょう、教会なのに聖水が作れなくなっていた！

そりゃ作れますけどね、辺境の神父やシスターが薬師を兼務するのは珍しいことではなかった。なので、当然、ライブラリには聖水の作り方も伝承されている。でもかなり儀式的で錬金術というわけではなかった。

百聞は一見に如《し》かず。誰でも作れることを証明しようと、私はその場で瓶を前に置き、膝をついて祈りの姿勢を作った後、朗々と名乗りを上げる。

「我、メリアスフィール・フォーリーフ、創造神フィリアスティン様の敬虔《けいけん》な信徒なり」

パンッ！

両手を前で打ち鳴らした後、ゆっくりと額突《ぬかづ》き、両手を開いて手のひらを上に向ける。

「我、伏《ふ》して願い奉《たてまつ》る、御身が清らかな始まりの雫を今ここに」

ポチャン！

私はゆっくりと姿勢を戻すと、両手を組んで感謝の祈りを捧げた。

「ぷはぁ！　慣れないことするもんじゃないわ！」

私は一気に脱力すると念のため、鑑定をしてみた。


聖水（＋＋）：創造神の聖水、不死系特効、呪い解除、特級

「よっし、さすが私ぃ！」

聖水は技術より心の有り様がもろに結果に反映されるので厳しいのよ。これ一本作るより最上級ポーション百本の方が気楽だわ。

「とまあこんな感じよ！」

そう言って振り返ると、ベティさんが土下座をしていた。

「何してるんですか！」

「聖水を作れる御方に畏《おそ》れ多く……」

「地脈にアクセスできる素養が僅かでもあれば、あとは祈る心さえあれば誰でも作れるわよ？」

ベティさんを起こしながらそう言う私に、本当かという訝《いぶか》し気な顔をしてくる二人。

「というかさっき呼びかけたのは神様の御名《みな》なのか？」

「は？　まさか神様の御名を忘れるなんて……」

えっ！　そういうことなの!?　まさかの事案に言葉を失う。そんな私を見てブレイズさんは現状を伝えてきた。

「神様の御名は枢機卿以上しか伝えられていないはずだ」

「そうなの？　でもそれなら枢機卿以上なら聖水を作れそうじゃない」

「王都にいた枢機卿たちが信心深い心を持っていたら、異端審問会なんて開かれてなかっただろ」

ああ、なんとなくわかってしまった。これはきっと神様の力の独占による権威付けの結末だわ。教会の者のみ、一部の者のみ、そうして情報統制をエスカレートしていったのね。最終的に自分たちもできなくなっていたら世話ないわ。

「薬師にしろ錬金術にしろ神職にしろ、失伝してるものが多すぎない？」

教会までこれでは、なんだか私を再度転生させて送り返した理由もわかってしまった。忽然と現れたかのような知識のミッシングリンクが生じても、この知識の欠落を埋めるべきだと考えたのではないかしら。あれ？　欠落したまま進行すると地球のような科学文明になるのでは？　それは少し興味深い結末だわ。

でも地球と同じ結末を見ても面白くない。折角だから、いいとこ取りしたらどこまで行けるのか見てみたい。そのためには錬金術も神様の御名も、もう一度広めていかなくてはならない。でも教会の権威付けの影響でみだりに神様の御名は広められない。どうすればいいのかしら。

「私のライブラリを伝承する人たちを増やすしかないということね」

「気の長い話だな」

なんだ、結局は今までと同じじゃない。何も悩む必要はなかったわ。

とりあえず見ての通り聖水はポーションと違って量産が難しいとかしこまるベティさんに伝えて、私は商業ギルドを後にした。

✧

若葉が生い茂り木々を通る風が心地よく感じられる頃、私はようやく十三歳の誕生日を迎えていた。

しかし祝う者もいないので、いつものように研究棟に出仕してポーションを作製しながら寂しく誕生日の歌を口ずさんでいると、アルマちゃんが珍しい曲を聴いたと声をかけてくる。

「変わった歌ですね。どういう意味なんですか？」

カタカナで思い浮かべる分にはいいけど、よく考えたら正面から歌詞の内容を伝えるのは躊躇《ためら》われる内容ね。しかし、元を知らないアルマちゃんならいいでしょう。

「誕生日おめでとう私、という歌よ」

ブフッ！

それを聞いたライル君が隣で吹き出した。ああ、ライブラリから正解を知ってしまったのね。

私は思わず赤面しかけたけど、アルマちゃんはそうとは知らずに声を張り上げた。

「え⁉　今日はメリア様の誕生日なんですか！」

「ええ、お陰様で十三歳になったわ」

「それは大変！　バーバラさんにお祝いの準備を頼まなくちゃ！」

そう言ってアルマちゃんは部屋から飛び出していった。

「やっと十三歳か。もう何年も経過したと錯覚するほど色々なことがあって忘れていた」

ブレイズさんの言葉に村を出てからの数ヶ月を反芻《はんすう》する私。

村から辺境の街に強制移住からの領都への連行、更には王都に護送されて、そこで教会に査問される。考えてみれば、ずいぶんと波乱の人生を送っている気がする。農村で慎ましやかに暮らしていくはずが、どうしてこうなったのか。

そんなことを考えているうちに、バーバラさんを先頭に研究棟のメイドさんたちが、祝いのお菓子を運んでくる。私と料理長とで生み出したお菓子は、バーバラさんの懇願により一部レシピを公開したことで、ここ研究棟でも簡単なものなら作れるようになっていた。

「メリアスフィール様、おっしゃってくだされればもっと盛大にお祝いしましたものを」

バーバラさんが残念そうに言うけど、気持ちだけで十分だった。

「いいえ、こうして祝ってくれるなんてとても嬉しいわ」

そう言って私は差し出されたマドレーヌをパクリと口に入れると、幸せそうな笑顔を浮かべてみせる。

「メリア様、これ私が初めて作ったクッキーなんです！　食べて見てください！」

アルマちゃんの言葉に、焦茶色のクッキーを口に入れてひと噛みすると、ジャリッと、してはならない音が私の口から聞こえてきた。

(…ちょっと焦げちゃったかなぁ、あと、砂糖と塩を間違えてないかしら)

そんなことが脳裏をよぎるけど、笑顔を絶やさずに食べ切った。さすが私！

「ありがとう、アルマちゃん。腕を上げたらまたいただくわ」

こうしてささやかながら誕生日を祝ってもらった私は、機会があればお返しに腕によりをかけたバースデーケーキを作って驚かせてあげようと心に誓うのだった。

✧

誕生日から数日後、初夏に差しかかり本格的に気温が上がってくると、涼を求めて水道を作ることにした。

バシャバシャバシャー！

「やったわ、成功よ！」

水道管から勢いよく出てくる水の冷たさに歓声を上げる。

静穏小型化して適度な出力にした蒸気機関ユニットにより、かつて構想として考えていた井戸ポンプが出来上がっていた。

以前はモータ式のポンプを考えていたけど、汲み上げた水の量の過多で上下する浮きと火炎の魔石の位置を連動させて蒸気機関をオンオフさせれば、常に貯水槽が一定の水位になるよう水を汲み上げられることができると気がついたのだ。

「電気はいらなかったのね」

手にした拳大の大きさの試作モータと成分抽出で作った鉛電池を繋げて寂しく回す私。これはこれで、いつか何かの役に立てたいけど、電池は使うとすぐになくなるのよね…やがて回転を止めたモータに、この世界の技術は独自進化を遂げると予見するのだった。

それはともかく、ポンプで加圧すれば王都の辺境伯邸の部屋の隅々まで水を供給できるけど、水回りの工事は一から屋敷を作らないと目立たないように配管するのは厳しい。そのうち新しい建物を建てる時にでも相談することにしよう。


魔石をエネルギー源にしている蒸気機関なら、モータを介さないでも十分な効率が得られることに気がついた私は、蒸気機関にスクリューを取り付けモータボートならぬ蒸気ボートを作って湖に浮かべて暴力的なスピードを楽しんだのだけど、ブレーキがなかったので止まらずボートが大破してしまった。

「なあ、それは大破しないのか？」

「失礼ね、大破しないわよ！」

もちろん陸に乗り上げる前に飛び降りるくらい朝飯前だったけど、何か作るたびに、こうしてブレイズさんに確認されることになった。

このところ二ヶ月かけて作っているのは、テッドさんに機構を見せるための模型の自動車だ。初めはラジコンカーくらいで作ろうとしたけど、小さすぎて粘土の鋳型では加工精度が足りなかった。そこで小さいゴーカートくらいの大きさにしたら、蒸気機関ユニットを載せて自分で運転してみたくなった。自転車くらいの速さなら構わないでしょう？　ハンドルとかの働きも見せたいし。

そうして作り上げた試作品だけど、形状はなんだかバギーみたいになってしまった。だってギアとかダンパーとかブレーキとか、色々嵩《かさ》ばって普通に作ったら車高が足りないんですもの。コンパクトに作るには知識が足りなかったけど、ちょっとアクセルを空吹かししてみた感じだと、全開にしたら時速六十キロくらい出そうな気がする。

少し額に汗が滲み出てきた私の様子に気がついたのか、ブレイズさんが再度尋ねてくる。

「やはり大破するんじゃないか？」

「まあ…可能性としてはあるかもしれないわ」

それなら俺が代わりに走らせると言うので、大人しくブレイズさんに試乗してもらうことにした。蒸気ボートの時に気がついたのだけど、小型の蒸気機関でも十分すぎるパワーなのよ。

私はブレイズさんにハンドルとアクセル、それからスタート時やギアの上げ下げといったクラッチの使い方を伝えた。

やがて使い方を十全に把握したブレイズさんがクラッチを踏んで、ゆっくりとアクセルを踏み込んでからクラッチを離してギアを繋いでいくと、時速二十キロくらいで辺境伯邸の庭の馬車道を駆けていった。街中で普通の馬車を走らせる時の三倍くらいのスピードだろうか。ハンドルを右に左に動かしてアクセルを上下させては試作車の挙動や運動性能を把握しようとしているようだ。

プシュシュシュシュシュシュ！

「おかしいわね、なんだかスピードが上がっていくわ」

慣れて気を良くしたのか、三倍の時速六十キロくらいを出して駆け抜けていく。ふとブレイズさんの表情を見ると、楽しそうに笑っていた。

「ちょっと！　まさかスピード狂なんじゃないでしょうね！　クラッチを入れるのをミスしたら変速機ごとバラバラになりそうな悪寒がするんだけどォ！」

そうしてギャーギャー言う私に気がついたのか、速度を落として私の前で停めて開口一番にこう言った。

「この乗り物、俺にくれないか」

「テッドさんに見せる目的を果たした後、安全性が確認できたらね」

まったく馬の早駆けと一緒にしてるんじゃないでしょうね。まだ安全運転という概念がないから危険だわ。

私は各部をチェックして壊れていないことを確認してホッとすると、すぐさま魔法鞄に仕舞い込み、その日のうちにテッドさんに見本として引き渡した。

調子に乗って壊されたら私の二ヶ月近くの苦労が水の泡だわ！

✧

後日、テッドさんが理解も兼ねて試作車をオーバーホールして、粘土ベースの鋳造のゆがみを削り落としたりして調整して組み直したものを持ち込んできたので、改めてブレイズさんに運転してもらい、走っている様をテッドさんに見てもらっていた。

「すげぇ！　こりゃ馬車とは全然違うぜ！」

確かに違うでしょう。むしろ現状の馬車に取り入れればスムーズになる工夫も含まれているから、転用すればいいと思うわ。

そうしてテッドさんと共に見物しているとやがて試験走行を終えてこちらに戻ってきた。

「ものすごくスムーズになった。座席から伝わってくる振動が全然違う」

私たちの前で停車したブレイズさんは、調整後の模型の乗り心地に満足していた。まあ、誤差ありまくりの部品を硬度強化の魔石で無理矢理組んで動かしていたんだし当然よね。魔石で補強していなかったら空中分解していたところよ。

「こんな感じの乗り物を大きくしたものが、馬車の代わりというわけよ」

「ああ、よくわかった！　絶対作ってみせる！」

とはいうものの、一人乗りなら試作車を改善するだけで十分な気がしてきた。辺境伯の領都から王都まで二日だったから、現状でも、もう一日で移動できるようになった気がする。だけど、それなら一人で馬に乗って早駆けしても同じ気がするし、やはり目指すところは複数人で乗車できる移動手段だわ。

いっそのこと鉄道を敷いてしまえばもっと楽でしょうけど、途中に盗賊がいたら鉄を持ち去られるのが関の山ね。

急ぐわけでもないので試作車をテッドさんに持ち帰ってもらい、研究してもらうことにした。

⁂

蒸気馬車の実現に目処《めど》がついた後、私は更なる利便性を求めて妄想をたくましくしていた。

「空を飛べたら面白いけど危ないわよね？」

ゴムで作った中空の物体に水素を流し込んで、プロペラを付けたモータで飛行船の模型を飛ばせて見せた私に、本気で言っていることを理解したのか当たり前だと突っ込みを入れるブレイズさん。

火炎の魔石で温風を吹き込むのは簡単にできるし、その軽くなった空気を閉じ込める船体も作れるでしょう。プロペラによる推進もモータではなく蒸気機関なら魔石で長持ちするわ。でも、もしもの時の備えに自信がないのよね。

「空が駄目なら海といきたいところだけど、近くにないから蒸気船を作っても意味がないわ」

「この間のボートみたいに大破したら危ないぞ」

というか私は気がついてしまったのよ。なぜ意味もなく空を飛びたくなったり海に出たくなったりするのか。

「つまり私は旅行に行きたいのよ！　毎日ポーションを作ってばかりいたけど、もうそろそろ怪我人や病人はこの国から消えたんじゃない？」

「どれだけ国民の数が少ない国を想定しているんだ」

うぅ、ポーションの値段からして一般人より先に貴族が備蓄も含めて貯蔵しているのだろうし、いくら作っても薬師の一人や二人でどうこうなる需要ではないのはわかっていたわ。

「言ってみただけよ」

「まあ、旅行については上に伝えておく」

あら？　珍しく意見が通ったので、もう少しプッシュしてみようかしら。

「水の綺麗な湖で蒸気ボートで競争をしたり、山に行ってドラゴン探しもしたいわ」

「湖はともかくドラゴンを探してどうするんだ？」

「それはもちろん、ライル君の卒業試験の候補地探しよ！」

「いくら伝統通りの試験でもドラゴンはやめた方がいいんじゃないか？」

そうなんだけど、精霊草がないと最上級ポーションを作る経験が積めないのよね。それに…

「ドラゴンステーキは美味しいのよ」

「却下だ！」

「チッ、もっともらしい理由をつけたんだけどダメだったわ！」

そう言って次なる発明に想《わがまま》いを馳せていた。

✧

次の日の朝、鳥のさえずりで目を覚ました私は、メイドに用意してもらった水で顔を洗って服を着替えると、服が小さくなってきていることに気づいた。

「育ち盛りだから、折角大量に買ったのにすぐに着れなくなってしまうわね」

以前、辺境の街の服飾店で店主のアリシアさんが勧めるままにこれでもかと買い込んだけど、そろそろ新しい服を買わないといけない。

そんなことを考えながら運ばれてきた朝食を無言でとっていると、メイド見習いのアニーが心配そうに声をかけてきた。

「メリア様、どうかされましたでしょうか。お口に合いませんでしたか？」

「ああ、ごめんなさい。ちょっと服が小さくなってきたのでどうしようかと考えていたのよ」

十三歳の私が十六歳のアニーの心配をするのもおかしいけど、余計な気を回させてしまったわ。

「そうでしたか。でしたら何着か出入りの商人に用意させましょう！」

「え、そんなことができるの？　どこか服飾店にでも行って既製品を買おうかと思っていたんだけど」

アニーの話だと、辺境伯家ともなればひと声かければ向こうからしつこいほどに提案してくるそうだ。

「わかったわ。それならお願いしようかしら」

「かしこまりました！　早速頼んでおきますね！」

後日、貴族子女が着るようなドレスで埋め尽くされた部屋を見て後悔することになるのだが、この時の私はごく普通の服がくるものと能天気に構えていたのだった。

✧

朝食を済ませた後、私はいつものようにブレイズさんと共に研究棟に出仕したところ、ライル君が見せたいものがあると中庭に連れてこられていた。そこで見せられたのは、無手《むて》の武術だった。

「まさか拳法とはねぇ」

錬金薬師ならではの地脈を活かした強力な発勁《はっけい》が売りだけど、武器で補強しにくいので素の強さが求められる。選んだからには性《しょう》に合うのでしょうけど、何年かかるかしら。

鍛錬の締め括りとして最後に正拳突きを繰り出した後礼をすると、こちらに近寄ってきた。

「どうでしたか、それなりに形になってきたと思うんですけど」

「悪くはないけど、武器で誤魔化せないから毎日鍛錬することね」

「わかりました！　師匠は拳法は使わないのですか？」

ライル君の質問に、私は黙って中庭中央に立つ大樹に手を添えると、軽く発勁を放つ。

ズドォーン！

すると大樹がゆらゆらと小枝のように揺れた。

「使えるけど強力すぎて加減がね」

「…」

「卒業試験の対ドラゴン基準の武術なの。こんな技を盗賊に放ったら内臓破裂どころか全身が吹き飛んでしまって換金できないわ。それに最終的にはドラゴンの内臓を破裂させて仕留めることを狙いとした武術なの。実際にそんなことしたらまずいじゃない」

拳法の欠点に気がついたのは卒業試験だったかしら。あの頃はお金もなかったし、無手しか選択肢がなかったのよね。

「換金はともかく竜《ドラゴン》は退治できれば問題ないだろう」

「ドラゴンステーキは美味しいって言ったでしょ」

「何を言っているんだ？」

頭にクエスチョンマークをつけたブレイズさんに言い放った。

「発勁で内臓を破裂させたら一番美味しいドラゴンハートまで破裂しちゃうじゃない。文字通りまずいのよ！」

そう言う私に胡乱《うろん》な目を向けるブレイズさん。

それはそうと、このまま鍛えるとライル君に破裂の錬金薬師という二つ名がつきそうね。卒業試験でもドラゴンの内臓はグチャグチャになってしまうだろう。

「そうだわ！　ライル君も護衛騎士をつければいいのよ！」

「護衛騎士ですか？　どうして…」

「いいこと、ライル君。護身術が身につくまで思春期の男の子が研究棟に閉じ込められっぱなしじゃ青春も何もないわ！」

そう、未熟な今のうちに護衛騎士をつけておけば、卒業試験でも随伴するはずよ。

「自分で盗賊退治をしたり好《す》き好《この》んでドラゴンの巣に行く薬師はいないから大丈夫だ」

「でも錬金薬師は二人しかいないのよ？　私が蒸気馬車の実験で爆死したらどうするの？」

そう言ったら条件反射で実験しなければいいとブレイズさんは答えたけど、少し考える素振りを見せた後、それもそうかと納得したようだ。

「わかった。ライルの護衛の相談をしてみよう」

よし、これで護衛騎士に魔剣をプレゼントすれば卒業試験でライル君がドラゴンを破裂させることなく、ドラゴンハートが食べられるという寸法よ！

✧

それから数日後、ライル君と連れ立って豪奢《ごうしゃ》な金髪に凛《りん》とした表情の女性騎士がやってきた。

私の後ろから「げっ！」というブレイズさんの声が聞こえてくる。彼女と面識はないけれど、私の直感が最大限の危険を伝えてくるわ。

「ライル殿の護衛騎士として着任したエリザベート・ハイニクスです」

「私はメリアスフィール・フォーリーフです。ライルさんが独り立ちするまで、こちらで錬金薬師として実技指導をしています。以後お見知り置きを」

私は胸に手を当て錬金薬師の礼をとり笑みを浮かべた。その後、しばらく談笑を交わした後、エリザベートさんを連れてライル君は自分の研究室に戻っていった。

「…ふぅ、疲れたわ」

「久しぶりに猫被りメリアを見たな」

感心したような呆れたような顔をしてブレイズさんが話しかけてきた。ビビッとくるものがあった。どう見ても融通が利かないタイプだったから当然よ。

「短い付き合いだったわね、ライル君…」

「常に傍《かたわ》らに感じて生きていくんじゃなかったのか？」

それは言わない約束よ！　それにしても、

「彼女、かなり強いわね」

「そりゃそうだろ、なんせ姫将軍だからな」

そう続けられた言葉の意味が時間差で頭に入ってくる。

「はぁ!?」

「エリザベート・ハイニクス・フォン・ベルゲングリーン、このベルゲングリーン王国の第三王女様だ」

稀に見るほどの天性の剣の才能を持ち、最近まで辺境で若くして将軍職を務めていたそうだけど、私という加護持ちの出現で辺境を固める必要がなくなり呼び戻されていたそうだ。

「なんでそんな人が護衛騎士なんてするのよ!?」

「知らん。辺境とはいってもゲルハルト様が指示できる立場じゃない。つまり、姫様ご自身か王家の意向ということだ」

そう言って考えるそぶりを見せるブレイズさんだったけど、一つ気になることがある。

「ライル君の護衛騎士に魔剣をプレゼントしてドラゴンハートご相伴《しょうばん》計画は？」

「初めから却下だ」

こうして私が密かに抱いていた野望はあっさりと崩れ去ったのだった。

聞いていた破天荒な素振りはまったく見せず、礼儀作法に則《のっと》った女官のような立ち居振る舞いを見せるメリアにエリザベートは内心で感心していた。王である父上からの指示とはいえ、着任したからには護衛対象の師であろうとも目に余るようなら容赦なく躾《しつけ》るつもりでいたけれど、十三歳とは思えぬほどしっかりしていた。しかし、

「まったく隙が見当たらなかったわ」

違和感はそれだ。仮に躾るとはいっても、果たしてそれが叶《かな》うものか。どこから打ち込んでもいなされるように感じるのは久しぶりだった。辺境から帰ってきたばかりの私の感覚が鈍っていたとは思えない。そのような武を誇る女子《おなご》の本性が、礼儀正しい女官などではありえないだろう。

「面白くなってきたわ」

錬金薬師特有の修行なのか、妙に洗練された拳法《けんぽう》の型をなぞるライルを見守りながら、その師であるメリアの思わぬ実力に、同類の好ましさを覚えるエリザベートであった。


ライル君が自分の研究室に戻ってしばらくして、私は妙な悪寒を感じていた。

クシュン！　ブルブルッ！

「初夏というのに、なんだか寒気がしてくしゃみが出るわ」

「自分で作ったポーションでも飲んでおけばいいじゃないか」

「それもそうね！」

何か食べ合わせの悪いものでも食べたのか病気かもしれない。そう考えた私はキュアポーションとキュアイルネスポーションを飲み干して体調を整えた。

自分が飲んだことでその必要性を感じた私は、消費してしまった二つのポーションを同時に生成して補充をはかる。

「そういえば旅行の話だが夏頃に湖の別荘でという条件なら通ったぞ」

「えっ？　そうなの。それは楽しみだわ！」

「その湖の周りなら、薬草の在庫もいっぱいあるそうだ」

その言葉にワクワクしていた私はガクリと肩を落として、ブレイズさんに文句を言う。

「そんな上げて下げるようなことしないでよ！」

「まあそう言うな。フィリス公爵領のクレーン湖は有数の観光地だぞ」

おお！　かつて王国一美しいといわれたクレーン湖とは期待させてくれるじゃないの。ようやくスローライフっぽくなってきたわ！

「そんなハイソな避暑地を蒸気自動車で踏み荒らして、美しい湖面を蒸気ボートで割ってみせるなんて、なんだか悪いわね」

「悪いと欠片《かけら》でも感じたならやめろ」

「人という生き物は、真っ白な綺麗に降り積もった雪原を見たら無性に踏み荒らしたくなるものでしょう。それに、ブレイズさんだってきちんと整備された蒸気自動車で、湖のほとりを走り抜けて爽《さわ》やかな風を感じてみたいとは思わないの？」

「まあ、悪くないな」

よし！　辺境伯領までの往復はまだ厳しいけど、レジャー感覚で軽く走らせる程度なら問題ないクオリティを目指して、例の試作車を改良しましょう！

「ライル君には悪いけど、お堅い姫様は彼に任せて避暑地でレジャーよ！」

「いや、それは無理だな。フィリス公爵家は姫様の母方の御生家だ。姫様のご縁で行くのに同伴しないわけがなかろう」

そんなブレイズさんの言葉にがっくりときたけど、もういいわ。開き直るのよ。

「もはや、ありのままの私を姫様に御照覧《ごしょうらん》いただくしかないわね」

なに、ちょっと変わった乗り物を走らせたり、少し速いボートで湖を渡ったり、地域のグルメを魔改造して楽しむだけよ。何も問題ないはずだわ。

「悪魔の甘味《かんみ》で貴族女性を堕落させる免罪符も得たことだしね！」

「そんな免罪符は出ていないだろう」

そうと決まれば、早速、アイスクリームの研究を始めないとね！　バニラビーンズのような香りを持つ植物を探し出して錬金術でエッセンスを無理矢理にでも抽出して夏までに完成させるわ。

アイスクリーム、アイスフロート、フルーツパフェ、そういえばプリンも作ってなかったわね。

「ククク…お堅い姫様を籠絡《ろうらく》するのよ！」

ツッコミも耳に届かず妙な笑い声を立てて悪巧《わるだく》みを始めたメリアに、悪い予感を禁じえないブレイズは深く溜息をつくのだった。


翌朝、朝食を済ませた私は久しぶりに厨房のスペースを借りてアイスクリーム作りに取り組もうと厨房に向かうことにした。色々作るとなるとかき混ぜるのが大変なので、メイドのアニーもお手伝いとして引き連れて廊下に出た。

そうして扉を開けた直後、護衛として待機していたブレイズさんとばったりと出くわす。そのブレイズさんは私を上から下まで見た後、ニヤリとして開口一番こう言った。

「ずいぶんと、お嬢様然とした格好になったじゃないか」

「言わないで！　気にしないようにしていたんだから！」

アニーに多めに金貨を渡して適当に頼んだら、出入り商人にこれでもかと売り込まれたらしく、研究棟から戻ったら貴族の御令嬢が着るようなドレスで部屋が埋め尽くされていた。辺境伯家の信用にも関わるので返品することはできないというから、成長して買い替えるまでの我慢と、こうして柄でもない服を着ているのよ！

「メリア様、大変お似合いです！」

しかし当のアニーは朝の着替えのお世話ができるようになったと喜ぶばかりで、私は内心で頭を抱えるのだった。

✧

そんな思いを抱えながら、やがて厨房に到着すると部屋にいた料理長に挨拶をして用件を伝える。

「今日は新しい氷菓子を作ろうと思うのだけど、ちょっと厨房を使わせてもらってもいいかしら」

「もちろんです、いつでもお使いください」

許可を得た私は、まずは牛乳、卵黄、生クリーム、砂糖のみで作るベーシックなアイスクリームを提示して後は料理長に改善してもらおうと、卵の黄身、砂糖を混ぜ合わせる。

次に適量の牛乳と生クリームを三対一で混ぜた後に熱し、沸騰する前に火を止め、ハンドミキサーで攪拌《かくはん》しながら先ほどの黄身と砂糖に加えていく。

「適度に空気を含ませるところがポイントよ」

「わかりました！　お任せください！」

お手伝いのアニーにコツを伝授しながら、並行してデコレーションのためのホイップクリームの作成も進めていく。

そうして出来上がった液状のアイスクリームを人肌まで冷まし、適当な容器に入れて氷結の魔石を組み込んだ冷凍庫に入れた。

「これで三時間くらいして固まってきたら、三十分間隔で三、四回かき混ぜれば出来上がりよ！」

次にシャーベット作りに取りかかると、こちらは果汁を適度に薄めたジュースをスプレーに入れて、排出する出口に氷結の魔石を設置することで簡単にできた。

味見してみると、柑橘系の爽やかな味が広がる。これから暑くなってきたら美味しく感じるはずだわ。

初めは氷を作って混ぜ合わせるような普通の作り方をしようと思っていたけれど、これならジュースにバラエティを持たせれば色々なシャーベットをお手軽に楽しめるわね。

そうしてシャーベットを試しているうちにアイスクリームが出来上がった。スプーンで一口試食してみると、口の中に濃厚な甘い味わいが広がった。遠い昔の記憶から作ったにしては十分だわ。

成功を確信した私は、アイスクリームを単純に小皿に取り分けたものと、砕いたクッキー、果物、ホイップクリームを順に積層して装飾したフルーツパフェもどき、それから果汁のジュースにアイスクリームを浮かべたフロートをブレイズさんや料理長、そしてアニーに差し出し、各々試食を始めた。

「これは濃厚な味わいですな」

「とっても美味しいです！」

「ジュース以外は俺には甘すぎるな」

ブレイズさんの言葉にその通りと頷き、後味を良くする工夫について話す。

「より上質に完成させるには、さっぱりとした葉や香木のエキスを加えたり、フルーツを混ぜて後味をすっきりさせる工夫が必要よ」

それ以外にも例えば木化した実を加えて違った食感を演出したりすることで、バラエティ豊かに、より上品な味わいに昇華されていくと厨房に置いてある食材を示しながら話していく。

「そうね。アイスクリーム自体に砕いたクッキーを混ぜ合わせたりもいいわ。今日のアイスクリームはあくまでベース、そこからはプロの試行錯誤次第なの」

そんな私の言葉に、なるほどと逐一メモを取る料理長。トッピングするものはいくらでもあるわけだから、料理長のプロの腕で分量や甘みを調整して試行錯誤していけば、色々なアイスクリームができるのは時間の問題だわ。

「シャーベットも果汁以外にワインなどを使えば、たちまち大人向けの上品なソルベに様変わりするわ。あと、外気に合わせた気配りも必要なのよ」

そう言って、真夏の気温になればシャーベットが、それよりも低い温度であればアイスクリームが美味しく感じるといった気温により変化する味覚についても補足を入れた後、私は料理長に総合的な改善をお願いして厨房を後にした。

アイスクリームやシャーベットについては料理長の研鑽を信じることにして、私はレジャー用品の検討を進めていく。

「やっぱり、焼肉とかバーベキュー、お好み焼きができるように、アウトドアの鉄板焼きプレートでも作ろうかしら」

プレートに火炎の魔石を作ればできるし簡単ね。少し人数が多くなってもいいようにテッドさんに大きめの鉄板プレートを発注しよう。

それからアイスクリームや食材を持ち込むための持ち運び用のアイスボックスや魔法瓶も必要ね。そうだわ、保温のための真空構造を設けることにしましょう。真空構造はテッドさんに頼まなくても、芯を銅にしてもらって周りを鉄鋼で固めてもらえれば、私が後から銅を錬金術で抽出することで、あっという間に完全密閉の真空構造ができるはずだわ。

後は人数分のバギーもどきとスクリュー付きボート、それから持ち運び用の飲料水タンクと……合わせて水洗トイレも作りましょう。リゾート地なのだし、綺麗に利用したいわね！

「用足しなんて、林の中ですればいいだろ」

「いいわけないじゃない！　姫様にオープンドアで用を足させるつもりなの？」

そう言うとブレイズさんは一発で黙った。まあ、そんなことを言っていては護衛騎士なんて無理なので単なる口実だけどね。私が作りたいから作るのよ！

陶器やS字配管や蛇口みたいな小さなものは、私が粘土を捏《こ》ねて常温鋳造の錬金術で作って、小部屋となる金属の大箱と付随する水洗用の水タンクと汚水を貯める下水タンク、それから小型蒸気ユニットはテッドさんに発注しましょう。持ち運びは魔法鞄で取り出し自由だし、携帯トイレのちょっと大きいものと考えればいいわ。

✧

レジャー用品の発注のためテッドさんの店を訪ねた私は、挨拶を済ませると昨日の成果を差し入れに渡した。

「テッドさん、アイスクリームとシャーベットというものを作ったので差し入れよ。冷たくて甘い氷菓子だから、また奥さんや娘さんにあげるといいかもしれないわ」

そう続けると、テッドさんは少し微妙な表情をしたけど「ありがとよ」と言って受け取った。

その後、私は事前に用意してきた発注リストを渡して順次説明していく。

「このアイスボックスと魔法瓶というのは、どうして外壁と中の間を真空にするんだ？」

「空気がないと熱が伝わりにくくなるの」

真空断熱をすれば冷たい氷はより長く保つし熱いお茶も冷めにくくなる。先ほど渡したアイスクリームなんかも氷結の魔石なしでも溶けにくくなる。

そう説明した私に、テッドさんはなぜか優先作製リストに断熱構造のアイスボックスや魔法瓶を加えた。

「別に出発するまでに間に合えば十分よ？」

「甘味が絡むものは最優先にしろという家庭の事情があってだな…」

なんと、テッドさんも甘味に狂わされた女性に振り回されていた。仕方ないわね…折角だから、お手軽にできる大人数用のシャーベット製造機の図面も書いておいていくわ！

「鬼か、お前は」

「鍛冶の現場は暑いでしょうし冷たいものは必要なはずよ」

突っ込むブレイズさんにもっともらしい理由をつけて答えた。

「これでテッドさんの家でもいつでもシャーベットが食べられるようになるんだからいいじゃない。テッドさんの家庭内での株も爆上がりよ！」

そう言って、私は決済を済ませてテッドさんの店を後にした。

⁺

帰り際、自分の服装を見て考えを巡らせる。さすがにレジャーに行こうというのにドレスはないでしょう。動きやすさを重視した普通の洋服が必要だわ。

どうせなら、夏服も一工夫は欲しいわね。麦わら帽子は自分で作れるとして、小さな冷却の魔石と風の魔石を付けて涼《りょう》を取ることにしようかしら。鎧なんか同じ理屈で温かくしたり涼しくしたりできるわ。

暑苦しい格好はともかく、汗が出まくりではバカンスも台なしだし、私以外にもブレイズさんもアンダーウェアに魔石を入れるスリットを取り付けたものを着てもらいましょう。ついでに防刃効果も付与すれば、ちょっとした鎖帷子《くさりかたびら》に早変わりよ。

そう考えた私は、服飾店で魔石を入れる場所を付けたアンダーウェアを注文して、後日試作品が届いてブレイズさんに着てもらったところ、意外に好評だった。

「これなら真夏でも真冬でも十分な動きができそうだな」

護衛として、凍えて悴《かじか》んだ手では剣は振るえないし、防具で暑いからと夏バテしていられないそうだ。

「ごく微弱な魔石を服の下に仕込むだけで済むのに今までどうしてたの？」

「そんな気軽に効果付きの魔石をポンポン使えるわけないだろ」

「ふぅん…なら、ライル君にも伝えておこうかしら」

ライル君はともかく姫様は付けても付けなくても平然としてそうだけど、一緒にいて自分たちだけ涼《りょう》を取るのは気がひけるわ。

「大体、魔石一つ付けて単なるアンダーウェアが鎖帷子《くさりかたびら》に早変わりしてたら防具を扱う店は商売あがったりだろう」

防刃効果はせいぜい通り魔対策くらいのささやかなものだし、あまり過信してもらっても困ると少し説明することにした。

「ごく普通の剣や槍では、達人でもない限り斬ったり突き刺せないくらいの効果でしかないわ。ちょっと斬撃強化や電撃が付与されていたら死んでしまうもの」

それを聞いてブレイズさんは何か言いたげにしていたがやめたようだ。

こうして、着々と夏の旅行の準備が整えられていった。

✧

カラッとして過ごしやすい初夏が過ぎると、青空が眩しい真夏の季節がやってきた。私たちは、フィリス公爵領にある避暑地として有名なクレーン湖畔の別荘に向け、馬車を走らせていた。

プシュシュシュシュシュ！

私たちを乗せた馬車を引く蒸気機関は、ブレイズさんの操作のもと小気味よい蒸気の音を立てながら、時速三十キロを少し超えるくらいの速度で力強いリズムを刻んでいた。

既存の馬車の十倍のスピードという目標にはまだ届いていない発展途上の馬車で、早馬で駆けるのと比べたら流れる風景もゆっくりとしたものだった。それでもサスペンションや座席に仕込んだバネによる乗り心地は快適で、なおかつ通常の馬車より三倍くらい早く着くのは画期的といえる。

「馬いらず、疲れ知らずでこの速度を維持するとは大したものです。それなのに王家の馬車とでも比較にならないほどの快適な乗り心地だわ」

そう言うエリザベートさんは、流れる風景を見ながら感心しているようだった。

これを主要都市間で常時走らせれば兵站の常識が変わると物騒なことを言い出す姫様、もとい、エリザベートさん。姫様と言ったら姫扱いするなと怒られたので気をつけないとね。

でもすぐに実現できると思われても困ると思い、私は補足説明をすることにした。

「それには鍛冶師の人が総出で必要台数を造ったり、運転できるよう御者を教育したり、警備も含めて発着場の土地を確保したりと、多くの人員を揃えないといけません」

「なんですって？　そんな簡単なことでよいのですか。帰ったらすぐに手配しますわ！」

…へ？　ああ、エリザベートさんには簡単なのね。王家にとって土地を用意したり人手を揃えて配置するのは日常茶飯事なのかもしれない。それなら少し具体的に進めないといけないわね。

「作製に協力してくれたテッドさんの利益も考えて特許登録などの手続きを考えます」

そう申し出たところ、それならもっと簡単で強力なものがあるので任せてほしいという。

よくわからないけど、それはよかったわ。折角の旅行だし、私は面倒ごとを考えることをやめて避暑地に思いを馳せた。

⁂

別荘への道中の半ばで蒸気馬車を止め、魔法鞄から机やテーブルを出す。その後、ブレイズさんに集会イベント用の大きなタープテントを設営してもらって日差しを遮り、その下で昼食を取ることにした。次の出発から到着までは長いことを考慮して離れた場所に簡易トイレも出しておく。

「定番だけどお昼はサンドイッチよ。アルマちゃん、用意を手伝って」

「わかりました、任せてください！」

「いきなり鉄板で焼肉やバーベキューをしてもいいけど、それは到着してからにしたいわね」

そう言いながらアルマちゃんと一緒に魔法瓶から料理長に用意してもらったスープを皿に盛り、果汁のジュースをカップに注ぐ。更にアイスボックスから惣菜を出して魔石のレンジで温め、パンと一緒にテーブルに並べると、五人で昼食を取り始めた。

「凄《すご》い！　この料理は一体どうしたのです！」

ここまで柔らかいパンは食べたことがない。なぜ温めてもいないのにスープが温かいままなのか。どうしてジュースがキンキンに冷えているのか。逆に箱に入れたら出来立てのように湯気を立てているのはなぜか。

そんなことを矢継ぎ早に尋ねるエリザベートさんに、天然酵母を使ったパンの作り方や、魔法瓶による断熱効果、魔石を利用したアイスボックスやオーブンなどの魔道具を説明していく。

「仕掛けはわかりましたが、どうしてここまで美味しいのです？」

「えっと…それは、もう普通になってしまったので料理長の研鑽も含め色々な努力の積み重ねとしか言えません」

「なんということでしょう…このような料理が日の目を見ることなく埋もれているなんて」

そう言ったきり絶句したエリザベートさんを見て、私はフォローを入れる。

「まあ、料理長に弟子を取らせれば私の錬金術同様、広まっていくかもしれません」

そう言うと、帰ったら早速うちの料理長を弟子に向かわせると言い出した。うちの料理長というフレーズに何か引っ掛かるものを感じたけど、今は旅行中なのだから後で考えればいいと二つ返事で了承した。

皆が料理を食べ終えるのを見計らって、私はデザートとしてアイスボックスからバケツ大の四種類のアイスクリームを出して紹介する。

「デザートのアイスクリームです。右から順にバニラアイス、ミントアイス、オレンジアイス、木苺のアイスです」

ナッツ入りやクッキー入りのものもあるけどいっぺんに出して溶けたら困るし、シャーベットはワインで作る関係でアルコールを含むから、道中はこれで我慢してもらう。

私はバケツから小皿によそうための大きめのスプーンを並べて、好きなものをどうぞと勧めた。

ブレイズさんはミントとオレンジを半々、私はバニラと木苺を半々すくって食べて感嘆の声を上げる。

「やっぱり夏はアイスクリームに限るわね！」

それを聞いてエリザベートさんとライル君とアルマちゃんは全種類、少しずつすくって、その一つを口に含んだ。

「「「美味しい！」」」

これが婦人たちの間で悪魔の甘味とまで呼ばれたお菓子なのねとブツブツと呟き始めたエリザベートさん。失礼しちゃうわ！

「悪魔の甘味で申し訳ございません。口に合わないようならお下げします」

そう言ってバケツをアイスボックスに収めようとすると、エリザベートさんは慌てたように言う。

「ああ、下げないで！　噂を聞いてつい。悪気はないのです！」

ククク、早くもアイスクリーム依存症にかかったようね…この日のために準備してきた甲斐があったわ、ほとんど料理長の努力の賜物だけど！

これでクレーン湖畔の別荘で多少の羽目を外しても、大目に見てくれるでしょう。

そう内心でほくそ笑んだものの、物凄い勢いでバクバク食べ始めたエリザベートさんに少し心配になって声をかける。

「あの、あまり食べすぎるとお腹を壊しますよ。ほらアルマちゃんも！」

しかし遅かったようだ。そりゃ二人合わせてバケツ半分も食べればね。女性にはアイスクリームは刺激的すぎたようだわ。

お腹を下した様子のエリザベートさんやアルマちゃんを少し離れた場所に設置した簡易トイレに案内して、簡単に水洗トイレと錬金術で作ったトイレットペーパー、備え付けた手洗いにある蛇口の使い方を教えてテーブルに戻った。

「俺はワインのシャーベットの方がよかったんだが」

「飲酒運転は事故のもとよ！」

それにブレイズさんはスピード狂の気があるからと伝えると残念そうにしていた。

一方、ライル君は魔道具やアイスクリームを見回して感心したように言う。

「本当に師匠は次から次へと色々なものを実現していきますよね」

「避暑地への旅行なんて初めてだったから、少しはしゃいだ結果ね。クレーン湖畔に着いたら、湖畔を一人用の蒸気自動車で駆け抜けたり、湖に蒸気ボートを浮かべて思いっきり遊ぶのよ！」

「ははは、それは楽しみですね！」

そう、ライル君だってポーションばっかり作っていたらノイローゼになってしまうわ。過労死まで伝承したらまずいもの。適度な息抜きの必要性を継続的に伝えていかないとね。

そんなやりとりをしているうちに、アルマちゃんに先んじてエリザベートさんが戻ってきた。

「あのトイレと水が出る蛇口というものを屋敷に設置できませんか？」

「できますけど、水道管と呼ぶ水を通す管《くだ》を部屋まで通す必要がある関係で、屋敷の工事をしたり作り直したりしないといけないので、建築の人員が…」

「なんですって！　建物を建て直すだけで実現できるのですか！」

そう言い出したエリザベートさんに、色々な常識の違いを感じ、困惑してブレイズさんの方を見ると、なんだか私を見てニヤニヤしていたので聞いてみた。

「…何笑ってるのよ」

「いや、少しは俺の気持ちを理解したかと思ってな」

「どういう意味よ！」

まったく…こんな常識的な私を捕まえてなんのつもりかしら。

それはさておき、帰ったらトイレの設置も依頼したいので関係者への説明に簡易トイレを貸してほしいとエリザベートさんに言われたので了承した。旅が終われば簡易トイレも必要なくなるし問題ないでしょう。

さあ、アルマちゃんも戻ってきたし余計なことは忘れてクレーン湖に向かうわよ！

✧

昼食を済ませた後一路クレーン湖畔に向けて蒸気馬車を走らせると、夕方になる頃に夕陽に照らされる美しい夕景の湖畔の様子が見えてきた。そのほとりには別荘…というか城が立っている。

「はぁ!?　別荘というより城じゃないの！」

「公爵家の別荘が城じゃないとでも思っていたのか」

ブレイズさんの突っ込みにそういうものなのかと納得したけど、夕陽に赤く染まった湖面と白亜の城のコントラストがとにかく美しい。

「水洗トイレを設置するために、この城は廃棄しないといけませんね」

「えぇ！　これを捨てるなんてとんでもない！」

その後、水道管は細いから全部壊さなくても大丈夫なはずと説得し、なるべく取り壊さない方向で納得してもらった。まったく、どう見ても文化遺産級の城が水洗トイレに潰されるところだったわ！

そうして危うく城を捨てる一択の進行不能のループに陥りつつも、私たち一行は日が暮れる前にクレーン湖畔の城に到着した。

✧

クレーン湖畔に到着した次の日の朝、私は早速レジャーを楽しもうと湖のほとりに立ち思いの丈《たけ》をぶちまけた。

「というわけでクレーン湖畔のドライブを満喫するわよ！」

余暇の遊びとして準備してきた一人乗りの五台の蒸気自動車、通称バギーを魔法鞄から取り出すとみんなの前で運転してみせた。

その後、発進や停止の際のクラッチの使い方やアクセルのオンオフ、ブレーキ、ハンドル操作などを順序立てて説明すると、エリザベートさんはすぐに乗りこなしてみせた。ライル君もライブラリを通して知識が伝播している関係で、原理や仕組みの説明が不要な分、飲み込みは早かった。

しかしアルマちゃんにはクラッチの扱いが難しいようだったので今回は私の後部座席に乗って

もらうことにする。

「うう、悔しいです。私だけ一人で乗れないなんて！」

「マニュアル車を簡単に乗りこなせる方がどうかしてるわ。ライブラリを伝承したライル君はともかく、他の二人は運動神経がおかしいのよ」

嘆くアルマちゃんを慰めつつ他の三人の運転技術に問題ないことを確認した私は、最後に注意事項を言い渡す。

「時速六十キロは出るけど安全に運転してね」

三人は頷くと一斉に湖畔の道を駆け抜けていった。ブレイズさんはアクセルベタ踏みで飛ばしているようだ。そこまでは予想通りだったが、エリザベートさんも同じスピードで後をつけている。まったく、とんだお転婆姫様だわ！　アイスクリームで大目に見てもらうどころか、こちらが保護者の気分になってきたところよ！

それでも、湖畔の木漏《こも》れ日の眩しさと流れる風の開放的な心地よさに、思わず笑いが込み上げてくる。ああ、私、スローライフしちゃってるわ！

「これは素晴らしいです！」

クレーン湖畔を一周したところで元の広場に停車させると、開口一番エリザベートさんが感嘆の声を上げた。

道中の蒸気馬車に疲れ知らずのメリットを感じていただけあって、バギーにも同じメリットがあることを直感的に理解したエリザベートさんは、これも沢山作って配備したいと言い出す。

うーん、量産できるのかな？　まあ後日考えるということで次にいきましょう。

「お次は蒸気ボートよ！」

蒸気ボートは大人二人が乗れる大きさで二艘《にそう》用意していた。前を確認する人と後ろで舵を切る人というように役割分担すれば、以前のように陸に乗り上げて大破する事故は避けられるというブレイズさんの考えを採用して二人乗りにしたのだ。

運転手は私とブレイズさんが務める形で、私はライル君とアルマちゃん、ブレイズさんはエリザベートさんを乗せて蒸気ボートを湖に浮かべる。その後、少し進んだところで蒸気ユニットを起動すると、小気味よい音を立てて進み出した。

「ありえません！　どうして船がここまで早く進むのです！」

またも驚きの声を上げるエリザベートさんを横目に、私はボートから手を差し出して湖の水を直接手で感じてみる。

「気持ちいいわ！」

やっぱり夏は水辺に限るわね。これで泳げたら最高なんだけど、来る前にブレイズさんに話したら、まだ水着という概念がなく止められた。蒸気ボートを運転しながらライル君やアルマちゃんに聞いてみたけど、赤い顔をして絶対にいけませんと言われたくらいだから本当に駄目みたいで残念だわ。

しばらくして船着場に戻ると、また沢山配備したいとエリザベートさんが騒ぎ出したけど、

「小さなボートより大型の蒸気船で運河や海上の船の輸送を効率化した方がいいのでは？」

と、正直な感想を漏らしたところ、エリザベートさんはそれはいい考えですと声を上げた。

「これで海上や河川を利用した輸送が今までの何倍も早くなります！」

蒸気馬車やバギーに続いて、またもやエリザベートさんの頭の中にある物流インフラ計画に組み込まれたようだ。

なんだか当初の「アイスクリームで懐柔作戦」とは違う方向に邁進《まいしん》しているような気がするけど…まあいいわ！　今は遊ばせてよ！

そう考えた私は全てを忘れて魔石を使った鉄板プレートでの焼肉やバーベキューを目一杯楽しんだり、シャーベットを混ぜた柑橘系の果物を載せたトロピカルジュースで避暑地の納涼を演出したり、夜はポーションを作製しながら地方料理を満喫したりして、大いにレジャーを楽しんだのであった。

-:-

「楽しい旅は一瞬で終わるものね」

フィリス公爵領での楽しい夏の余暇は終わりを告げ、私は王都に戻っていた。

宿泊費は城で作ったポーションで十分どころかもらいすぎだということなので、気兼ねなく、また機会があったら再訪したいものだわ。

「料理長には大変なことになっちまったがな」

あの後しばらくして、エリザベートさんの働きかけで王宮料理長が辺境伯邸の料理長であるクラウスさんに弟子入りに来てしまい、辺境伯邸は大変な騒ぎになった。

王宮料理長を辺境伯家の料理長に弟子入りさせるなどとんでもないと、エリザベートさんを窘《たしな》めようと王妃様が小言を言おうとしたその眼前に、お土産のアイスクリームを差し出したらしい。

その結果、

「今すぐに、アイスクリームの作り方を教えてもらいに行きなさい！」

止める側から強力に推進する側に百八十度転換した王妃様を止められるものはいなかった。

なお辺境伯側は、料理界の権威である王宮料理長の弟子入りは勘弁してほしいということで、今は研修という形で辺境伯邸に通っている。クラウスさんと王宮料理長が互いに切磋琢磨することで、辺境伯邸の料理の進化のスピードが二倍になった気がするわ。

副次効果として、王宮の組織力で国中から食材を発掘できるので、探していたトマトに似た野菜も簡単に見つかった。今ではピザやミートスパゲッティをはじめとしたイタリアン展開が絶賛進行中よ！　そのうち、ドリアやラザニアも食べられるようになるかもしれない。

そんなワクワク気分の私に、料理長騒ぎで連想されたのかブレイズさんが別件を伝えてきた。

「そういえばテッドさんも何か大変な用があるそうだぞ」

何かしら。特に発注しているものもないから、蒸気馬車の改良でブレイクスルーでも起こしたのかもしれない。とにかく行ってみることにした。

「メリアの嬢ちゃん。一体、フィリス公爵領で何をしてきたんだ」

テッドさんの店に到着すると、なんだか疲れた顔をしたテッドさんが開口一番にそう言った。

「別に思いっきりレジャーを楽しんできただけよ？」

テッドさんに用意してもらった蒸気馬車でフィリス公爵領のクレーン湖畔の城に行って、ブレイズさんとライル君と姫様と一緒に、バギーや蒸気ボートで遊んだり、火炎の魔石の鉄板プレートでバーベキューしたり、料理長が進化させたアイスクリームやシャーベットを食べたりしただけと話した私に「それだ」というテッドさん。

「王家御用達の紋所《もんどころ》をもらっちまった！」

「何それ、美味しいの？」

どうやら紋所を振り翳《かざ》すことで、王家からの蒸気馬車やバギーなどの納入要請に必要となる職人を強制的に召集したりできるようになるらしい。

更には、蒸気機関を利用した応用技術について特許申請しなくても王家が保護する技術ということになり、私やテッドさんの許可なく勝手に使えなくなるらしい。

なるほど、エリザベートさんの言う、もっと簡単で強力とはこういうことね。

「これでいくらでも作れるようになってしまったわね！」

「そりゃそうだがよ、忙しくてたまらなくなるぞ。メリアの嬢ちゃんもな」

「なんですって？　ああ！」

よく考えたら魔石をはじめとして、常温鋳造など、まだ錬金術でしか作れない部品が沢山あった気がする。

「全力でスローライフの象徴であるレジャー旅行を楽しんだと思ったら、いつの間にか過労死ルートに入っていたわ！」

どうしてこうなったのかしら。まったく覚えが…あるけど、あの姫様、本気で国中のインフラを整えるつもりじゃないでしょうね？　陸運と海運の効率化とか、新築してでも水洗トイレ化するとか色々画策していたような気がするけど、レジャー中は嫌なことは忘れるようにしてたからあまり詳しく覚えていない。

「なんだか国中の主要都市を蒸気自動車で繋いだり、大型蒸気船で海上輸送を効率化したり、屋敷を新築して水洗トイレを普及させると言ってた気がするわ」

「嬢ちゃん、本業はどうするんだ？」

「そりゃ…もちろんやるでしょ。錬金薬師は二人しかいないのよ？」

「体に気をつけてな」

がっくり。まあいいわ。どちらにしてもできることを一つ一つやっていくしかないのよ。それに前向きに考えれば、より多くの人間が技術を伝えていくのだから、改善されるスピードも何倍にもなるはず。

そうすれば、需給逼迫により必要に迫られて自力で部品を作っていけるようになるに違いないわ！

こうして国の主要都市を結ぶ形で蒸気自動車が配備され、海運や運河で大型の蒸気船が配備されることになった。

また、研修を終えた王宮料理長の手により、王宮でのパーティの料理やデザートの質が飛躍的に上がり、王都のグルメは革命的なスピードで進化していった。

そして、水道の配管と水洗トイレの設置のため、王宮をはじめとした貴族家の新築ラッシュが発生したことで空前の好景気が訪れ、一気に近代化が進むことになる。

後世の歴史家は、近代化に大きく貢献したメリアスフィールの偉業を讃えて、薬師である彼女をこう呼んだという。

開明の錬金薬師メリアスフィール・フォーリーフと。

第6章　異国の錬金薬師

　王家御用達の紋所の威力は絶大で、王家から発注された蒸気馬車や水洗トイレを納期までに間に合わせようと多数の職人が尽力する。そしてそれは、錬金術を必要とする精密部品の要請という形で、一斉に私の肩にのしかかってきていた。

「錬金薬師殿！　火炎と冷却の魔石はできましたか」

「こちらのボールベアリングはまだですか」

「S字トラップの配管もお願いします」

　ここまで急かされるのは前世以来かもしれない。だからこそ言わせてほしい。

「両手両足でやっても四並列が限界なのよ！」

　テッドさんの工房だけなら、必要となる魔石や精密部品を私が用意するよりもテッドさんの作業時間の方がずっと長いから余裕があったけど、王都の工房ほとんどを動員されたらどうにもならないわね。

というか、地味に水洗トイレの需要が多すぎてつらいわ。蛇口、パイプの曲げ加工、陶器が錬金術依存なのが厳しい。普及させるには基礎となる工業技術が足りなすぎたのだ。

「魔石の効果付与はどうしようもないけど、他は自作を考えて」

首が回らなくなった私が、その結論に至るのにそう時間はかからなかった。

「見本はあるのだから、ゼロから考えるよりずっと早く作製できるようになるはずだわ」

そのようにして優先度をつけたことで、一時期はパンク状態だった私の負荷も落ち着いていった。

そうなると、今度は見本がない蒸気船にフォーカスが当てられた。

蒸気ボートみたいな小船じゃあるまいし、いきなりスクリューは厳しいでしょうから、大口径のスクリュープロペラの作製が難しいようならと、外輪船の図面を書いて渡した。

幸い蒸気自動車のギアで回転数を変換してトルクを調整する基礎はテッドさんに伝えていたから、外輪船については問題なく施工が進んだ。

エリザベートさんが乗った蒸気ボートみたいなスピードを期待されても困るけど、それでも十分実用的なはずよ。現行の船のようにオールで漕がなくても済むし、風が吹いていなくても進めるのだから。

「それにしても蒸気船まで早々に着手するなんて貿易でもしてるのかしら」

そんなに大きな河川はこの国にはなかったはず。人海戦術で運河を掘って内陸に通すにしても、すぐにはできないでしょう。

こうなったら蒸気建機でも作って……いやいや、何も思いつかなかった！　玉掛け、クレーンも頭の中から出ていきなさい！

そうして頭を振って余計な知識を追い出していると、ブレイズさんが先ほどの疑問に答えた。

「東の島々なら目と鼻の先、南の大陸なら帆船で数日の距離にあるぞ」

南からは香辛料、東は変わった民族工芸品などを主に輸入しているらしい。香辛料が手に入るとは、地続きでかなり南まで行けるようね。うまくすれば、カカオの実やコーヒー豆とかにもありつけるかもしれない。いや、その前に色々な香辛料があるならカレーとか作れるのでは？　夢は広がるわね。

「南にも旅行に行ってみたいわ」

「当分は無理だろう、その様子ではな」

右足裏で火炎の魔石を、左足裏で冷却の魔石の効果付与をしながら両手で中級ポーション二本を同時合成している私を見ながら、ブレイズさんは呆れたように言うのだった。

✧

しばらく四重合成を続けているうちに、更にもう一つ上の段階があるような不思議な感覚に襲われるようになった。

「なんだか六重合成に目覚めそうだわ」

前世でもそこまではできなかったけど、先人たちが少しずつ完成させた四重合成にも先があるかもしれないと思い始めたところよ。

六重合成をしたらもっと効果のあるポーションが作れるようになるかもしれない。欠損でも完全回復する最上級ポーションの上というと寿命でも延びてしまうのかしら。少なくとも、中級ポーションの同時六本はできそうな気がする。足の指が器用なら八重合成もいけるのかもしれない。

「やめとけ、冬に素足を出して作業するつもりか」

「私は考えるのをやめたわ」

寒いのは御免よ。今のやり方は夏限定ね。ひやりと冷たい魔石を足の裏に感じながらそう心に決めた。

✧

そうして忙しい日々を送っているうちに、エリザベートさんが研究棟で作業をする私を訪ね、こうおっしゃった。

「バギーをもう少し生産できませんか？」

一人用蒸気自動車、通称バギーは小さくて高速な分、まだ錬金術の依存度が高い乗り物だった。

フィリス公爵領への道中に乗った蒸気馬車は低速で大型であることから精度もそれほど必要ないから量産しやすいけどバギーは厳しいのよ。

「この状態でできるとでも？」

例の両手両足の錬金ポーズを見せつけるように、手で持った薬草と足で摑《つか》んだ魔石をプラプラさせた。

「諦めてはいけません！　剣の鍛錬でも限界と思った先に更なる境地がありました。あなたの限界はまだ遠く先にあるはずですわ！」

まったく姫様は脳筋でいらっしゃる。そう思った私は、思わず内心の疑問をこぼしてしまう。

「武術や体術が得意な人たちのメンタルは一体どうなっているのかしら」

「自分が一番よくわかっているだろう」

ブレイズさん、うるさいわよ！　まさか姫様と同類と思われているんじゃないでしょうね。

「というかですね、エリザベートさんはライル君を鍛えればいいんですよ！」

地脈を通りやすくするための体を鍛える手助けをエリザベートさんがする。ライル君の錬金術の修行が進む。そしてライル君も十分な出力の効果付与ができるようになる。そうすれば私の作業も分担できて楽になる。いいことずくめじゃない！

「将軍職をされていたと聞き及んでいます。新兵をビシバシしごく、そういうの得意でしょう？」

「まあ、そんな簡単なことで生産できるようになるのですか？」

「そうです、簡単なことです！」

ブレイズさんから「おいおい」という声が聞こえてきたがこれしかないでしょう。一人でダメなら二人は基本よ。

「ライル君も、あれで私と波長が合うからには体術の素養は十分なはず。フォーリーフの錬金術の真髄は根性よ！」

そう断言した私に、よくわかりましたといって踵《きびす》を返してライル君の研究室に向かう脳筋姫様。これでライル君も鍛えられて一石二鳥ね。頑張れライル君！

「それにしてもバギーを増産なんてどうしたのかしら」

「なんだ、知らんのか」

いつの間にかバギーが騎士のステータスになっていたらしく、せめて近衛騎士だけでも体裁として全員分揃えようとしたらしい。

生物である馬と違って魔法鞄で簡単に持ち運びできて、何時間でも疲れを知らずに走り続けるバギーは、いついかなる時でも有事に備えられ、現場に急行できる騎士というイメージで、護衛任務にある騎士のニーズにジャストフィットしたそうだ。

「だとしても、どうして急に騎士のステータスになったのかしら」

ぶつぶつと言い出した私に、そっぽを向いてブレイズさんがボソリと答えた。

「俺が自慢して回ったからな」

「犯人はお前かー！」

どうも、エリザベートさんがバギーの有用性を見せるために馬と長距離競争をさせた際に、対抗馬として呼ばれたブレイズさんは、「貴様の愛馬の実力はその程度か」とか「そのような貧弱な馬では主君は守れんな」とか煽ったらしい。

普段は温厚なのにハンドルを握ったら性格が変わるのをなんとかしてほしいわ。

こうなったら、本当にライル君には本格的に頑張ってもらうしかないわね。

✧

新人錬金薬師を鍛える手助けをする、メリアの手が空く、近衛騎士団のバギーが造れる。その風が吹けば桶屋がもうかる的な三段論法がエリザベートから近衛騎士団に伝えられると、騎士団の全面的なバックアップのもとでライルの鍛錬が行われることになった。

「どうしたどうしたァー！」

「そんなんでメリア師匠を助けられると思っているのかァ！」

「まだいける、自分で限界を設けるな！」

バギーという餌と姫様直々のお声掛けにより、近衛騎士たちの熱の入れようは大層なものだった。

「しかしよろしいのですか、このような厳しい鍛錬を施して」

「フォーリーフの錬金術の真髄は根性だそうです！　問題はありません！」

脳筋の団員と違い錬金薬師に多少の気を回した騎士団長の言葉に、エリザベートはメリアから直接聞いたことをそのまま伝えた。その嘘偽りない力強い声音に「なるほど」と短く答え騎士団長は押し黙り、再び錬金薬師の少年の方を見る。通常ならそろそろ脱落するはずなのだが、どういうわけか脱落する様子は見えない。

「一体、何が少年を支えているのか」

「多少、発破をかけたのです。師匠が大変な思いをしている時に、指をくわえて見ているだけでよいのですかと」

護衛を務めるエリザベートは、師匠を慕うライルの心の内など手を取るようにわかっていた。まったくもって簡単な仕事だ。

「それは…頑張るしかありませんな」

「そういうことですわ」

「であれば、このグランツにお任せください！」

ビシッと敬礼をした騎士団長に、エリザベートは言葉短く「頼みました」と伝える。

（この私の剣の師匠を務めたのです。ライルの鍛錬にこれ以上の人材はおりませんわ）

そう心の中で独白したエリザベートは、ライルを鍛えに向かう騎士団長の後ろ姿を頼もしく見送った。

✧

その日、朝の日の光の眩しさに目が覚めると近くにアニーが控えていた。

「お目覚めですか？　メリア様」

「おはようアニー。ひょっとして寝過ごしてしまったかしら？」

一時の目が回るような忙しさも一段落し、気が緩んでいたのかもしれない。気がつくと日がだいぶ高く昇っていた。

「いいえ、それほどでもありません。こちらをお使いください」

私はのろのろと差し出された布巾で顔を拭き、続けて遅めの朝食を取るがあまり食欲が湧かない。そんな私をアニーは不思議そうに眺めてこう言った。

「そこまでお疲れでしたらポーションをお飲みになればよろしいのでは？」

「ポーションは怪我を治すものでしょう。疲れなんて…」

いいえ待って、本当にそうかしら。地脈の力を湛《たた》えたポーションは、この上ない栄養ドリンクであることに変わりはない。前々世では疲れに栄養ドリンクは常識だったけど、前世や今生では疲れたくらいで薬を飲むようなことはしないから試したことがないのだ。

そう考えた私は試しに中級ポーションを飲んでみたところ嘘のように疲れが取れた。

「凄《すご》いわアニー！　あなたは天才よ！」

いつもの調子を取り戻した私は、バクバクとパンを頬張りスープと牛乳をゴクゴクと飲み下した。そんな復活した私を見てホッとした様子を見せながら、アニーは今日の予定を聞いてくる。

「今日はどちらに出かけられますか？」

「しばらく忙しくて行く暇がなかったから、商業ギルドにポーションを卸しに行こうかしら。用意をお願い」

かなりポーションが溜まってきたところだし、そろそろ空の瓶が足りなくなりそうだわ。あと、先日聞いた香辛料のことも気になる。南大陸との取引について、ベティさんに色々と聞いてみたい。

「かしこまりました。では朝食を下げた後、外出用にお召し物を用意して参ります」

そう言ってアニーは慣れた様子で食器をトレーに載せて部屋を退出していく。最初来た頃はあたふたとしていたけど、だいぶ手慣れてきたようだ。そんなアニーの成長を微笑ましく思いながら、私は窓を開けて日差しを浴び大きく伸びをする。

「さあ、今日も頑張るわよ！」

✧

ブレイズさんが運転する蒸気馬車で移動すること小一時間、商業区にある商業ギルドに到着した私は、受付でベティさんを見つけて挨拶をする。

「ベティさん、ご無沙汰です。ポーションを卸しに来ました」

「これはメリアスフィール様、お待ちしておりました！」

いつものように空瓶のある別室に案内され、そこで各種ポーションが入った小箱を魔法鞄から出して机に並べていき、空瓶と交換していく。

その作業の合間に、今日のもう一つの目的であった南の大陸との取引について色々聞いてみた。

「南の大陸の商人と取引するにはどうすればいいんですか」

この国にない、色々な香辛料や木の実、穀物を手に入れて料理に活かしたいのよね。それがたとえ今は誰も注目していないものであっても、自分で確かめたいわ。

「それなら直接的に取引するよりは、既に繋がりのある商会を通すのが簡単です」

私は商会に繋がりがないのでギルドを通して紹介してもらえないか尋ねたところ、簡単に紹介できるそうだ。簡単すぎてむしろ選別しないといけないとか。

そんな私たちの会話を聞いていたブレイズさんが、不思議そうに聞いてくる。

「今までのように料理長を通して探せばいいんじゃないか」

「ひょっとすると食べ物と思われていないものもあるかもしれないじゃない。それにゴムの木があれば、ついでに探したいの」

今までゴムや特定の材料は成分抽出とか既知の分子構造の直接合成といった錬金術に頼って工程を端折《はしょ》ることが多かったけど、結局、量産する時に自分への負担集中という形で跳ね返ってくるなら、自然に存在する材料を開拓したり調達して工業的に生産できるようにする努力は必要だわ。

結局、調整がつき次第ベティさんから連絡してもらえることになり、私は商談に応じてくれた商会にお近づきの印として渡すよう、アイスクリームの詰め合わせセットを入れた小型アイスボックスをベティさんに渡し、その日はギルドを後にした。

後日、メリアの依頼を受けた商業ギルドは、南大陸と一定以上の取引がある商会を選んで抽選会を開く知らせを出した。

各商会長に宛てられた手紙は、商業ギルドの重要な取引相手が、南大陸の食材開拓のために取扱商品を一通り見せてもらえないかと打診してきたので、応じてもらえる商会があれば抽選会に参加するようにとの妙な内容だった。

「相手の名前すら知らせずに抽選会だと？」

そこで手紙を破棄するなら、その程度の嗅覚《きゅうかく》だという一次選考なのだろう。大体、商業ギルドにとって重要な相手というのは限られているのだ。その中で食材開拓などという酔狂な理由を上げ、なおかつ名前を伏せるのが妥当な人物。はて、誰か。

ギルドの一室に集合した面々は、集まった大店《おおだな》ばかりの面子を見て互いに牽制《けんせい》を始めた。

「おぉ、オーバン商会の旦那じゃないか。こんな抽選会にわざわざ出なくてもいいんじゃないか？」

「ははは、ドルバン商会の。そちらこそ食材など小口取引はうちに任せて帰ったらどうだ」

あきらかに厳選されている。それも一流のみにだ。これで帰る間抜けは最初からこの場にいないことはわかっており、互いの牽制は日常的な挨拶のようなものだった。

やがてギルド職員が抽選会の会場に入り、手紙にも記載されていた南大陸の商品を余すところなく紹介してほしいという今回の依頼内容が改めて説明され、抽選で選ばれた方には依頼主からのお近づきの印として、アイスクリームの詰め合わせセットを入れた小型アイスボックスが進呈されるという話がなされると、会場は水を打ったように静まり返った。

幾人かの予想は立てていたが、値千金の取引相手であることは確定した。アイスボックスなどという希少な魔道具を、アイスクリームという最先端の甘味の単なる入れ物としてポンと渡すような人物など、今をときめく錬金薬師メリアスフィール・フォーリーフただ一人しかいなかった。

この後、くじ引きの結果に狂喜と悲嘆の声を上げる商会長たちの声が響き渡ったという。

✧

同じ頃、王宮では南大陸の駐在大使から知らせが届いていた。

「南大陸からの使者だと？」

「急速な発展を遂げている陸運や海運について視察をさせてほしいとか」

「ぬぅ…」

宰相は唸り声をあげた。視察したところで錬金術師なしではどうしようもなかろうが、断る理由も特になかった。

「それは構わぬが、主要都市を結ぶ蒸気馬車の配置の進捗《しんちょく》はどうなっている」

「最優先とした四都市間の定期便が五台ずつ配備されたばかりで全体の一割ほどかと」

「蒸気船の開発の方はどうか？」

「現在、蒸気外輪船が試験航行を行っております。より効率の高いスクリュープロペラ式の蒸気船については、まだ試行錯誤の最中とのことです」

悪くない。改めて問題ないことを確認した宰相は視察の受け入れを許可した。

⟡

その後しばらくして、商業ギルドから南大陸との取り引きに実績がある商会との引き合わせの連絡が入り、私は紹介された商会を訪れていた。

「ご紹介に与《あずか》りましたボルドー商会の会頭ビルです、以後お見知り置きを」

「ファーレンハイト辺境伯直属の筆頭錬金薬師メリアスフィール・フォーリーフです、よろしくお願いします」

私は南大陸の香辛料を使った辛いスープのレシピ開発や南国の果物を使った甘味の創作のための食材を探していること、それから一見すると苦くて食べ物とは思えないようなものでも、錬金術で成分を抽出して使えるかもしれないので固定観念にとらわれることなく見せてほしいというお願いをした。

「錬金術で料理ですか？」

百聞は一見にしかずと私は魔法瓶に入れたスープを注いで差し出し、一見すると透明に見えるスープも、肉や香味野菜の成分を抽出して作られていることを説明した。

「甘味も、甘いだけではアクセントがつかないわ。適度な苦味を含む油脂や、あるいは豆を焙煎《ばいせん》した苦い飲み物も、男性には受けがいいはずよ」

「まさか錬金薬師殿がこれほど料理に造詣《ぞうけい》が深いとは思いませんでした」

「錬金薬師だからとポーションばっかり作っていたらノイローゼになってしまうわ。最近は、蒸気馬車やバギー、水洗トイレの部品まで作らされているけどね！」

そう言って、私は香辛料を大量に使うカレーというスープとそれを応用した料理の構想を話し、もしうまくいったらビルさんが経営する飲食店でメニューとして採用してほしいと伝える。

「また王宮料理長が辺境伯邸の料理長に弟子入りに来たら困るものね！」

そう冗談めかして言うと、ビルさんは笑って請け負ってくれた。

「お任せください、王国中に展開してみせますよ」

「それは頼もしいわ！」

蒸気馬車で移動しながらそういった話題で談笑するうちに、南大陸の商品を納めたビルさんが管理している倉庫の一つに着いた。

とりあえず、レッドチリ、ターメリック、クミン、コリアンダーに類似した香辛料があればカレーは作れるでしょう。それができたら普及用にルーを作るのは錬金術であっという間よ！

それから数時間ほどかけて倉庫内の商品を検分し、オールスパイスとカルダモンも含めて類似香辛料が見つかった。

豆もいくつかあったので、少し分けてもらって何種類か焙煎《ばいせん》してみると、そのうちの一つがコーヒーのような味を出せることがわかった。

そして見つけてしまった、カカオ豆！　これでチョコレートやココアができるわ！

なんだか向かうところ敵なしという気がしてきた。

「香辛料はともかく、本当にその豆は役に立つんですか？」

「ふふふ…今まで作ってきた甘味の中でも最高峰のものを作って持ってくるから楽しみにしてて！」

コーヒーは錬金術ですぐに作れるので、デモンストレーションとして今ここで作ってあげることにした。

「乾燥、焙煎、粉砕、熱水生成、混合、濾過…」

ポシャン！

「はい、少し砂糖を入れてどうぞ！」

そう言ってビルさんに渡す。もう渡すそばからコーヒーの独特の香りがしてたまらないけど、まだ私の年齢では苦味を楽しめない。コーヒーゼリーやアイスクリームを浮かべたコーヒーフロートが関の山ね。

ビルさんは、言われた通りに私が用意した砂糖をスプーン一杯加えて口に含むと驚きの表情を浮かべて声を上げた。

「素晴らしい！　これは癖になりますな！」

「ふふふ…そのうち全ての家庭の朝食に目覚ましの飲み物として出るようになるわ。蒸気船でバンバン輸入して、蒸気馬車の物流インフラに乗せてバンバン売る！　商人冥利《みょうり》に尽きるでしょう。楽しみね、ビルさん！」

カレーは帰って試しに作ってみるとしましょう。ご飯はないし、カレーパンはいきなりだから、まずは小麦粉でナンみたいなものでも作ってみようかしら。匂いが強いから、厨房以外で調理した方がよさそうね。

チョコレートは少量でも練るのが厳しいから、小型蒸気機関ユニットで大型ミキサーを作って一度に大量生産する体制を整えましょう。

私はそう結論付けると、必要材料をギルド証で購入した。その後、しばらくしたら今日の食材を使った料理を披露することを約束して、ビルさんの倉庫を後にした。

ビルさんに納得してもらったら輸入量を倍増、いえ、十倍増よ！

✧

ビルさんのところでカカオ豆を手に入れた私は、辺境伯邸に戻ると早速チョコレート作りに取りかかった。

まずはカカオ豆を洗浄、焙煎、粉砕、分離、後はすり潰して砂糖を入れ、火炎の魔石で摂氏五十度程度を維持しながらミキサーで数時間ほど混ぜる。腕が疲れてもポーションを飲めば復活だ。チョコのためなら数時間くらいどうということはない。

その後ドロドロになったチョコレートを冷ましながら摂氏三十度でかき混ぜ、テンパリングの出来栄えを良くするめに錬金術で一様化して結晶化をかける。それを型に入れて冷蔵庫に入れて冷ますこと数時間、ついにチョコレートが完成した。

「これでチョコレートを使ったお菓子が作り放題よ！」

それからというもの、出来上がったチョコレートを使い、チョコアイスクリームを作ったり、パフェにチョコレートソースをかけたり、チョコロネやチョコクッキーを作ったり、ショートケーキをチョコレートでコーティングしたり、ガトーショコラを作ったりと、やりたい放題の日々が始まった。

「これが苦味というアクセントを加えた甘味というものよ！」

「まだまだ上の境地があるということですな」

料理長が逐一メモを取っていく。チョコレート一つでお菓子のバラエティが爆発的に増えていく。私は更に骨つきの食肉から錬金術でゼラチンを抽出すると、コーヒゼリー、オレンジゼリー、ババロアなどを披露し、ゼリーという新しい食感で甘味と酸味に続く新たな要素として苦味の可能性を広げてみせた。

「今まではオレンジのような柑橘系やババロアのようなカスタードの甘さを推していたけれど、コーヒーの追加によって男性も無理なくデザートを食べられるようになるのよ！」

「確かにコーヒーはいいな」

甘いものが少し苦手なブレイズさんでもこの通り。ミルクをかけることで更にクリーミーな味に仕上がるわ。

「後はカレーだけど、ちょっと匂いがキツくて厨房の食材に染みつかないか心配だから外で作ることにするわ」

まあ、カレーは基本的に香辛料と玉ねぎ、根菜、肉、塩を少々加えて魔石のレンジでしばらく煮込めばできるでしょう。それまでに小麦粉でナンを作るのよ。私は外で魔導コンロを使って煮込み続け、夕飯にカレーとナンを出してみた。

「これは辛いけど食が止まらない」

「まさか香辛料でこんなスープができるとは」

ブレイズさんも料理長も香辛料の新しい境地に目覚めたようだ。

「今回は基本的な六種類の香辛料で作ったけど、何種類ものスパイスを加えて独自のカレーを作って味を楽しむのよ」

その組み合わせは無限とも言える。奥深いものよね。

「あとナンにつけてわかると思うけど、パンとの相性も悪くないからカレーを入れて揚げ物にしたりすると揚げパン、そう、カレーパンができるわ！」

そんな私の言葉を料理長が逐一メモを取っていく。また新たな研究テーマができて燃えているようね。カレーとチョコレートは強烈すぎるものね。後はこれをボルドー商会で広めてもらえれば、競争原理が働いてどんどん美味しいカレーが生み出されていくはずよ。

後日、約束通り香辛料をふんだんに使ったカレーやカカオ豆から作ったチョコレートとそれを応用したお菓子の数々を保温ボックスに入れて持ち込むとボルドー商会のビルさんは絶句していた。

そのビルさんに畳みかけるように錬金術で抽出したココアや、常温鋳造でコーヒメーカー、それを使ってコーヒー豆を挽いて作ったカフェオレやコーヒーゼリーなどを順次見せていく。

「こんな異次元の美味《うま》さの料理とお菓子がこんなに多くできてしまうなんて…」

「ふふふ、これが広まれば一気に消費量は十倍増よ。そして、輸入するビルさんも儲かるというわけね！」

それを聞いたビルさんはハッとしたように顔を上げると、輸入量を増やすぞと声を張り上げた。

「これが売れないはずはない、これで売れなかったら商人失格だ！」

「王国中にカレー旋風と魅惑のチョコレートをばら撒くのよ！」

そうして意気投合した私とビルさんは、互いに向き合ってガシィと強く握手を交わすのだった。

それから数日後、一通りレシピ開発と今後の商流の打ち合わせを終えて一段落ついた私は、王宮の研究室でポーションを作りながらティータイムを楽しんでいた。

「やっぱり南大陸の食材はやばかったわね」

「食材以外のものは見つかったのか」

…忘れてたわ！

「それは、おいおい考えていくとして…」

「忘れてたんだろ」

「そうよ！　何か文句ある？」

つーんと鼻を上げて私は開き直った。大体クレーン湖から帰ってきてから働き詰めだったんだから、ちょっとくらい羽目を外してもいいじゃない。

「別に文句はないが、まったく休みになってなくないか？」

「それはそれ、これはこれって毎回何度も言ってるじゃない！」

カレーとチョコレートは別腹よ。それに、と氷を浮かべたアイスコーヒーを飲むブレイズさんを見て言う。

「ブレイズさんもコーヒー気に入ったみたいじゃない」

「ああ、こいつは今までの中で一番気に入ってる」

「あれだけ作ってコーヒーが一番とはストイックすぎない？　チョコレートを一欠片《ひとかけら》でもエリザベートさんに渡したら、また王宮料理長を寄越してくる気がするのに」

「やめておけ、クラウスさんの心の平穏のためにな」

「まあ、そうよね。別にチョコレートの一つやふた「チョコレートとはなんですか？」」

ふと、扉を見るとエリザベートさんが立っていた。しまった！　ここが王宮の研究室だって忘れてたわ。

「いえ、つまらないものです。それより今日は何か御用で？」

「ライル殿の訓練が終わりましたので、バギーを作ってくださらないかしら」

ん？　早くない？　そんなに簡単に仕上がるものかしら？　そう思ってエリザベートさんの後ろに立っていたライル君を見るとなんだか雰囲気が変わっていた。

「ライル君、大丈夫なの？」

「押忍《おす》、自分は大丈夫であります」

ブレイズさんがコーヒーを吹き出した。

「ちょっと！　全然大丈夫な気がしないのだけど何をしたの！」

「ごく普通に騎士団長監修のもと騎士団総出で鍛えただけですわ」

まったく普通じゃなかった！　こうなったら甘いチョコレートでショック療法よ！　私は魔法鞄からチョコレートを取り出しライル君の口に突っ込んだ。

「あ、美味《おい》しい」

ふぅ、どうやらまだ矯正できそうね、危なかったわ。チョコレートを片手に額を手で拭った。

しかし、ふと気がつくと、そんな私をじっとりとした目で見つめるエリザベートさんがいた。まずいわ、チョコレートに気がついてしまったようね。

おもむろに手を差し出すエリザベートさんに、私は観念してチョコレートを手渡す。

「なんですかこれは！　美味しすぎますわ！」

そりゃそうでしょうよ。こうなったらヤケよ！　私は魔法鞄から次々と今回の成果を取り出してみせる。

「さあ、ライル君の打ち上げパーティよ！」

「後でどうなっても知らんぞ」

この後、なんとか正気を取り戻したライル君にポーションを作ってみてもらうと、良品質のポーションができる確率が格段に上がっていた。どうやら、かなり鍛えられたようだ。

私が繁々《しげしげ》とライル君の鍛錬の成果を確認する脇で、エリザベートさんが自分のアイスボックスにチョコレートのお菓子一式を詰め込んでいるが気にしない。

「驚いたわ。ライル君、頑張ったのね」

「はい、これで師匠のお手伝いができます」

うぅ、いい子だわ。感激して少し涙ぐむ私。仕方ないわね、ライル君に免じて騎士団のバギー部品を作りまくってやろうじゃないの。

「とりあえずは十台ほどバギーを作ります。後は追ってということで。その方が、バギー授与を賭けたトップテンの騎士の座を巡って互いに切磋琢磨できるでしょう」

などと尤《もっと》もらしい理由をつけて残りの納期は曖昧にしたが、エリザベートさんは納得したようで、また王宮料理長を研修にやると言い残して去っていった。

「また辺境伯邸の料理が二倍速で進化する日々がやってくるのね」

「少しはクラウスさんに悪いと思わないのか」

「仕方ないでしょ。ライル君を正気に戻すには他に方法がなかったのよ」

「確かに、あのままじゃな。お前が姫さんに新兵をビシバシ鍛えるのは得意でしょうとか言うから、額面通りの新兵訓練が施されたんだぞ」

確かにそうかもしれない。ブレイズさんの言葉に少しは反省する私。

「次はイケメン騎士に育てるのは得意でしょうと言うわ！」

そう言い放った私に、ブレイズさんはやれやれと肩をすくめるのだった。

✧

メリアが新しいレシピ開発に熱を上げている頃、南の大陸の錬金術師であるダーミアンは、ベルゲングリーン王国の宰相の許可を受けて、南の大陸から視察団の一員として同国を訪れていた。

「なんだあれは！」

プシュシュシュシュシュ！

馬車が馬もなしで自走していく様子を見てダーミアンは驚きの声を上げていた。

「あれは蒸気機関を利用した乗り物で主要都市の間の荷を定期的に運んでいます」

続いて、王国騎士団トップ十剣士による蒸気自動車《バギー》の機動併走が披露された。先ほどの蒸気馬車の倍以上の速さで自由自在に曲がって加減速する中でピタリと併走してみせる様子は、十分な完熟訓練を積んでいることを知らせていた。

「あれらは時速六十キロほどで何時間でも継続して走ることが可能な特別仕様車です」

ベルゲングリーン側の外交官の説明では主要部品は錬金術で作られているとか。まてまて、錬金術でそんなことできたか？　ダーミアンは自身のライブラリを確認するも答えは得られなかった。

とんでもない発展を遂げつつあるというベルゲングリーン王国の原動力が錬金術にあると聞いた大臣が、ダーミアンを錬金術師として見極めをつけさせるために視察団に紛れ込ませたのだが、いまいち理解できないものばかりだ。

なぜ船や馬車が錬金術で動くのか、どういう原理で鉄管から水が勢いよく飛び出してくるのか。それに冷蔵庫やアイスボックス、レンジ、魔法瓶、シャーベット製造機などは原理がわかっても調理や保存を魔道具でするという発想は理解ができない。

「一体、どんな錬金術師がこんなことを考えたのか」

「錬金術師と申しますか錬金薬師殿ですな」

余計わからなかった。なぜ薬師が誰も考えつかないような乗り物や魔道具を数多く発明したり魔石に効果付与したりできるのか。薬師と言ったらポーションを作る者ではないのか？

そんな驚きに包まれたまま午前中の視察が終わり、昼食の時間になった。

「お口に合うかわかりませんが、貴国の香辛料を使用した新しい料理でございます」

両国の親交の証としてご賞味くださいと、目の前に平たいパンと妙に食欲をそそる独特の匂いが立ち込める黄色いシチューのようなものが置かれた。勧めに従って食べてみると、複雑に絡み合った香辛料が、肉や野菜の旨味成分と共に口の中に広がった。

「辛くて美味い！　なんだこれは！」

香辛料を使っていることはわかる。わかるが複雑すぎて何種類使っているのかわからないし、こんな料理は自国にもない。あったとしても別次元の何かだ。

ダーミアンは気がつけば全て平らげてしまっていた。

「こちらは貴国の豆類を加工して作られたチョコレートを使用したフルーツパフェ、それとこちらも別種の豆を使ったコーヒーゼリーというデザートです」

「…………」

どのあたりが我が国の生産物なのかまったくわからないが、先ほどのカレーで熱くなった体に染み込むような冷たさと微かな苦味をアクセントとした濃厚な甘さに感銘を受けながら食べきってしまった。コーヒーゼリーというものも、素で食べてもミルクをかけても癖になるような苦味と程よい甘さのハーモニーが素晴らしい。

限りない満足感と共に満腹で部屋に戻った視察団一行は、早速、午前中に視察した蒸気機関をはじめとした発展の原動力となっている魔道具の吟味を始めた。

「ダーミアン殿、いかがですか。本国で再現できますか？」

「冷蔵庫などはともかく、他はできるわけがなかろう」

「やはりそうですか」

随行した者たちも錬金術は使えないまでもできることとできないことくらいは想像がついていたようだ。一体、どうしてこんな急な発展を遂げているのか。

「やはり噂の錬金薬師殿にお会いするしかありませんな」

「しかしそう簡単に会えはしまい」

聞けば錬金薬師であるだけでなく創造神の加護つきだとか。そんな外交上の重要人物を他国の人間に会わせるなど、親善大使として王太子にでも御出座《おでま》しいただかない限り参列の理由が立たないだろう。

「確かに公式には無理でしょうな」

非公式なら、昼食に出された料理やデザートの食材について、取引を大幅に拡大したいという貿易商のツテからコンタクトが取れそうだという。

「何を言っている。料理と錬金薬師とは関係なかろう」

「あの料理を錬金術で生み出したのも、その錬金薬師殿ですよ」

「そんな錬金術があってたまるかぁ！」

ダーミアンは思わず声を張り上げた。だが、外交官として駐在している者が調べたところによると、その錬金薬師は南大陸の食材や草木などの素材に興味津々だそうで、売れそうにないと思うものでも持ってきて見せてほしいと貿易商を通して要請しているという。

「とにかく、会えるのであれば錬金術なのかどうかわかるな」

きっと、錬金術とは違う別の何かなのだろうというダーミアンに、真面目な顔で随行員が誤解を正す。

「ダーミアン殿。件《くだん》の錬金薬師殿は、普通の錬金術が不得意というわけではありませんぞ。少なくとも大木を丘ごと引き裂く大剣を作り出したことは、教会の異端審問で事実と判明しています」

「なんだ、その国宝級の大剣は」

まったくもって普通ではない。そのようなものはドラゴンを倒すような勇者や英雄に対して、王命を以《もっ》て国王の宝物庫から貸し与えられるものだ。おそらく多くの人数を通して伝聞するうちに、大袈裟に伝えられたのであろう。

とにかく、ベルゲングリーン王国における発展のキーパーソンである錬金薬師とコンタクトを取るため、まずは色々な素材を自国の商人に集めさせるということで、話は後日に持ち越された。

✧

騎士団にバギーが納車されてしばらくして、ビルさんが南大陸との商談で相談があると聞いて私はボルドー商会を訪れていた。

「南の大陸の色々な木材を見せてもらえるんですって!?」

聞くところによると、ビルさんの要請に応じて南大陸の商人たちが通常は商材とならないものも含めて色々な木材を運んできてくれたという。それは嬉しいわ。そうだ、お近づきの印に正確な航路のトレースや悪天候の航海を想定して、羅針盤代わりに方位磁石をプレゼントしよう。

そう思った私は先方へのプレゼントと言って魔法鞄から方位磁石を出してビルさんに手渡す。

「ほう、これは興味深いですな」

ビルさんが興味を示したので方位磁石の機能と利用法を説明すると、南の大陸との貿易で多くの船を抱えるビルさんも羅針盤の有効性に気がついたようだ。

「それほど手間がかかるものじゃないから、そのうち羅針盤用に磁石を作ってきてあげるわ」

台座はビルさんの方で船の羅針盤に似合う立派なものを用意した方が本格的なものができるでしょう。数日の距離とはいえ、暗礁や渦潮《うずしお》のような危険ゾーンを避けたルートを正確にトレースできるようになるから、これでより確実にチョコレートやコーヒーが輸入されてくるようになるはずだわ！

その後、南の商人たちと会う日取りや場所などの段取りを済ませた私は、羅針盤の磁石の寸法などを打ち合わせてボルドー商会を後にした。

✧

私は帰りがけに職人街に向かい、王家からの発注に関してまとめ役になってしまったテッドさんに、蒸気自動車《バギー》生産の現状を聞いた。

「蒸気自動車《バギー》の生産はどうかしら」

「月三台くらいだな。他は主要都市の連絡蒸気馬車にかかりきりだ」

どうやら王宮としては物流インフラの方が優先らしく、錬金術の依存度が高いバギーに関しては私がかかりきりになるほどの生産を求められていないようでホッとした。

そうであればと言ってはなんだけど、均等に焙煎《ばいせん》できるようにゆっくり回転させる機構を持つロースト、焙煎したカカオ豆から皮を分離する篩《ふるい》、分離したカカオを砕くミキサー、粗挽きカカオを石臼を回転させて粉末にすり潰す製粉機、そして水温に応じて上下する浮きと連動させることで特定温度に調整できる攪拌機《かくはんき》の図面を次々と机に広げる。

チョコレートをテンパリングするために摂氏五十度と三十度に調整してゆっくりかき混ぜる作業を自動化するアイデアを捻《ひね》り出すのに少し手間がかかったけど、井戸水を汲み上げるポンプのオンオフの機構をヒントにして、温度に応じて変化する水位を利用して火炎の魔石の位置を移動させることで制御できそうだわ。

「これは何をする機械なんだ?」

「チョコレートを大量に作るための機械よ」

初めて聞いたという顔でチョコレートってなんだというテッドさんに、差し入れとしてアイスボックスごとチョコレートのお菓子セットを渡した。また、それとは別に今すぐ食べてもらうために板チョコを一欠片《ひとかけら》割って渡す。

物珍しそうに板チョコを眺めた後にパクリと口に入れてチョコを味わったテッドさんは、ああ、最優先案件かと脇に置いたアイスボックスの方に顔を向けて遠い目をしながら頷いた。

その後、普及用に書いた手回し式のコーヒーメーカーの図面を渡し、錬金術で作った見本でコーヒー豆を挽いてみせ、その粉末状のコーヒーで出来上がる飲み物と話して、試行用の焙煎豆と共に魔法瓶に入れたホットコーヒーとアイスコーヒーを渡した。

「ほう、こいつは美味いな！」

テッドさんは、こいつは弟子に作らせておくと言って図面を受け取った。やっぱりコーヒーは男性には受けがいいわ。

コーヒーメーカーに関しては、出来上がったら初期ロット以降はボルドー商会のビルさんに販売を委託する段取りを話した。コーヒー豆とセット販売した方が普及の効率は上がるものね。これで、チョコレートもコーヒーも一般流通ルートに乗るわ！

⁘

南の大陸の商人との顔合わせ当日に私は指定された場所に赴《おもむ》くと、南方特有の彫りの深い顔立ちをした人と共にいたビルさんがこちらに気がつき手を振ってくる。私も手を振り返して歩《ほ》を進めると、自身に収束していた地脈の力が目の前の一人に微弱ながらも一部流れ込んでいくのが感じられた。

「あら、南の大陸には錬金術師がまだ残っていたのね！」

両者の面子が揃う中で開口一番に発せられた私の言葉に周囲が固まった。そんな微妙な雰囲気を感じ取り、初めが肝心と気を取り直して挨拶をする私。

「私は、メリアスフィール・フォーリーフ。ファーレンハイト辺境伯直属の筆頭錬金薬師です。よろしくお願いしますね」

そう言って胸に手を当て錬金薬師としての礼をとると、周囲も我に返ったように互いに挨拶を交わしていく。和《なご》やかな雰囲気でスタートするはずが、ブレイズさんとビルさんはなぜか鋭い視線を南の商人たちに送り、南の商人たちは額の汗を拭うようにして焦っている様子だった。どうしたのかしら？

「あの、錬金薬師殿はなぜ、私どもの中に錬金術師がいるとわかったのですか？」

へ？　ああ、そういうことね。

「知識伝承を終えた錬金術師は地脈の通りが一定以上になるから傍《そば》まで来ればわかるわ」

「傍にいるだけでわかる手法なんて伝承されたライブラリにはなかった……」

南の大陸の錬金術師、ダーミアンさんが呟《つぶや》いた。きっとまだ知識伝承の歴史が浅いのね。そう思って老婆心ながら足元の地脈の流れが自分以外に流れていく量を感じ取ることで他者を感知する術について説明する。しかし、当のダーミアンさんはぶつぶつと独り言を呟くばかりで理解したのかわからない。

よし、大したことでもないし話を進めてしまいましょう！

「樹液が白くてネバネバしているような木材を探しているんです」

切り口から白い樹液が出てくるような木があれば、切り倒すというよりはその樹液を輸入してゴムを作りたいと用途を説明をする。こちらでは気候的に育たないわけだし、木を生かしたまま生産地で樹液を取り出してもらわないと、継続して手に入れることはできないわ。

「ああ、それなら心当たりがあります」

ただ、触《さわ》るとかぶれるので商品としては…と言い淀《よど》む商人さん。

「ゴムの木の樹液はかぶれるものよ」

私は幹に傷をつけて流れ落ちる樹液を据え付けた容器に落とし込む採取方法を説明し、その白い樹液、ラテックスと呼ぶそれに酸を加えることで伸び縮みする物体になる、そういった樹液を持つ木を探していると説明した。

私は魔法鞄からゴム材料を取り出し、錬金術で合成ゴムの輪っかを生成して見せ、伸び縮みさせたり袋の入り口を閉じたりして利便性を示して見せた。

「とまあ、このような弾力性を持つ材料の性質を利用して、色々なものに使うのです」

水道管同士の接合部分に挟んで水の漏洩《ろうえい》を防止したり、蒸気馬車や蒸気自動車《バギー》の車輪に付けてゴムの弾性を利用して振動を吸収させたりと応用例《ユースケース》を紹介していった。

「なるほど、錬金術なしでも生産していければ気軽に使えるようになりますね」

商品性を理解したのか南の大陸の商人は意欲を見せ、後で該当する木材を見せてもらえることになった。ふふふ、これでゴムの生産も少しは移管できるようになるわね！　用途別に配合とか色々と研究しないといけないけど、やがては最適解に辿り着くでしょう。

「ちょっと待ってくれ、今のはどうやって生成したんだ？」

「え？　原料から抽出した原子を指定の分子構造にして軟質非晶性樹脂の相で固定しただけよ」

「……」

押し黙ったダーミアンさんに、遅ればせながら私も気がついてしまった。

よく考えたら原子とか分子の概念がなかったわ。相転移《そうてんい》の概念もあるのか怪しい。まあでも本題じゃないしどうでもいいわね。理科の授業なんてしたくないのよ！

私は誤魔化すようにして、そういえば喉も乾いたでしょうとコーヒーとチョコレートのお菓子を勧めた。

「チョコレートやコーヒーも錬金術で生み出されたとか」

「最初だけで、今は錬金術なしで作れるようになりました」

だから今後は大量の輸入が始まるでしょうし、航海に便利な羅針盤を作りましたので活用してくださいと、先日プレゼントした方位磁石を魔法鞄から取り出して機能と使い方を教えた。

「素晴らしい！　これがあれば難破の確率はかなり減ります」

「これも錬金術で作られたのですか？」

「そうですね。でも羅針盤に使うような弱い磁石なら工夫すれば錬金術なしで作れるかも」

商業ギルドに特許登録してあるので詳細はそちらを見てくださいと話した。だって、電気や磁気の概念を理解してもらった上で磁気モーメントを一定方向に揃える加工法なんて説明してられないわ！　そう思って何か聞きたそうにしてるダーミアンさんから目を逸らす私。

「これから蒸気船もどんどん竣工していきますし、無風の季節でも安定した貿易ができるようになりますからバンバン輸出してくださいね」

「それはいいですね、蒸気船も錬金術で作っているのですか？」

さすがに船みたいな馬鹿でかいものは作れませんよと笑い、中の火炎の魔石と冷却の魔石だけだと答えたところ、またダーミアンさんが食いついてきた。

「そんな大型船をどうこうするような出力の効果付与なんてできないはずだ！」

えぇ…ん？　ははぁ、体の鍛え方が足りないのね。私はダーミアンさんに流れていく地脈の量を推《お》し量《はか》って原因を突き止めた。

「えっと、体をもっと鍛えれば地脈の通りが良くなってできるようになると思いますよ」

ちょうどいいので、新造船の材料として渡されていたワイバーンの魔石を魔法鞄から二個取り出し、右手で火炎の魔石を、左手で冷却の魔石の効果付与を行い、こんな感じですと目の前で見せた。

「馬鹿な！　なぜ、違う効果の付与を同時にできる！」

「薬師ですからポーションで二重合成には慣れています」

そうもっともらしい説明をすると、ぐっと息を呑み込むダーミアンさんだったが、気を取り直して更に突っ込んできた。

「それに、この付与強度は古くから伝わる王家の宝物庫にあるフォーリーフの氷炎剣と同等じゃないか！　…ってフォーリーフ？　そういうことか！」

あら、ずいぶんと懐かしい名前を聞いたわ。フォーリーフの名で縁《えにし》に気がついたようだし説明しても問題ないわね。

「あれはドラゴン用に抑えられているから蒸気船用と同じくらいですね」

「なっ！　どういうことだ？」

「ドラゴンの可食部位で一番美味しいドラゴンハートに焦点を当て、火炎剣はその場でミディアムレアで食べられる火加減で、氷結剣はお持ち帰り用に心臓まで凍らせることがないように、そう、細胞組織を氷結破壊して味を落とさないように冷気を抑えて作られています」

というか、前世で私がそのように作った！　と心の中で付け加えた。まさか遠い南の大陸に持ち運ばれているとは歴史を感じるわ。

「まさかの調理剣か」

静まり返った室内にブレイズさんの独り言がやけに大きく聞こえた。

「手加減なしだとどれくらいなんだ⁉」

雷神剣の威力を見せるわけにもいかないし、どう説明したものかと首を捻ったところで、傍にいたブレイズさんの影打ちの大剣が目に入った。ああ、これならフォレストマッドベアーの魔石で作ってあるから大丈夫ね！

私はブレイズさんの大剣を指で差して答えた。

「これならフォレストマッドベアーの魔石だから遠慮なく付与してありますよ」

「ちょっと試し切りして見せてくれないか？」

まあ、減るもんじゃないし親交を深めるということでいいでしょう。私が頷くと、商人さんがちょうどいいからと木材を収めた倉庫に案内してくれた…けど、木材かぁ。

「これでいいだろう」

そう言ってダーミアンさんは人間の胴体程度の加工前の木材を持ってきた。

「いや…それではちょっと不足です」

そう言って私は魔法鞄から同じ太さで人間の身長くらいある円柱の鉄のインゴットの塊を出して地面に突き立てた。

「ブレイズさんの腕と合わせて考えるとこれくらいは欲しいわ」

私はブレイズさんを見て合図すると、ブレイズさんは目を瞑って溜息をついたが、「わかった」と言って円柱のインゴットの前に立ち、大剣を抜いて横一文字に剣を走らせる。

キンッ！

澄んだ金属音が聞こえて、ブレイズさんが大剣を納めた。

「さすがブレイズさんね！」

「これでも筆頭錬金薬師の護衛騎士だからな」

肩をすくめるブレイズさん。しかし、ダーミアンさんは不思議そうに尋ねてきた。

「なんともなってないじゃないか、失敗したのか？」

はぁ？　本当に鍛え方が足りてないわね！　私はインゴットの前に行き軽く発勁《はっけい》を発動させると、ゴォーン！　と鉄でできたインゴットの円柱の上半分が吹き飛んでいった。

「切れてますが何か？」

「…」

「とまあ、こんな感じですよ！」

さすがに至近距離で発勁を使ったから鈍いダーミアンさんでも私に流れる地脈の太さがわかったようで、以降は無事に持ってきてくれた木材の検分に集中することができたわ。

その後、ゴムの木相当と思《おぼ》しき木材を紹介してもらい、集めた樹液に試しに酸をかけてみると目的の天然ゴムができた。

また、茎《くき》に甘みのある植物も見つかり、錬金術で抽出してみると砂糖が生成できた。

「やったわ！」

今までの甜菜糖《てんさいとう》も悪くはないけど、錬金術なしならサトウキビが望ましいものね。

「あとはバナナやパイナップル、ココナッツとかもあればなぁ」

そう話してみたところ、果物類はまたの機会という約束を取りつけることができ、その日は天然ゴムとサトウキビの輸入の段取りをつけたところで会合は幕を閉じた。

✧

噂の錬金薬師との会合を終えた後、商人に紛れ込んでいたダーミアンは自国の大使館に戻ってメリアスフィール・フォーリーフに関しての最終報告を駐在大使のオスロに報告した。

「では、古《いにしえ》の錬金薬師と同等の力を持つということですか！」

「…そういうことだ」

「なんということだ」

力なく頷《うなず》いたダーミアンにオスロは絶句した。

錬金術師の失伝も多い中で、古《いにしえ》の過去と同等の錬金薬師の知識を伝承するベルゲングリーン王国を止められる周辺国はいない。しかもその錬金薬師は創造神の加護持ちなのだ。文字通り手も足も出せない。であるならば、もはや最友好国として擦《す》り寄っていくしかあるまい。

そう判断した大使は、『異国の錬金薬師恐るべし』と題して、今回の視察団の調査結果報告と共に本国に向けてベルゲングリーン王国との友好関係を最大限に重視するよう書簡を宛てた。

後日、南の大陸からの働きかけで、ベルゲングリーン王国と南の大陸との間で相互不可侵を含めた永年友好条約が結ばれたという。

第7章　酒造の錬金薬師

南の大陸の錬金術師により、ベルゲングリーン王国に彗星のように現れた新たな錬金薬師の力量が露見すると、錬金薬師に直に会って事の真偽を確かめようとする隣国の使者がひっきりなしに訪れるようになり、宰相のチャールズはその対応に追われていた。

「今度は西と北の隣国、それに隣国を隔てた大陸中央の各国からも要請が来ています」

「またか！　未成年ということで追い返せ！」

薄々気がついていたが、メリアスフィール・フォーリーフの錬金術師としての力量は、他国が存在を秘匿している錬金術師のそれを大きく凌駕《りょうが》する。そう、他国の錬金術師は弟子となって間もないライル・フォーリーフにすら遠く及ばないのだ。

「薬師として大人しくしてくれていれば……」

してくれていればどうだというのだ？　そう自問自答してチャールズは自身の考えを一笑に付す。あれほどの発明、工業技術向上、優れた料理やお菓子の数々をなかったことにした場合の機会損失はどれほどのものか、予想できないチャールズではなかった。

それに、本業の薬師としての働きを怠けているわけではない。むしろこれ以上ない働きだ。

もはやベルゲングリーン王家はそう簡単に死ねなくなった。病《やまい》で死の淵を彷徨《さまよ》っていようと、腹を剣で突き刺されようと、最高品質のポーションで全快するのだ。戦争で後遺症が残る重度の傷を負った貴族やその子息たちも嘘のように全快して喜びの声を上げている。中級ポーションを豊富に備蓄した我が国の騎士団は、不死の軍団として如何なる無謀な死地からも生還してみせるだろう。

これで加護持ちでなかったら、フォーリーフの知識伝承を巡って各国で争奪戦争が起きていたところだ。

「先日報告があった非公式接触にも気をつけさせないといけませんね」

「だが南大陸との貿易拡大と国内物流拡大に乗じてあれだけ大商《おおあきな》いをされるとな」

あれだけの錬金薬師としての才を示しておきながら、大店《おおだな》と組んで暴力的なまでに美味《うま》いカレー、コーヒー、チョコレートの三点セットを蒸気馬車で強化された物流に乗せて国内にばら撒くなど、どういう商才をしている。財務から報告されてきた納税額の規模を思うと、組んだ商会の会頭は笑いが止まるまい。

結局、メリアスフィール・フォーリーフの頭の中にあることを実現していくことが、これ以上ない成功の秘訣《ひけつ》なのだ。宰相としては止め難い。

「宰相！　次はフィルアーデ神聖国から聖女認定を絡めた訪問要請が！」

「却下だ！　十五歳になるまで全て未成年を理由にして突き返せ！」

まったく未成年という口実が通用しなくなる二年後を思うと、今から頭が痛くなるチャールズだった。

✧

宰相が他国の使者の対応に追われるようになり研究棟周辺の警備が強化されたとブレイズさんから聞き及ぶにつけ、さすがに私も事態に気がつき始めていた。

「やっぱりお前の錬金術、おかしかったんだな」

「失礼ね、普通よ！」

科学知識を必要とするものはともかく、付与強度は少なくとも前世では普通だったはず。どういうわけか今生の錬金術師は基礎訓練が足りていないようだわ。

数が少なくなって大事にされるうちに弱体化していき、その弱い精神の波長に合う弟子が知識伝承の適合者として選ばれることで更に次世代が弱くなっていくという負のスパイラルを辿ったのかもしれない。

「まだ錬金術師がいるならライル君と同じように騎士団で鍛えてもらえればいいのよ」

「いや、それはやめておいた方がいいだろう。お前と波長が合うような者でもなければぶっ倒れて死ぬかもしれないじゃないか」

そう常識的な意見を言うブレイズさんに、私は自信満々に言い放つ。

「大丈夫よ！　中級ポーションを飲ませればすぐ回復するわ！」

「…なるほど」

ばたん、ゴクゴク、シャキーン！　ばたん、ゴクゴク、シャキーン…というループがブレイズの脳内でリピート再生される。とんでもないスパルタ訓練方法だが、精神《こころ》さえ折れなければ問題ないかと判断するブレイズもまた、脳が筋肉でできていた。

「参考までに上申しておく」

こうして錬金薬師がいる限り続けられる後世の錬金術師たちの過酷な訓練メニューのベースが今ここに出来上がった。

✧

ちょうどその頃、エリザベートは南の大陸からもたらされたチョコレートという甘味の量産工場を視察していた。メリアの研究室からお土産として持ち帰ったチョコレートのお菓子を母であるアナスタシア王妃に渡したところ、確実に入手できる体制を整えるように指示されたからだが、聞けば既に量産体制にあるという。

「これは凄《すさ》まじい生産体制ですね…」

焙煎されたカカオ豆が自動的に皮を剝《む》かれ、石臼ですり潰され、砂糖と共に適温でかき混ぜられていく様子に舌を巻いていた。てっきり大量の人員で作っているのかと思えば、蒸気機関を使用した大型機械を使って、ごく少人数で量産されているのだ。出来上がったチョコレートのサンプルをいくつか食べてみると、品質のばらつきが恐ろしく少ないことがわかる。少ない人手でも確実かつ大量に供給しようとする意志の凄《すご》みを感じた。

一体、メリアスフィール・フォーリーフの頭の中はどうなっているのか。これが甘味ではなく主食であれば、どれほどの生産性になるだろう。これほどの大仕掛けを小麦や大麦ではなく、真っ先に嗜好品であるチョコレートでやってしまうところに彼女らしさを感じて思わず笑ってしまう。

「いかがでしょうか」

「非常に結構です。詳しく説明してくれてありがとう」

査察を受け入れた工場の説明員に礼を言って王宮に戻り、チョコレートの生産性にまったく問題なく、順調に量産されていることを母に報告すると、エリザベートは農産物の納税を管理する部署に向かった。

「これほどの生産機械をチョコレートのみで終わらせる道理はないでしょう」

こうして蒸気馬車による物流インフラ改革に続いて、エリザベートの起案により新たな改革が進められようとしていた。

一方、その機械を作製したテッドは、王家御用達職人として受注した蒸気船の打ち合わせを鍛冶職人のゲイツとしていた。

「スクリュープロペラ式の蒸気船の竣工はいつになりそうだ」

「メリアの嬢ちゃんのガントチャートによると来月の四日だな」

一時期パンク状態になったメリアは、全体の進み具合や負担が集中している工程がわかるよう、錬金術が関わるプロジェクトについてはガントチャートを作成してテッドに渡していた。

「なるほど。うちが今月の十五日までに鋳造を終わらせた後、テッドともう一人の職人のところで組み上げた二基の蒸気ユニットが来月の十三日にできて、メリアちゃんの魔石を受け取って来月十五日から半月ちょっとで組み上げるわけか」

「そうだな。嬢ちゃんのところは余裕を見て二日取ってるから大丈夫だろう」

そう答えてテッドはこれまでのことを思い出す。

王家御用達の紋所をもらっちまって一時はどうなることかと思ったが、嬢ちゃんは管理の方が本業みたいに多数の工房が入り混じった複雑な工程を整理しちまった。おかげで、蒸気船みたいな大規模な開発も、最速と参加工房全員が自負できる短期間で終わろうとしている。

「しかしテッドよぉ、錬金薬師殿の頭の中は一体どうなってんだ?」

「そりゃあ、食い物のことで一杯だろ」

そう言って、先日稼働に漕ぎ着けたチョコレートの量産機械の図面を放って見せた。

「蒸気船建造というサブ・プロジェクトが完了したら、スクリュープロペラ式の蒸気船でカカオ豆を南大陸から大量輸入して、その機械でチョコレートを大量生産して国内で売り捌《さば》いてチョコレートのお菓子を普及させるのが嬢ちゃんのメインプロジェクトだ」

ゲイツが飲んでいたコーヒーを吹き出した。

「嘘だろ！　あの板チョコに関係あると知れたら、できるまで帰ってくるなって女房に言われちまうぞ！」

職人を集めた打ち合わせでお土産に配られた板状のチョコレート。あれを持ち帰った時の女房の反応はやばかったと当時を思い返すゲイツ。あれ以降、強面《こわもて》の工房長たちが錬金薬師殿の指示に、やけに従順になったのは気のせいではあるまい。

「今、吹いたそのコーヒーの豆も大量輸入するそうだからそれで誤魔化しておけ。そのチョコレート製造機の図面を見本のお菓子付きで渡された俺より全然マシだろう」

どんだけ女房と娘に工房に張りつかれたと思ってると言ってコーヒーを一気に飲み込むテッド。

「本気《まじ》でこいつの眠気覚ましの効果は役に立ったぜ」

「どうせならコーヒーより景気づけの酒にしてほしかったな」

「そりゃ無理だろ、嬢ちゃんはまだ十三歳だぞ」

そう言って、はっはっはと笑い合うテッドとゲイツ。

色々無理が重なっても、自分たちの技術が飛躍的に向上していく実感と、その技術が豊かな国に発展させる原動力となる様に、大いに満足している工房長たちの姿がそこにあった。

✦

秋に差しかかり、紅葉の彩りが美しい王宮の中庭の小道で私は自転車を走らせていた。

「はぁー、風が気持ちいいわ！」

天然ゴムの生産ができるようになり、まずはゴム管やゴムバンドに応用されたけど、それではタイヤに利用されるほどの品質に至らない。そこで、蒸気馬車よりもハードルの低い自転車を作ってもらった。

人力で動かす変速ギアもない簡単なものだけど、一定以上の所得を持つ街の住民なら手に入れられる範囲だから、それなりに普及していくはず。そうすれば自然にゴムの製造技術も進化していくでしょう。必要は発明の母よ！

「蒸気自動車を作るより余程《よほど》簡単だわ。どうして今まで作らなかったのかしら」

自転車を停めて後ろを見ると、少し危なっかしい様子で自転車を漕いでくるブレイズさんの姿が見えた。一般売りする時には乗れるまで補助輪も必要かしら。個人的には変速ギアなしならむしろ一輪車でいいのだけど。

「どう？　自転車にはもう慣れた？」

「ああ。なかなか気持ちいい乗り物だな」

そう、自転車は自分で直接動かす分だけ楽しい。

「騎士団の人たちもこれで我慢してくれないかしら」

「無理だろう。馬の方が速いし整った路面しか走れない」

「それは残念だわ」

あれから蒸気船が増えて南の大陸との貿易が活発になり、蒸気馬車が整備されて国内の物流が安定してきた。その結果、料理に使われる香辛料のほか、コーヒー豆、それからチョコレートのような嗜好品も広く出回るようになった。そこから更に乗合蒸気馬車が設けられて物だけでなく人の移動も活発になると、治安の問題から現場に急行できるバギーの需要が高まってしまったのだ。

「スローライフの道は遠いわね」

束の間の休み時間が終わり、私は気合を入れ直して自転車を魔法鞄にしまい研究棟に戻った。

✧

研究室に戻るとアルマちゃんが書状をブレイズさんに渡した。

「先ほどエリザベート様の使いがいらして書状を預かりました」

ブレイズさんはナイフで封を切って手紙を確認すると、私に内容を話した。

「麦の製粉機を蒸気機関で動作させることについて相談したいそうだぞ」

「あら、自力で蒸気機関を製粉機に応用することに辿り着いたのね」

「何を言っているんだ。チョコレートの大量生産で製粉機を作って動かして見せたのはお前だろう。姫さんは工場を視察してきたらしいぞ」

そういえばそうだった！　チョコレートを行き渡らせる使命感に突き動かされて忘れていたわ。

どうやらチョコレートの大量生産の現場を見たエリザベートさんが、麦を集積させる倉庫に隣接して製粉所を作れば生産性を上げられることに気がついたらしい。

「この国だけそんなに発展して大丈夫なのかしら」

「ん？　発展する分には問題ないだろ」

「だって周辺国との差が開いたら戦争でも起こしそうじゃない」

そう言うと、ブレイズさんはそれはないと否定した。

「お前がいるからな」

「どういうことよ」

なんと、加護持ちがいる国は攻めないという暗黙の了解から、加護持ちがいる国自身からも攻めないのが慣例だそうだ。それじゃあ、私が生きている間は争いはないってことじゃない！

「そうなると外交に比重が移るのかしら」

「そうだな。そのうち外交に引っ張り出されるぞ」

今は十三歳だから余程の大国相手じゃないと式典にも出なくて済んでいるとか。何それ、大国なら出ないといけないみたいに聞こえたけど、今は忘れることにしましょう。

「それより秋になったからにはスイートポテトやモンブランを食べたくなってきたというものよ。

焼き芋も久しぶりに食べたいわね」

まさか大麦や芋ばかり食べていた私がまた芋を食べたくなる日が来るとは思わなかったけど、今ならフライドポテトでもポテトチップスでもクリームコロッケでもメンチカツでも作ろうと思えば作れる。素材は同じでも色々なバラエティが楽しめるわ。

「メリア様の作るお菓子はどれも絶品ですから楽しみです！」

「食欲の秋を迎えたからには、今まで作ってこなかったものも、どんどん作っていくわよ！」

芋だけでなく麦を使ったお菓子もまだまだ作っていないものはある。

お酒は…まだ飲めないからイマイチ作る気がしないけど、完成するまでに年月が必要なものはそろそろ考えた方がいいのかしら？

チョコレートができたからにはウイスキーボンボンは欲しくなるわね。それにブランデーとラム酒くらいは作らないと、しっとり系のお菓子が作りにくい。サトウキビを見つけたからにはラム酒はいけるはず。

「やっぱり、お酒も作った方がいいかしら」

「酒まで作れるのか!?　どうして先に作らなかったんだ」

「私が飲めないものなんて作る価値がないでしょう」

そう言って両手を広げて未成年アピールをして見せる。

「錬金術で大人になるんだ！」

「なれるわけないでしょ！」

もう！　まさかスピード狂に続いて酒乱なんじゃないでしょうね？　私はブレイズさんに酒は危険と心の中のメモ帳に追記した。

「大体、エールとワインで十分でしょう」

と言いつつ、どんどん湧き出してくる過去の記憶。大人になったらビールは欲しいかも…というかワインも熟成が全然足りない…どうして白ワインを作らないのかしら…今なら魔石で完璧な温度管理が、というところで頭を振って忘れた。

私基準で十分なんてものは、この世界にはほとんど存在しないのだ。というか料理用に日本酒が欲しいわよ！

でも稲とかどこにあるのやら。みりんもなしでよく生きていけるわ。基本のさしすせそのうち三つも封印されていることを思い出させないでちょうだい。もう前世で味噌醤油欠乏症は乗り越えたのよ！　うっ、頭がって感じなの！

「それもそうか」

そんな内心の葛藤《かっとう》も知らず、あっさり引き下がるブレイズさん。とにかく今はできることを一つ一つ実現していきましょう。

✧

「というわけで麦の製粉機械を作ることになったのよ」

テッドさんのところに来て経緯を話し、麦の穂殻を掛ける突起のついた円筒形を回転させる脱穀機と送風機により殻と実を選別して網目の金属をカム機構で振動させて実だけ振るい落とし、回転する石臼で製粉する一連の製粉工程を説明した。

「送風機は蒸気船のスクリューと同じようにすれば水の代わりに風を送れるけど、難しいようなら風の魔石で代用するわ」

魔石から常時風が吹くから使わない時は箱で閉じ込めないといけないけど、と付け加える。

「いや、大丈夫だ。チョコレート製造機より簡単だ」

まあ、そうよね。温度管理もいらないし。回転運動を上下運動に変える機構も散々作ってきたからノウハウは蓄積されているでしょう。新しいことといえば、実と殻の重みの違いを利用して送風して選別するという発想くらいよ。

それに比べてラム酒を作ろうとなったら遠心分離機と蒸留器がいるから少し今までと違うことをしないといけない。とはいうものの砂糖の大量生産には必須だわ。少し早いけど今からノウハウを蓄積してもらおうかしら。

「これは研究的な側面があるけど……」

私は遠心分離機の原理を説明した。回転による遠心力で砂糖の結晶と糖蜜を比重の違いにより分離する。これができれば錬金術と似たような感覚で機械的に大量抽出ができるから、錬金術なしでサトウキビから砂糖を精製する時の質の向上と量の確保の両方が実現できるわ。

「重さの違いで分離できるものなら砂糖に限らず使える技術よ」

「なるほどなぁ。こりゃ面白い」

次に蒸留器について説明をしていく。ブランデーにしてもラム酒にしても蒸留工程が必要となる。

「蒸留器は沸点の違いを利用して沸点の低い成分を蒸発させて濃度を上げるものよ。構造的には簡単だけど、銅製にしないと錆びるわね。温度はチョコレート製造と同じ機構を使えば狙った温度を維持することができるわ」

そう言って、その場で簡単な図面を書いて注意書きを施していく。

「内容は理解したし蒸留器の方はそれほど難しくもないが、こいつは何に使うんだ」

「…お酒よ」

「酒、だと？」

私は小さく頷き、簡単な使い方を説明する。

「私は飲めないけど、エールやワインみたいなお酒を濃縮してまったく味の違う大人向けのお酒を作ったり、さっきの遠心分離で取り出したサトウキビの糖蜜に酵母を加えて発酵させることで、お菓子用の甘い酒を抽出したりするのよ」

まあ、ウイスキーやブランデーはそんな簡単なものじゃないけど、今は端折った説明でいいでしょう。

「遠心分離機や蒸留器は個人的なものだから暇を見てでいいわ」

「わかった、任せてくれ」

テッドさんはブレイズさんの方を見て何やら頷き合っていた。

お酒ができたら普及はどうしよう。今度は酒に強い商会が必要ね。また商業ギルドで紹介でもしてもらおうかしら。

そんなことを考えながら私は鍛冶屋を後にした。

✧

百聞は一見に如《し》かず。酒造の協力を頼むにしても現物がないと伝わらないわ。

「いつものように錬金術で手っ取り早く見本でも作りますか！」

邪道だけど、名刺代わりに錬金術を使って化学的に熟成プロセスを施したワインを作ることにしよう。市販のワインはアルコール発酵後の放置期間や熟成が短すぎる気がするのよね。

私は厨房で料理長からワイン樽から瓶一本分だけ分けてもらい、錬金術により擬似熟成処理をかけていく。

「マロラクティック発酵、酸化、減酸、清澄、沈殿…」

よし、ちょっと強引だけど何もしないよりはマシなはずだわ。早速試しに…ん？　私は未成年すぎて飲めないじゃない！　仕方ないので料理長に渡して味見してもらう。

「酸味と甘みのバランスが取れてまろやかで深い味わいになったはずよ」

アルコール発酵後に三年くらい寝かせれば似たような味になるはずだけど、出回っているワインはすぐに瓶詰めして消費しているような気がするのよね。料理に使う分にはそれでも目立たないけど、ワイン単品でそんな若いものは飲めたものじゃないわ。

「こ、これは！　ワインには違いないがまったく別物だ！」

どうやらそれなりにうまくいったようね。ブランデーは少し難しいかしら。そもそも白ワインじゃないのが厳しいけど、マロラクティック発酵なしでポリフェノールと色素を除去して、なんちゃって白ワインを作りましょう。

「ポリフェノール除去、色素除去、酸化、減酸、清澄、沈殿…」

これを擬似白ワインとしましょう。そのうちの半分を取り分け、蒸留処理をしてなんちゃってブランデーを抽出する。

「こちらが擬似的に作った白ワインとブランデーよ。白ワインは皮を剝いた葡萄でワインを作ればいいんだけど、どうも市場にないみたいだから無理矢理作ったわ。後者はその白ワインを蒸留処理をしてできるブランデー。お菓子の生地に染み込ませてしっとりとした大人の口当たりにしてくれるの」

そう説明した私は、白ワインを渡して味わいを確かめてもらっている間に、ブランデーのケーキシロップを作ってショートケーキに染み込ませたりチョコレートタルトや木苺のタルトの生地に染み込ませて料理長に渡した。自分で味見してみると、お菓子用としては十分な出来栄えになっていた。

「今までのデザートが、まだまだ完成にはほど遠かったとは…」

料理長はショックを受けているようだった。さすがにそれは言いすぎのような気がするけど、大人の男性の口にはお酒なしのお菓子は厳しかったのかもしれない。

「私はまだ子供舌だけど、大人の舌にはお酒は刺さるかもしれないわね」

「そうですな。この白ワインは苦味が抜けて甘口で女性には受けが良さそうです」

次に擬似ラム酒をサトウキビから錬金術で無理矢理作り出す。

「加熱、濃縮、糖蜜抽出、魔力水生成、発酵、蒸留…」

できたラム酒もどきを先ほどと同様にケーキシロップとして使用して食べ比べてもらう。

「ブランデーの方がお酒の風味が強く、このラム酒はフルーティな香りが強く出ていると思うわ」

「なるほど、これも人により好みが分かれそうですな。奥深い」

ウイスキーは更にハードルが高い。だって泥炭《ピート》がないもの。オーク材を適度に炭化させたら作れるかしら。私は水に浸した大麦と木片を手に取り錬金を始めた。

「焙燥、温水精製、炭混入、糖化、濾過、発酵、蒸留、アルデヒド精製、酸化、シリング酸精製、フェルラ酸精製、バニリン酸精製、エステル精製、沈殿…」

厳しい！　さすがにウイスキーの麦汁《ウォート》を作るところまでは錬金術なしで作ってほしいわ。正直、できたかどうかわからないので試しに匂いを嗅いでみると、アルコールの気化による刺激でむせてしまった。

「…十三歳じゃ無理ィ！」

ウイスキーのような香りはするけど、実際に飲んで確かめられるようになるまで五年…いえ、十年は早い気がするわ。

私は冷凍庫から氷を取り出して丸く成形してグラスに入れ、ウイスキーもどきを二割ほどに薄めた水割りを料理長に渡した。

「これはウイスキーという大麦から作るお酒で、アルコール度数が高いから主に男性が水で割って楽しんだり、チョコレートの殻で密閉するように包んで、大人のお菓子として出すのよ」

そう説明したが、水割りを飲んだ後、料理長は沈黙していた。

「変な気分がするようならキュアポーションを飲んでおく？」

「いいえ、ガツンとする強い酒で焼けるような喉越しなのに、鼻を突き抜ける燻《いぶ》したような独特の香りが非常に…気に入りました」

よくわからないけど、悪くはなかったのかしら？

「本当は一定温度で何年も倉庫に寝かせて味わいを出すんだけど、今回はお酒の種類の紹介だからこれで我慢して。本物はもっといいはずだわ」

いずれも年単位の時間を必要とするから、私が大人になるまでに完成させようと思ったら、味がわからなくても今から取りかからないといけない。

「一から錬金術なしで本物と同等のお酒を作るのは厳しいから、誰か酒造を手掛けてる人を探して作ってもらおうと思っているわ」

そう説明をしたら、酒造家に関して料理長が心当たりがあるという。

「先ほどの酒を用意していただければ、私の方で説得は難しくないかと」

「そう？　商業ギルドに頼む手間が省けてよかったわ！」

私はワイン瓶にして三本ずつくらいの量を錬金術で精製し、料理長にウイスキーとブランデーとラム酒、それから改良版の赤ワインと、なんちゃって白ワインを渡した。

これで、お菓子用のお酒の目処《めど》は立ちそうね！

「なあ、それ俺も欲しいんだが？」

「お酒を飲んで性格が変わったりしないでしょうね」

「大丈夫だ、見本としてテッドさんにも渡してくる」

私はそれならと二本ずつ作ってブレイズさんに渡した。男同士で飲むなら問題ないでしょう。

✧

王都近郊の街で酒造業を営むウィリアムは、来客の知らせを聞いて客間に赴《おもむ》いたところ、そこには懐かしい人物が待ち構えていた。

「久しぶりだな、ウィリアム！　元気そうじゃないか」

「クラウスじゃないか！　辺境伯様専属のお前が珍しい。料理長を首にでもなったのか？」

久しぶりに会った旧友に冗談めかして気兼ねなく話しかけたところ、そんなんじゃないと笑ったかと思うと、クラウスは酒瓶を鞄から出して前置きなしに切り出してきた。

「この新しい酒を作ってみないか？」

なんでも錬金薬師殿の頼みだとか。でも待てよ？

「十三歳の子供《ガキ》が酒の味なんかわかるのか？」

「論より証拠だ。飲んでみろ」

改良した赤ワイン、そして新種の酒の白ワイン、ブランデー、ラム酒、ウイスキーだという。ワインを改良？　そんなことできるものかとグラスに注いで口に含んで転がしてみる。

「なんだこりゃ⁉」

「どうだ？　ちょっとは話を聞く気になっただろう」

なんでも錬金術で本来の製造過程をすっ飛ばして精製したらしいが、年単位で熟成させれば錬金術なしでも実現できる、いや、本物はより良い味になるそうだ。

「これで不完全だってのかよ！」

「私も料理で同じことを何度思わされたかわからない。完成だ、これ以上ないと思うたびに、その遥か上の味の可能性を提示される。料理人として信じられないほどに充実してるよ」

そう話すクラウスは笑みを浮かべ、残りも試すように勧めてくる。

それぞれ試してみると、まったく違う風味でありながらどれも高い完成度で、とりわけ最後のひと瓶はガツンとくるものがあった。

「おい、最後のウイスキーという酒はなんだ」

「大麦から作る蒸留酒だそうだ」

「蒸留酒？」

なんでも酒を蒸発して濃縮する手法らしい。いや待て、濃縮したところでこの深い独特の味わいは出せないだろ。

「これらの酒をウィリアム、お前のところで作ってみないか？」

「こんなすげぇ酒を作れるならなんでもするぜ！」

「そう言ってくれると信じていたぞ」

クラウスは手を差し出してきた。

「作ってやろうじゃないか、その錬金酒師がいう本物の酒をよ！」

俺はそう言って差し出されたクラウスの手を強く握り返した。


クラウスがウィリアムの店を訪れている頃、ブレイズは職人街にあるテッドの店を訪れていた。

「よう、テッドさん。差し入れを持ってきたぜ」

「なんだ。今日はメリアの嬢ちゃんは一緒じゃないのか？」

「まあ、酒を届けに来ただけだからな」

そう言ってブレイズは赤ワインをはじめとした酒瓶を取り出した。

「とりあえずワインを飲んでみてくれ」

「おう、じゃあ一口だけ」

口に含んだ瞬間に違いがわかるほど上質なワインだった。気がついたらグラスを全部飲み干していた。

「なんだこりゃ⁉　確かにワインだが別の何かじゃゃねぇか！」

「だろ？　信じられないことにこれで不完全らしいぜ」

不完全？　相変わらずメリアの嬢ちゃんが作るものはぶっ飛んでやがる！

「そしてこいつが本命の蒸留酒だ」

ブレイズは円柱のグラスに丸い氷を浮かべて琥珀色の酒を水で薄めて渡してきた。蒸留酒？　あの銅製の蒸留器を使った酒ということか？

とりあえずと一口飲んでみると、カッと鼻腔を突き抜けるような独特の香りにスモーキーな風味が彩りを添える。

「うめぇ⁉　おいおいおい！　なんだこりゃ⁉」

「ウイスキーっていう大麦で作る酒らしい、これも不完全品だとさ」

嘘だろ⁉　これで不完全だったら世の中に出回ってる酒はなんだってんだ。

「どうだ。今までのメリアの差し入れの中で一番いい品だろ」

「ああ、俄然《がぜん》やる気が漲《みなぎ》ってきたぜ！」

蒸留器《こいつ》は、男の最優先案件だ！　そういうテッドとブレイズは固く握手をして笑い合った。

✧

酒作りを手掛ける人物に目処がついたので、次のステップに向けて旅立ちの準備を整えると私はこう宣言した。

「実家に帰らせていただきます」

「藪から棒に何を言っている」

ちょっとウイスキーの野生酵母が必要なんだけど、私が十二年間過ごした家の近くの大麦畑なら、私が引き寄せた地脈の影響でスーパー酵母が育っているはずだから、最終的な味わいを考えると、できればそこの野生酵母を元種に使いたい。でも無理ならそこらの普通の野生酵母で妥協すると話したところ、即答でこう返された。

「仕方ないな、さあ行くぞ」

グンッと全身のバネを使ってソファから立ち上がり、今すぐにでも行こうとするブレイズさんには、仕方なさは微塵も感じられない。

これは更にプッシュしてもいけるわね。

「どうせなら上級ポーションの薬草も採取したい！　あと登山途中にある栗の実も拾いたい！」

「…まあ、いいだろう」

熊や狼でどうにかなる玉でもないしな、というボソッとした声が聞こえてきたけど気にしない。

久しぶりの旅行よ！

✧

「などと少しでも思った私が馬鹿だったわ」

ノンストップでバギーで単騎駆け、もとい二騎駆けの強行軍で夜の帳《とばり》が降りる前に私は生まれ育った村に到着していた。

途中で疲れたと駄々《だだ》を捏《こ》ねると「大丈夫だ！　中級ポーションを飲めばすぐ回復する！」とか「お前の真髄は根性だ！」とか、どこかで聞いたようなセリフを吐く。

もう！　どこの誰よ、疲れをポーションで取り去るなんて悪魔的発想をしたのは！

「やはりバギーはいい…」

そんな私の気持ちを知ってか知らずか、自分専用バギーの走破性に満足の声を上げるブレイズさん。いわゆるツーリングの楽しみを覚えてしまったようね。

まあいいわ、そんなことより帰郷の挨拶よ。

「村長さん久しぶりです」

「おおメリアじゃないか」

久しぶりじゃのうという村長さんに来訪の目的を伝え、大麦畑の一部を土ごと保温ボックスで持ち帰らせてほしいとお願いして、

「つまらないものですが」

と、金貨百枚を積んだ。

「こんなにいらんわい！」

「いえいえ。どうせ貯まる一方なんですから村で役立ててください」

そう言って、各種ポーションも並べた。お世話になったのだから、これくらいいいじゃない。

「はぁ、わかった。せめて好きな区画の土を持っていくがいい」

「ありがとうございます！」

よし、これでスーパー酵母は手に入るわ！　そう言って喜ぶ私に、村長さんは遠慮がちに口を開いた。

「ところでものは相談じゃが、お前さんのところでケイトの面倒を見てやってくれんか」

「え？　どういうことですか」

詳しく聞いたところ、私が辺境伯様に召し上げられてしばらくしてケイトのお母さんが亡くなってしまったらしい。今は以前の私と同じく天涯孤独の身になり難儀しているという。私はともかく正真正銘十二歳のケイトには厳しいだろう。

「わかりました。私のメイドとして王都に連れていきます」

「おいおい、辺境伯邸のメイドは無理だぞ。ある程度の家格が必要なんだ」

「じゃあアルマちゃんと同じように研究棟で過ごしてもらうわ」

そう言って私は村長さんに挨拶をしてケイトの家に向かうと、ブレイズさんはやれやれと肩をすくめて後をついてきた。

✧

「ケイト、いる？　メリアよ！」

ケイトの家に到着して声を上げると中からゴソゴソと音が聞こえて痩せ細ったケイトが姿を見せた。その変わり果てた姿に、私は思わず息を呑む。

「メリア？　ずいぶん綺麗な格好…ゴホッゴホッ！」

咳き込んでふらりと倒れ込みそうになったケイトを支える。伝わってくる高い体温に嫌な予感がして鑑定をかけると、栄養失調と風邪に罹《かか》っていることがわかった。

なんてことなの！　こんなことならもっと早く来るんだった！

「久しぶりね、ケイト。私が来たからにはもう安心よ」

そう言って抱き抱えた友人のあまりの軽さに涙が溢《あふ》れ出てきた。

「メリア、病気が感染《うつ》るよ。それに服が汚れ…ゴホッ！」

「こんな服どうでもいいわ。あなたは私のたった一人の大切な友達なのよ」

そう言ってケイトを布団に寝かしつけ、キュアイルニスポーションと中級ポーションを飲ませると、嘘のように回復した体にケイトは驚きの表情を見せる。

「…あれ？　なんともなくなったっしょ」

「当然よ、私は腕の良い薬師なの」

とりあえず全快したけど、ほとんど何も食べていなかったようだし胃も縮小しているはず。しばらくは消化の良いものを少しずつ食べさせることにしよう。

そう考えた私は柔らかいパンと魔法瓶に入った野菜スープを順に出してケイトに渡すと、一口パンを食べてケイトは涙を流し始めた。

「まともに食べたの久しぶり…」

そう言ってゆっくりと味わうように食べ始めたケイトに、私は再び胸を詰まらせながら話し始める。

「ケイト、村長さんから事情は聞いたわ。大変だったわね。見ての通り私はそれなりに余裕があるから、一緒に王都に行って暮らしましょう。少なくとも食べるものには困らないはずよ」

「いいの？　あたしは薬とか作れないっしょ」

そこで、王宮の離れにある研究棟でメイドとして働いてもらうことを話す。

「行儀作法とか慣れないと厳しいこともあると思うけど、私のお付きメイドならそれほど問題にならないはずよ」

「王宮！　メリアそんなに偉くなってたの!?」

いや、身分的にはそれほど偉いわけではないはず。単に絶滅危惧種になっているだけで。そう考えた私は、

「偉くはないわ。私はケイトの友達、それで十分でしょう」

そう言って、そっとケイトを抱き寄せると、ケイトは嗚咽《おえつ》を漏らして私にしがみついた。

「…ありがとう、メリア。ずっと寂しかった。そして恐かった。もう一人は嫌だよぉ」

「一人でよく頑張ったわね。これからは私がいるわ」

⟡

その後、泣き疲れて眠ったケイトを寝かしつけると、見計らったようにブレイズさんが小言を言う。

「勝手に決めて王都に帰ったら調整が大変だぞ」

「ごめんなさい。駄目なら適当に王都の家を買い上げてそこでケイトと一緒に暮らすわ」

「はあ…却下だ。お前、自分の価値をまだ理解していないな。研究棟丸ごと一棟、警備やメイドも含めて全てお前とライルのためだけに王家が用意しているようなものだぞ」

つまるところ、私の活動にわずかでも支障が出るくらいならケイトの十人や百人、平気で囲うそうだ。

「それって、別にケイトは働かなくていいってこと？」

「それだと体裁が悪いから調整が大変なんじゃないか」

錬金薬師のお付きメイドなどという美味しいコネクションをどこの貴族家が勝ち取ったのかと探られ、なんの後ろ盾も持たないとわかったら大騒ぎになるという。私のお付きメイドという立場にそんな価値があるとは知らなかったわ。

「それだと、アニーはどうなるのよ」

「気がついていないのか。アニーはあれで子爵令嬢だぞ」

「ええ⁉　子爵令嬢がどうして私なんかのメイドをしてるのよ！」

なんと、詳しく聞くといつの間にか私の周りのメイドは辺境伯麾下《きか》の貴族の次女や三女で固められていたわ。道理でドレスで部屋を埋め尽くしてもなんとも思わないはずよね。

「例えば、アニーがお前にポーションが百個必要だと泣きついてきたらどうする」

「そんなのその場ですぐ作ってあげるに決まってるじゃない」

「そうだろう。そんな伝手《つて》がある子爵令嬢は伯爵家の正妻も夢じゃないわけだ」

そう言われるとそれなりに美味《おい》しいポジションのような気がするけど、それだけで私なんかのメイドをすることになるなんて貴族令嬢というのも大変なのね。

「まあ、姫さんに泣きつけば王家がなんとかしてくれるだろう」

「わかったわ。なんだか、また無理難題を押しつけられそうね」

でも他ならぬケイトのためだわ。根性で乗り切ってやるわよ！

✧

翌日、ケイトに当座の食料とお古の服が入った魔法鞄を渡して荷物整理と村の人たちへの別れの挨拶をするように言う。

「こんなに服をもらっていいの？」

「もう小さくなって着れないし、村娘の格好で王都にいたら目立つわ」

辺境の街でも目立っていたくらいだもの。辺境伯邸や研究棟でもんぺを着ていたら、不審者と思われて摘《つま》み出されてもおかしくない。

納得したケイトが挨拶回りに出かけている間に、私はスーパー酵母確保のため地脈が集中している箇所の大麦を土ごと保温ボックスに入れて魔法鞄に収納した後、当初の予定通り薬草高原に向かった。

「途中に針だらけのイガイガした実がなっている木があるからそれを収穫して中腹の高原に向かうわよ」

「そんなもの食えるのか？」

「当然よ！　私が今まで食べられないものを出したことがある？」

「…ないな」

そんなやり取りをして山道を進む内に目的の栗林に到着した。私は栗の木の周りを複数のカゴで囲って軽く栗の木の幹に触れて発勁《はっけい》を繰り出す。

ズシンッ！　ボトボトボト…

「大漁大漁！　さあ、どんどん行くわよ！」

この要領で収穫を何回か繰り返すうちに、複数のカゴが栗の実でいっぱいになった。そこでもう栗は十分だろうと薬草採取に向かおうとしたところ、妙な唸り声が聞こえた。

「どうやらお客さんだぞ」

あらら、大きな音を立てすぎたかしら。振り向くとブレイズさんの向こう側にフォレストマッドベアーが牙を剥いて両手を振り上げ威嚇のポーズをとっていた。

「仕方ないわね」

そう言ってテッドさんが作ったヒヒイロカネの槍を取り出して前に出ようとする私に、ブレイズさんが腕を水平に上げて待ったをかけた。

「だから自分でいかず任せろって言ったろ」

そんなこと言ったかしら。それならと私は槍を持ったまま大人しく後ろに下がると！

ブシュ！　ゴロン…

ブレイズさんは気負う様子も見せずに魔獣の傍《そば》に近づいたかと思うと、フォレストマッドベアーの首を刎《は》ねた。あらら、あっけない。というか、まともに戦うところ初めて見るわね。

「まあ、こんなもんだ」

「これじゃあテッドさんの槍を確かめる機会がないわ」

「そんな機会はないのが普通だ」

そう言って血のりを落として剣を収めるブレイズさん。命を粗末にするのもなんだし、フォレストマッドベアーは魔法鞄に収納して帰りに冒険者ギルドにでも卸しましょう。

◆

その後高原を目指して登っていくと、やがて癒し草が群生する一面の草原に辿り着いた。初めて来た時はどうして他の薬師は放っておくのかと思ったけど、錬金薬師が私だけだったと知った今では納得ね。

「もう少し奥に行くと月光草の群生地があるわ」

一年前の記憶を頼りに癒し草の草原を進んでいくと月光草の群生地が見えてきた。これでまた最高品質の上級ポーションが作れるわね。私は根こそぎ刈り尽くして絶滅させないよう、去年と同じく十本ほど月光草を採取して乾燥処理を施すと、その場を後にする。

「まだ残っていたようだがいいのか？」

「全部刈り取ったら来年以降採取できなくなるでしょ」

その後ブレイズさんにも手伝ってもらい、時間が許す限り癒し草を採取しては乾燥して魔法鞄に放り込んだ。

「そろそろ帰りましょう」

「ここに来ればいくらでもポーションが作れるな」

「こんな場所が王都の近くにあれば楽なんだけど、近くに山脈とか高原地帯とかないから無理でしょうね」

下山しながら似たような場所があれば王宮の人に教えてもらうようにブレイズさんにお願いした。

「あと、この栗の実も近くにあればいいんだけど市場に置いてないのよね」

「そんなの市場で見たことなんてないぞ」

おかしいわね、こんな美味しいものが知られていないとは。私はいくつか割って中身を取り出し、鉄板を出して移動しながら焼き栗を作ってブレイズさんに渡す。

「こうやって縦に割ると中の甘い実が出てくるわ」

私は手本を見せるように焼きたての栗を割って食べてみせた。ほら、素でこれだけ美味しいもの。ブレイズさんも見よう見真似で食べると、素朴な甘みが気に入ったようだ。

「これは美味《うま》いが、山の中でしか取れないんじゃ魔獣がいて農家に収穫は無理だろ」

「フォレストウルフとフォレストマッドベアーくらいしか出ないわよ」

「普通は、それで十分脅威なんだよ」

と、呆れたように言うブレイズさん。

「またまた。あんなにあっさりフォレストマッドベアーの首を刈っておきながら、脅威だなんて思ってないでしょ。私の目は誤魔化せないわよ！」

でも困ったわね。それじゃあモンブランも栗きんとんも栗ご飯…うっ、頭が。米はないんだったわ。

「仕方ないわね、なんとか平地で育てられるよう研究しましょう」

高原の温度が条件ならガラス部屋で冷却の魔石でも使えばいけるはずよ。ガラス部屋が作れるなら逆に温室も作れるから、年中夏の果物も食べられるようになるわね。夢が広がるわ。

下山してケイトの家に向かうと、ケイトはお古の服を着て所在なさげに私の帰りを待っていた。

「お待たせ、それじゃあ出発するわよ。ブレイズさん、運転お願いね」

私はそう言って蒸気馬車を魔法鞄から出して乗り込む。

「馬がいないのに乗り込んでどうするっしょ」

「まあまあ、乗ればわかるわよ。それじゃあ出発よ！」

プシュシュシュシュシュ！

ブレイズさんの操作のもと小気味よい音を立てて動き出した蒸気馬車にケイトは驚きの声を上げる。

「ひゃあああ！　馬もいないのに走ってる！」

細かいことを説明してもわからないでしょうし、そういう乗り物だと説明する私。蒸気馬車やバギーがどう動いているなんてわからなくても、乗客は便利な乗り物だってわかっていればそれで十分よね！

✧

二日かけて王都の辺境伯邸に戻ると私に来客があるという。私はケイトの面倒をアニーに頼んでブレイズさんと客室に向かう。ノックをして返事を待って客室に入ると、そこにはテッドさんが待ち構えていた。

「おう、ブレイズにメリアの嬢ちゃん。待ってたぞ」

「どうしたのよ、麦の製粉機の仕組みに何か問題でもあったの？」

「いや、あれは試作がうまくいってもう各拠点用に量産中だ」

今回はこれだと、魔法鞄からピカピカの銅の金属が美しい蒸留器を取り出してみせるテッドさんに、ブレイズさんは感嘆の声を上げる。

「おお、もうできたのか！　さすがテッドさんだな」

「そんなに急いでもらわなくても大丈夫だったのに悪いわね」

「なに、お安い御用だ。それじゃあ俺は打ち合わせがあるから戻るわ」

そう言ってテッドさんは足早に去っていく。忙しいはずなのに、ずいぶん早く仕上げてくれたのね。

テッドさんを見送った後部屋に戻りながら次の工程を思案していた私は、あるものが足りないことに気がつく。

「早く仕上げてくれたのはありがたいけど、泥炭がある場所を探さないと美味しいウイスキーはできないのよね」

「何!?　王宮の地理院に行ってくるから特徴を教えろ」

私は炭化があまり進んでいない石炭が泥状に分布している川の上流地帯が理想だと、泥炭の性質とウイスキーに望ましい水源の特徴を話すと、ブレイズさんはバギーで王宮にすっ飛んでいった。まったく、そのうち交通事故でも起こすんじゃないかしら。

⁂

それから数日後、エリザベートさんを通してケイトを研究棟のメイドとしてもらう調整が無事に済むと、私はケイトのお祝いに大量に収穫してきた栗を使って、モンブランとモンブランタルトを作った。

錬金術による急造酒を使用しているとはいえ、ラム酒が香る大人の味に仕立てたケーキと、タルトの生地に載せられたマロンクリームと生クリームのハーモニー、そして中央に鎮座するシロップの滴《したた》る栗はかなりの自信作だ。実に秋らしいお菓子よね。

「これがモンブランよ！」

「凄く美味しい！」

「おお、これは素晴らしい」

これほどの素材が市場に出てこないで山奥に埋もれていたとは、と興味深くイガイガのついた栗の実を見る料理長。きっと素人の私が作ったモンブランを昇華して、プロとして完成されたデザートを生み出してくれるに違いないわ。

私はまだ見ぬ魅惑のデザートに夢を馳せながら、ケイトと二人で秋の味覚を堪能するのだった。

料理長は私が生まれ育った村に帰郷している間に、先日の急造酒を持って酒作りに詳しい人を説得に行ってくれたそうで、今日、初顔合わせすることになった。

「ファーレンハイト辺境伯直属の筆頭錬金薬師のメリアスフィール・フォーリーフです」

「王都近くの街で酒蔵を営んでいるウィリアムだ」

ウィリアムさんは料理長の古い友人で、こだわりのある酒作りをする人物らしい。要は料理長の同類ということね。頼もしいわ！

「ちょうど蒸留器ができてウイスキーのためのスーパー野生酵母を取ってきたところなの」

私はウイスキーの作り方を交えて蒸留器の使い方やウイスキー酵母の出どころを説明していき、今は泥炭の所在とウイスキーに望ましい水源を探していることを話した。

「じゃあ見つかるまでは他の酒に取りかかるか」

「まずは赤ワインの熟成と温度管理による改善、それから白ワインの酒造とそれを原料としたブランデーから始めましょう」

その前提として、現状の赤ワインの作り方を確認すると、いくつか改善すべき工程はあるものの、大きなところでは、やはり熟成期間が不足しているようだった。

「そうね、酵母による発酵が終わった後に、マロラクティック発酵…木樽に含まれる乳酸菌という別の菌の働きでワイン中のリンゴ酸が乳酸と炭酸ガスに分解される工程を追加するの」

アルコールを発生する酵母の発酵が摂氏二十五度から三十二度程度で期間は一週間から三週間くらい、その後のマロラクティック発酵では温度を摂氏十八度程度くらいに保って四週間から六週間くらい。その後、どのくらいの期間熟成させることができるかは、葡萄の収穫年やワインの品質に依存するけど、ものによって二年から五年、五年から十年、あるいは十年から二十五年と変わってくる。だから葡萄も、どこの村のどこの区画のどの年に生産されたか詳しく記録して区別して管理し、品種改良していくのが理想とされる。精密な温度管理と精緻なデータ管理が重要だわ。

私はそういった細かい管理手法を紙に書き出し、ウィリアムさんに差し出して補足を入れる。

「熟成期間中は、空気に触れるのを最小限にする必要があるから、樽に吸収されたり蒸発したりして減った分は、ワインを注ぎ足して常に樽の口いっぱいまでワインを満たしておく必要があるわ」

聞いたところ、最後に底に溜まった澱《おり》や不純物を濾過するのは今もしているようだから問題ないわね。

「…」

と、ここまで現在の工程の確認と改善点を話したところで、ウィリアムさんは唖然《あぜん》とした顔をして黙り込んでしまった。料理長は訳《わけ》知り顔で声をかける。

「だから言ったろう。何度思い知らされたかわからないと」

「ああ、よくわかった」

「私はよくわからないんですけど!?」

「言っておくが、こいつは酵母のために王都から休みも入れず一日で辺境の村まで何時間も蒸気自動車《バギー》を飛ばしたり、新しい酒のために蒸留器や遠心分離機というヘンテコな機械を考え出して鍛冶師に作らせるようなやつだ」

付き合いきれないと思うなら抜けるのは今のうちだぞと、私を親指で差してウィリアムさんに忠告するブレイズさん。

「ちょっと！　道中休みを入れられなかったのはブレイズさんのせいでしょ!?」

しかしそんなツッコミは聞こえなかったようにウィリアムさんは目をギラつかせて決意を込めた表情で言う。

「錬金酒師のお嬢さんの言う通りにする、なんでも言ってくれ」

なんだか薬師が変な風に聞こえたけど言葉の訛《なま》りよね？

その後、葡萄の皮を剥いて作る白ワインの説明をし、赤ワインより熟成期間が短いこと、白ワインでは酸味を残した味わいにするために、一般的にはマロラクティック発酵を行わないことなどの違いを説明していった。

「なるほど、あの透明なワインはそんな風にしてできるのか」

「白ワインができたら、蒸留器でブランデーができるわ」

ウイスキーは原料が、ラム酒は機械の開発ができていないことから、今日はここまでということになった。後日、湿度や温度管理を行うための魔石を設置する部屋の条件や樽の規格を詰めることにした。

年単位の作業だから、いつかできればいいわね。まずは二年から三年後に新工程を使った赤ワインができるはず。ああ、白ワインの方が早く熟成が終わるから、そちらは一年から二年後には楽しめるのかしら。楽しみだわ。

「俺もこれほど楽しいと感じるのは酒作りを始めたばかりの若造だった頃以来だ」

「ふふふ、酒作りに関わる者として酒造家冥利《みょうり》に尽きるだろう」

「ウイスキーの泥炭や水源も地理院に全力で探させてるから見つかったらすぐ知らせる」

「一応、泥炭なしでもウイスキーはできるから、工程の確認と酵母の特性を把握するために蒸留器と培養したスーパー酵母は渡しておくわ」

味わいの種類が違うものができるし、スモーキーな香りをつけるだけなら錬金術でなんとかなるし、今まで作っていたものと違うお酒だから、まずはノウハウの蓄積が先よね。ラム酒用の遠心分離機にノウハウが必要なように一朝一夕ではできない。

「これから長い時間をかけて高みを目指していきましょう！」

私たち四人は円陣を組むようにして右手を重ね互いの健闘を誓った。

「これで数年後には美味しいワインが飲めそうね」

「まだ作ってもいないのにわかるのか」

「料理長の同類が、今日の話を聞いて黙っているわけがないわ」

帰りの馬車の中は、これからできるであろう上質な酒に思いを馳せ、和《なご》やかな雰囲気に包まれていた。

「ウィリアムは、やると言ったらやりきる男です」

「頼もしいわ」

今はまだ飲めないけど、最高の料理には最高のお酒が必要よ！　つまり今度はお酒に合う料理が必要ね。

「そういえばビールを伝え忘れていたわね」

なぜか連想されたのはワインではなくビールのおつまみだった。だって仕方ないじゃない？　前々世の打ち上げといえばビール一択だったのよ。まあ、ビールは摂氏五度で発酵するから、今度、魔石を渡す機会に伝えればいいわ。

でもビールのことを思い出していたら、なんだかポテトチップスやフライドポテトや唐揚げが食べたくなってきたわ。そこまで行ったらフライやカツも欲しくなる。クリームコロッケそしてソースもよ。

「帰ったら揚げ物を作りましょう！」

「また新しい料理ですか」

料理長がキラリと目を光らせる。

「ええ、肉や魚、芋類、それからパン粉で覆った殻をつけて大量の油で揚げると、エールやこれから伝える予定のビールによく合う料理ができるのよ」

そう言って私はまた新たなレシピの開拓に心を燃やすのだった。

✧

数年後、ウィリアムが作った赤ワインと白ワインは、メリアの名前を一部もじったシャトーメリアージュという銘柄で世に出されることになる。今までとは比べものにならない上質な香り豊かでまろやかな味わいの赤ワインと、甘く酸味の効いた女性受けするフルーティな舌触りのまったく新しい白ワインは、賞賛と共に絶大な支持を得てベルゲングリーン王国の最高級ワインの代名詞となっていく。

ラベルに描かれたポーションを片手に持って指示を出す少女の姿は、監修した錬金薬師に対する酒造家の深い尊敬の念の表れであると共に、ポーションで疲れを取りながらも忙しい合間を縫って酒造工程の改善に尽力したメリアスフィール・フォーリーフの功績を讃える証として、酒造に関わる者の間で長く語り継がれることになる。

「ワインを片手にゆったりとしたスローライフを楽しむ計画だったのに！」

ウィリアムの成功を以《もっ》て、各地の酒造者から教えと温度管理の魔石をせがまれることになったメリアは、本業の薬師と蒸気機関の魔石や一部精密部品作製に加えて酒造関連の仕事もすることになり、嬉しい（?）悲鳴を上げたとか。

その傍《かたわ》らには常に、根性があれば問題ないと非常用ポーションを携えて控える護衛騎士の姿があったという。

第8章　悪滅の錬金薬師

敵国視察のような軽いものから要人の暗殺や誘拐など、表立って依頼できないようなクエストを仲介するのが闇ギルドである。それは暗殺稼業や盗賊団といったアンダーグラウンドの犯罪組織にのみ知られる存在として秘密裏に設立されてからというもの、足の付かないことから各国の暗部によって都合よく見捨てられる存在として利用されてきた。

しかし、ベルゲングリーンに神の加護を持つとされる者が現れたことにより、この大陸の東を管轄するベルゲングリーン支部では、要人の暗殺や誘拐といった高値の依頼は下りてこないようになっていた。

そんな状況にあって、異彩を放つクエストが貼り付けられたのはつい最近のことだった。

「メリアスフィール・フォーリーフの誘拐…って、なんだこりゃ。小娘を誘拐してくるだけで白金貨百枚だと？」

アンダーグラウンドに身を置くシャドウウルフの頭目を務めるブラッドは、通常の誘拐の相場から桁が違う依頼を見て目を見開いた。

闇ギルドの仲介人に詳細を聞くと、加護持ちの娘の錬金術が他国が秘密裏に囲っている錬金術師とは比較にならないほど強力であることが判明したものの、加護持ちであることから表立って手を出せないため、闇ギルドに依頼が回ってきたという。

「こりゃあいい。最近は表でもできるような偵察ばかりで退屈だったんだ。こいつは、シャドウウルフが受けるぜ」

そう言って、張り紙を掲示板から剝《は》がして仲介人のゴーストウッドに差し出すブラッドにゴーストウッドはギョロリと目をやると、受け渡し場所や連絡人の所在といった依頼の詳細を説明し、最後に注意事項を伝えた。

「加護持ちをぶっ殺すと依頼した国が神罰で焦土と化す。扱いにはくれぐれも気をつけろよ」

「わかってるって。伊達《だて》に長年この業界にいるわけじゃねぇんだ。任せておけって」

ゴーストウッドはフンッと鼻を鳴らすと、それきり目と口を閉じた。こうして、メリアの知らぬ間に闇の地下組織に属する者たちが蠢動《しゅんどう》を始めようとしていた。

⁘

一方その頃、当のメリアは研究棟でメリアのメイドとして働くことになったケイトの奮闘を目の当たりにしていた。

「メリア、じゃなくてお嬢様、お茶を持って、じゃなくてお持ちしましたっしょ」

「プッ…あはは！　もう駄目、私の方が笑ってしまうわ！」

懸命にメイドとして相応《ふさわ》しい言葉遣いをしようとするケイト。笑ってはいけないと思いつつも昔の姿を思い出して爆笑してしまう私に、研究棟のメイドを束ねるバーバラさんはキッと目を吊り上げて注意してくる。

「メリアスフィール様、真面目に応対してください！　ケイトを一人前のメイドとして教育してほしいとおっしゃったのは、他ならぬ貴方《あなた》様ですよ！」

「わかってるけど、長年染みついた言葉遣いは一朝一夕で変えられるものではないわ。バーバラさんには申し訳ないけど、長い目で見てあげてちょうだい」

そう言ってケイトが出したお茶を口に含み…あまりの渋さにすぐにテーブルに戻した。言葉遣いはともかく、お茶がまずいのは我慢できないわね。

「ケイトはお茶の淹《い》れ方をバーバラさんによく教わってちょうだい」

「わかった、じゃなくてわかりました、お嬢様」

「それとケイト、お嬢様はさすがにつらいわ。せめて愛称で呼んで」

「はい、メリア！　じゃなくてメリア様！」

そう言って明るい顔を取り戻して茶器を載せたトレーを押しながら部屋を退出していくケイト。

「はあ…メリアスフィール様は甘すぎます。そのような態度でいらっしゃるから、いつまでもあのようなお茶が出てくるのですよ？」

「うっ、反省します。でも私にも友達の一人や二人は必要だと思わない？　まだこんな年齢なのよ？」

私が両手を広げて小柄な様をアピールすると、バーバラさんは仕方ないという風に溜息をつくと、ケイトの様子を見てきますと断りを入れて退出していった。

まあ、ケイトも十二歳だしあと数年もすれば立派なメイドになるでしょう。あれ？　そういえば十二月が誕生日じゃなかったかしら。同じ天涯孤独とはいってもケイトは本当に幼いのだし、ここは日頃の頑張りを労《ねぎら》う意味も兼ねて、私が誕生日でも祝ってあげることにしましょう！

そう考えた私は、早速材料を仕入れに市場に出かけることにした。

✧

「おうおう！　大人しくしてもらおうか！」

市場に向かう道中、周囲に常にない気配を感じた後に急に蒸気馬車が停止したと思ったら、盗賊の決まり文句のようなセリフが聞こえてきた。

「王都で襲ってくるなんて、頭がおかしいのかしら」

でもテッドさんに作ってもらったヒヒイロカネの槍の試運転にちょうどいいと、私は扉を勢いよく開け放ち、外に出ていく。

「おい待て！　だから盗賊の類に突っ込むなって言ってるだろ！」

と、運転席から聞こえてくるブレイズさんの声は聞こえなかったことにした。

「お？　似顔絵の通りだな。じゃあ大人しく……」

バシャバシャバシャ！　ピシャーン！

「「「アバババババッ！」」」

盗賊その一のセリフを最後まで聞くことなく、いつもの通り魔法鞄から大量の水を浴びせかけてからの電気ショックに倒れ伏す不逞《ふてい》の輩《やから》たち。

「え？　ちょっと！　まさかこれだけで終わりじゃないでしょうね？」

「終わりだろ、また一人で突っ込んでいって何考えてんだ」

「折角テッドさんに作ってもらった槍を一度も使わないのは悪いと思って」

そう言ってヒヒイロカネの槍をヒュンヒュンと振るって見せる私に、ブレイズさんは呆れたような顔をして答える。

「別に悪くないだろ。むしろ、お前がそれを使うのは最後の手段だ」

なおも続くブレイズさんの小言を聞きながら魔法鞄から縄を取り出すと、いつものように盗賊と思《おぼ》しき者たちを芋蔓式に縛り上げ、蒸気馬車の後部の取手に縄を結びつける。

「わかったから、さっさと引き摺って役所に届けましょう。早く済ませてケイトの誕生日の食材を見繕うわよ」

ピクピクと痙攣する盗賊たちを尻目に私が再び蒸気馬車に乗り込むと、ブレイズさんは溜息をついて頭を振ると、運転席に乗り込み役所に向けて蒸気馬車を出発させたのだった。

シャドウウルフの頭目ブラッドは、役人に袖の下を渡すなど裏工作をして一網打尽にされた手下を釈放させると、アジトに戻った手下たちに怒りを爆発させた。

「馬鹿野郎！　たった一人しか護衛がいない絶好のタイミングで小娘を誘拐するのに、護衛どころか小娘自身にやられてんじゃねぇ！」

「すんません、お頭。でも、あの小娘おかしいですぜ。俺たちをまるで怖がらないどころか最小限の手順で痺れさせて慣れた手つきで縄で縛り上げた後、顔色一つ変えずに馬車に繋げて引き摺り回すなんて、まるっきりプロの手並みだ！」

続けて語られるサブリーダーの説明に頭を冷やしたブラッドは、ターゲットであるメリアスフィール・フォーリーフが様々な魔道具を駆使することから単独でも手強い相手であることを知る。

「そういえば他国の錬金術師とは比較にならない錬金術を使うって話だったな。なるほど、白金貨百枚を出すだけの価値はあるというわけか」

そうであるなら、護衛もかなり強力な武器を持っていると考えていいだろう。隙があるように見えて、一筋縄ではいきそうにない。となれば、誘《おび》き出して罠《わな》を張るのがいいだろうが問題は何を餌に釣り出すかというところだ。

そんな企みを話すブラッドに、手下の一人が思い出したように言う。

「そういえば俺たちを縛り上げた後、ケイトの誕生日の食材がどうとか言っていました。ここは周囲の親しい者を攫《さら》って小娘をおびき出したらどうでしょう」

「それだ！　よし、そのケイトとかいうやつのことを調べ上げて攫《さら》ってこい。今度は失敗するんじゃねぇぞ！」

「「「わかりやしたァ！」」」

こうして、メリアの知らぬ間にケイトに魔の手が伸びようとしていた。

✧

その日、ケイトはバーバラの指示で新しい調度品の注文に老舗の店に出かけていた。

「バーバラ、メイド長のお使いで来ましたケイトです、こちらが預かってきた注文リスト…です」

「ははは、ケイトさん。うちは王宮から注文を受ける側の立場なんだ。そんなかしこまる必要なんてないさ。むしろこっちがかしこまるところだぜ。俺はビリー、よろしくな！」

まだメイド見習いと思しき少女がつっかえながら言う様に、番頭を務めるビリーは緊張を解きほぐす。

その一方で、この年齢で見習いとして老舗の店に寄越すとなると、要人の側仕《そばづか》え候補だろうから親しくなっておくのが上策と頭の中で強《したた》かな計算も働かせたビリーは、人懐こい笑顔を浮かべた。

「ありがと。実はメリア、様を相手にお茶を淹れる練習をしてたら次々に茶器を落として割ってしまって予備がなくなったんだ。なるべく早く卸してくれって言われたから、よろしくね！」

一気に緊張を解いたケイトだったが、その何気ないセリフから察せられることは、王都の商会に関わるものにとって、とてつもなく大きな意味が込められていた。

「メ、メ、メリアスフィール様のお側仕えでいらっしゃいますか！　た、大変失礼いたしました！　店長を呼んで参りますので、今しばらくお待ちください！」

「えっ!?　いや、別にリストを渡したらそれで終わり…って、もう行ってしまったっしょ。一体、メリアがなんなのよ」

王都に来て間もないケイトには与《あずか》り知らぬことであったが、王都の商会において錬金薬師であるメリアスフィール・フォーリーフとのコネクションの有無は絶大な意味を持っていた。更には、ギルドの抽選会により幸運にも彼女との繋がりを得たボルドー商会が、南大陸との貿易で巨万の利益を叩き出しているのも記憶に新しい。

そのメリアに最も近い位置にいると言っていい側仕えをただで返したとあれば、無能な番頭としてビリーは即日解雇されてしまうだろう。

その後、必死の形相で奥から駆けてきた商会長に下にも置かぬもてなしを受けたケイトは、お使いの帰りにしみじみとした感想を呟いていた。

「まさか、メリアがここまで凄《すご》いことになっていたなんて思ってなかったっしょ…」

辺境伯様に召し抱えられたメリアが村に戻ってきた時に、以前より裕福になったのならと頼ったけど、名前一つ出しただけでこの対応とは想像していたよりずっと凄い存在になっていたらしい。

バーバラさんの教育は厳しいけど、メリアの側仕えになれるというのは、とてつもなく幸運なことだったのだ。そう認識を新たにしたケイトが、奮起するように顔を上げて停車している蒸気馬車に向かって歩《ほ》を進めようとしたその時、あたりから数人の男が姿を現した。

「へへへ、大人しくついてきてもらおうか」

「ヒッ！　だ、誰か…」

声を上げようとしたケイトだったが、後ろから口を塞がれてギラリと鈍く光るナイフを突きつけられると、ビクリと身を震わせて顔を青ざめさせた。

「おっと。痛い思いをしたくなければ騒ぐんじゃねえぞ」

低い声で脅してくる男に、首を縦に振り大人しくするケイト。こうして、彼女が心の中でメリアに助けを呼ぶ声は届くことなく、ケイトは見知らぬ男に攫われることとなった。

「ケイトが戻ってこないですって？」

「はい。ケイトは所用で遅れると、見慣れぬ男がメリアスフィール様に宛てて御者にこのような手紙を渡してきたそうです」

そう言ってバーバラさんが差し出す手紙の表には招待状と書かれており、裏を見ると封蝋《ふうろう》で閉じられていた。何かと思ってナイフで封を切って中を確認する。

『お前の大事なケイトは預かった。友人を殺されたくなかったら一人で以下の指定の場所に来い。誰かに知らせたとわかったら、その時点で殺す』

なんてことなの！　一体、どこの誰が…いや、そんなことを言っている場合じゃないわね。

「どうかされましたか？　ケイトはどこに行ってしまったのでしょう」

「いえ、私が依頼を送った商会長と偶然会ってもてなしを受けているそうだから、迎えに行ってくるわ」

「まあ、そんな誘いに乗るなんて帰ってきたら厳しく躾《しつ》けないといけませんね！」

私は無理に笑って誤魔化しながら、ブレイズさんに見つからないように外に出ると、バギーを出して指定の場所に向けてアクセルを踏み出す。

「ケイト、今助けに行くから待っていてね！」

そう言って不安を払拭するかのように、バギーが奏でる暴力的な音に身を任せるメリアだった。

⁘

王都郊外の指定された場所に着いた私は、後ろ手に縛られ大人しくしているケイトを確認してホッと息を吐くと、ケイトの周りにいる男たちに向けて声を張り上げた。

「ほら、来てやったわよ。ケイトを放しなさいよ！」

「ふっふっふ、久しぶりだなぁ。今日はこの間のようにはいかねぇぞ」

「はあ？　アンタなんて見たことないわよ」

いつ会ったのかと本気で記憶を探っていると、目の前の男は我慢ならないようにがなり立てた。

「ふざけんなっ！　この間、縄に括《くく》りつけて馬車で引き摺って役人に突き出しただろうが！」

「そんなの覚えているわけないでしょ。あなたは熊や狼の顔を覚えていると言うの？」

メリアの中では盗賊の類は魔獣の一種に分類されていたため、記憶はおろか知識としてライブラリに収納されることもなかったのだ。

キョトンとして当たり前のことを聞かれたという風に返すメリアに男は更に怒りを露わにしたが、頭目と思しきブラッドという男に一喝されて落ち着きを取り戻すと、本題に立ち返ったようだった。

「まあいい。お前を誘拐できればそれで依頼達成なんだからな。いいか、抵抗するなよ！　抵抗したらこいつの顔を切り裂く！」

「嫌ァ！　助けて、メリア！」

ナイフを押し当てられ震えながら悲鳴を上げるケイトに、私は両手を上げて降参のポーズを取って見せる。

「わかったわ。私が目的ならその子は関係ないんだから返してあげてよね」

そう言って、そのまま手を上げ続けて反抗の意思がない素振りを示すと、男が近づいてきて鳩《みぞ》尾《おち》に強烈な当て身を喰らわせてきて倒れ伏す。

ドサッ…

「嫌ァ！　しっかりして、メリアァ！」

「へ、まったく手間をかけさせやがって。おいお前ら、白金貨百枚の大事な商品だ。さっさと荷台に乗せてずらかるぞ」

「「「おう！」」」

こうして、メリアスフィール・フォーリーフはシャドウウルフの手中に落ちたのだった。

⁂

やがて、メリアの不在に気がついたブレイズが、机の上に置かれた封を切られた手紙の内容を確認してバギーを飛ばして王都の郊外へと急行すると、そこには泣き崩れるケイトの姿があった。

「おい！　あいつはどこに行った⁉」

「メリアは人質にされた私の代わりに悪い人たちに攫われちゃった！」

そこで、ケイトはナイフを突きつけられ抵抗を封じられたこと、鳩尾を殴られて気を失ったメリアが男たちに運ばれていったことなどを涙ながらに話した。

「私のせいでメリアが攫われたっしょ…」

「今はそれはいい！　どっちに向かっていった！　後ろに乗れ、走り去った方向にバギーを飛ばせばすぐに追いつくはずだ！」

そう言ってケイトを案内役として乗せたブレイズは、ケイトが指し示す方向に向かってアクセルを全開にしたのだった。

✧

そうしてケイトが涙ながらに自分を責めている頃、私は荷台の上で最近では珍しい暇なひと時を過ごしていた。

当たり前ではあるけれど、地脈の力で本気で防御を固めたならドラゴンの一撃すら正面から受け止めるフォーリーフの錬金薬師にとって、野盗の当て身など羽毛に撫でられたに等しかった。

こいつらのアジトまで待っているつもりだったけど、このまま馬車に揺られていたら本当に眠ってしまいそうだわ。

そう思った私は、揺れる馬車の荷台でむくりと身を起こした。

「げッ！　こいつもう起きやがった！」

「慌てるな、手枷《かせ》も足枷もしてあるんだ。芋虫のように転がるのが関の山だろ」

私は手につけられた鉄の手錠と足に嵌《は》められた木の拘束具を確認すると鼻で笑った。

「馬鹿なの？　錬金薬師相手に金属とか笑っちゃうわ」

そう言って錬金術で手錠の鉄をドロリと液化して外し、地脈の力を全開にして足枷《あしかせ》を叩き割ると、荷台にいた二人の男たちは目を剝《む》いて驚いた。

「ば、馬鹿な！　凶暴な大男でも捕らえておける錠前だぞ！」

私はそう言って慌てふためく男の太ももに触れて軽く発勁《はっけい》を当てると、ももの骨が鈍い音をして叩き折れた。

「ギャァ！　バケモノ！」

「レディに向かってバケモノとは失礼ね。死にたくなければ、そのまま大人しくしているのね」

私は太ももに仕込んだポーチ型の魔法鞄からヒヒイロカネの槍を取り出すと、石突に仕込んだ電撃の槍で二人を気絶させ、荷台から飛び降りた。

後方からした叫び声や電撃の音で異変に気がついたのか、少し進んだところで馬車が止まり他の誘拐犯たちがこちらに近寄ってくる。

「そんな馬鹿な！　あんだけ強烈な当て身を喰らわしたのに、どうして平気な顔で動き回れるってんだ⁉」

「馬鹿はあなたたちでしょう。本気で防御を固めた私を気絶させたかったら、全速力で飛行する古竜《こりゅう》に正面衝突させることね」

そう言って魔法鞄から大量の水を浴びせかけて、槍の石突で電撃を喰らわせる。

「「「アババババッ！」」」

ドサドサドサッ！

私は魔法鞄から縄を取り出し、倒れ伏した盗賊達をいつものように特殊な縛り方で芋蔓式に結ぶと、魔法鞄からポーションを取り出して盗賊に飲ませる。

「あ？　俺は一体…って、テメェは！」

「確かブラッドさんだっけ？　目が覚めたばかりに早速の質問で悪いんだけど、あなたたちの雇い主のことを教えてくれないかしら」

「ふざけんな。俺たちはプロだ。簡単に口を割ると思ったら、アバババババッ！」

プシュゥゥー！

文句を言う盗賊のリーダーに私は再び電撃を喰らわせると、白い煙を上げて再び男は気絶した。そこで、もう一度、ポーションを飲ませる。

「ハッ！　俺は一体…って、テメェ！」

「何度も同じことを聞かせないでほしいんだけど、依頼主のことを教えてくれるかしら？」

「誰が口を割る、アババババッ！」

こうして繰り返すこと百回ほど。繰り返される電撃と嘘のような復活劇にブラッドが根を上げ始める。

「一体、いつまでこんなことを続けるつもりだ…いっそ殺せッ！」

「何を寝ぼけたことを言っているの？　フォーリーフを前にして、まさか、死ねると思っているのかしら」

そう言って、私は商業ギルドに納めるつもりだったポーションをズラリと並べ、更に目の前で四重合成でポーションを同時に四本作ってみせる。

「あまりやりたくないのだけど、目や指、腕や足を何度切り落としても死なないから、早めに喋ってくれると嬉しいわ」

そう言ってニコリと笑う私に頭目の心はポッキリと折れたのだった。

✧

こうして計画通り誘拐犯を追い詰めて闇ギルドの存在を聞き出した頃、バギーの音が遠くから聞こえてきたので、そちらを振り返るとブレイズさんとケイトがこちらにやってくるのが遠目に見えた。

やがて私の目の前で停止すると、後ろに乗っていたケイトが飛び降りて私に抱きついてきた。

「メリア！　無事だったのね！　私のせいでごめんなさい！」

嗚咽《おえつ》を漏らして涙を流すケイトを抱きしめ、よしよしと背中を撫でてやる私。しばらくそうしてケイトが落ち着いた頃、ブレイズさんがあたりを見回しながら問い詰めてくる。

「おかしいと思っていたんだ。お前がワンパンで大人しく気絶してくれるくらいなら、俺がとっくにそうしてる。わざと捕まっただろう」

「ちょっと聞き捨てならないことを聞いた気がするけど、まあ、そうよ。昔から木食《もくしょく》アリと悪党は根こそぎ潰せと言うわ！」

そこで私は頭目から聞き出した闇ギルドの所在をブレイズさんに告げて、これから潰しに行くと宣言する。

「アホか、アリと悪党を一緒にするな。どれほどの人数がいるかわからないんだぞ」

「そのためにも、便利なものを作ってあるじゃないの。それに、ケイトを怖い目に遭わせた連中を放置しておいたら、また同じことが繰り返されるわ！」

私はそう言ってブレイズさんの背にある雷神剣を指差し、真剣な眼差しでブレイズさんを見つめた。やがて説得しても無駄と悟ったのか、溜息をつきながら首肯する。

「まったく、これっきりだぞ」

「そうこなくっちゃ！　やっぱり剣は使ってこその剣よね！」

こうして、魔法鞄から取り出した蒸気馬車の後部に盗賊団を繋いで引き摺りつつ、一路、闇ギルドのベルゲングリーン支部に向かうのだった。

✧

スガァーン！　スガァーン！　スガァーン！

突如、連続してごく近距離で鳴り響いた雷鳴の爆音に、闇ギルドのベルゲングリーン支部の一味は驚いて外に出た。そして外に出るとギルドの周囲は何かの爪跡のような浅い穴に囲まれていた。

その異常な状況を見渡す中で、一味の一人がギルド正面に佇《たたず》む人影に気がついて誰何《すいか》する。

「誰だッ！」

「一つ、人の世の傷病を癒して回り。二つ、フルーツがあれば見逃さない。三つ、醜い悪党や魔獣は換金してくれよう。四つ、フォーリーフは自重しない。メリアスフィール・フォーリーフとは私のことよ！」

そう言ってヒヒイロカネの槍を構えて見せる少女に、ブラッドに依頼を仲介したゴーストウッドは舌打ちをして悪態をつく。

「チッ！　大口を叩いておいてブラッドの野郎、失敗しやがったな」

だが、考えてみれば白金貨百枚が護衛と二人で闇ギルドの正面に立っているのだ。これほど好都合なことはあるまい。そう考えたゴーストウッドは、

「あの小娘を捕まえれば白金貨百枚だッ！　早い者勝ちだぞ！」

仲介人を務めるゴーストウッドの言葉に一味は色めきたち、窓から首を出して見ていた者も含めて、目の前の少女に向かって我先へと駆け出していくのだった。

⟡

向かってくる男たちに構わず、地面に手を当てて建物の中の人数把握に集中していた私は、やがて人がいなくなったことを察知するとブレイズさんに合図を送る。

「ちょっと大袈裟な口上《こうじょう》だったけど、おかげで建物の中は空っぽになったわ。ブレイズさん、やっておしまいなさい！」

「おう、任せろ！」

ブレイズさんは肩から大剣を抜き放ち、いつぞやのように上段に構えて息を吸い込むと、裂帛の気合を入れて闇ギルドに向けて振り下ろした。

バリバリッ！　ズガァァァーン！！！

次の瞬間、縦一文字に閃光が走り、激しい光と音に目と耳を塞いでしばらく経って目を開けると、闇ギルドの建物が跡形もなく吹き飛んでいた。

「やったわっ！」

斬撃強化を電撃に変えてダブルとしたおかげで真空の刃は飛ばなかったけど、その分、電撃の威力は二倍よ！

「嘘だろ、ギルドの建物が跡形もなく消えてやがる…」

「…俺たちは夢でも見ているのか？」

そうして呆然《ぼうぜん》と立ち尽くす闇ギルド一味に、前方から突然大量の水が浴びせかけられる。

「うわっ！　なんだ！　水？　この小娘！」

「ふざけてんじゃねぇぞ！　やっちまえ！」

私の挑発とも取れる行為に釣られて、ギルドの周囲の堀に溜まった水溜まりに足をつけたタイミングを見計らって、私は電撃の魔石を括りつけたヒヒイロカネの槍を投擲《とうてき》すると、あたりは紫電の光に包まれた。

「「「アババババッ！」」」

そうして集団感電して倒れ伏した職員たちを睥睨《へいげい》すると、私は勝ち名乗りを上げる。

「悪の栄えた試しなし！　フォーリーフの名を、その身《み》と体《からだ》に刻むのね！」

「どっちも同じ身体じゃねぇか…心と体じゃねぇのかよ」

そう薄れいく意識の中で呟いたゴーストウッドは、次のメリアのセリフと共に浴びせられた二度目の電撃に完全に沈黙することになる。

「悪党に心はないのだから、物理的に二倍叩けって師匠は言っていたわ」

それを聞いていた意識のあった者たちは、絶対にメリアスフィール・フォーリーフには関わらないと、心にも彼女の名を刻んだのであった。

その後、水辺に倒れ伏した闇ギルド一味を芋蔓式に縄で縛りながら、私はブレイズさんに愚痴をこぼす。

「まったく。この寒いのに外で水仕事をすることになるなんて、とんだ一日になってしまったわ」

冬は囲炉裏《いろり》や炬燵《こたつ》で秋に収穫した果物を食べながら暖かくして、人とは会わずグータラして過ごす。それが青春というものよ。

そう言って縄を担《かつ》いでズルズルと悪党たちを引き摺り出す私に、ブレイズさんがケイトを指差して言う。

「お前の歪んだ青春象はどうでもいいが、あの子が口を開けて固まったままだが放っておいていいのか？」

うっ、確かにケイトには刺激が強かったわね。フォローを入れようと悪党どもの縄を放り出して急いで駆け寄る私の目の前に、ふわりと白い何かが舞い落ちた。

「雪…道理で寒いと思ったわ」

見上げる空から次々と舞い落ちてくる雪の精に目を細める。瓦礫《がれき》と化した闇ギルドの跡地にやさしく降り積もる雪景色を目前にして、私はケイトに笑いかけながら言う。

「帰ったら、昔みたいに雪だるまを作りましょう」

そんな私の言葉に昔を思い出したのか、ケイトの顔に明るさが戻る。

「メリアは凄く偉くなったのに、まだ一緒に遊んでくれるの？」

「今までも、そしてこれからも、昔と変わらず私はケイトの友達よ」

そして互いに歩み寄った私たち二人は、額を合わせて昔と同じように笑い合ったのだった。

✧

こうして、闇ギルドのベルゲングリーン支部は拠点を消滅させられた挙句、全ての人員が蒸気馬車で王都まで引き摺られて役人に突き出されたことによって、完全に消え去ることとなる。やがて役人の手により事の顚末《てんまつ》が明るみに出されると、プロでもやらないようなえげつない口の割らせ方と雷神剣のあまりの強大な破壊力に、他国の闇ギルド支部は震え上がったと言う。

以後、メリアスフィール・フォーリーフを拐《かどわ》かす依頼を受けるなどという、命知らずなことを考える裏稼業の者は存在しなくなり、彼女は悪滅の錬金薬師としてアンタッチャブルな存在として恐れられたのだった。

-:-

「誕生日おめでとう、ケイト！」

この日のために料理長と研鑽を積んで作り上げた二段式のショートケーキに、ケイトの年齢である十三本の蝋燭《ろうそく》を立て火を灯す。

「ありがとう、メリア様！」

「もう、今日だけは様付けは禁止よ。バーバラさんだって大目に見てくれるわ」

そう言って物欲しげな表情を浮かべてバーバラさんの方を見る私。

「まったく仕方ないですね。誕生日だけですよ」

「ありがとう、バーバラさん」

少々あざとい真似をしたけど、誕生日を祝おうというのに様付けでは気分が出ないわ。大体、あの食いしん坊のケイトに今更そんな風に呼ばれても、正直、こそばゆく感じる。いつかケイトがシーンに応じて呼び方を使い分けられるまでに成長したら、二人の時はやめてもらうつもりだから、それまでの辛抱ね。

そんなことを考えつつ、私は蝋燭《ろうそく》を消す作法をケイトに教えて、ライブラリで意味を知るライル君には口笛で伴奏をお願いする。

「私が今から歌を歌うから、歌い終わったら息を吹いて蝋燭の火を消してね」

「わかったけど、それって必要なの？」

「気分の問題よ！」

折角、錬金術で色とりどりなカラー蝋燭まで作ったのだ。外は雪化粧で日付け的にもホワイト・クリスマス。やりきらなければ座りが悪いわ。

誕生日の歌を歌い終わって、合図をする私に不思議そうな表情を浮かべながらも勢いよく息を吹きつけて蝋燭の火を消すケイト。蝋燭の火が消えた後、事前に示し合わせた通りみんなで拍手をして祝福の言葉を送る。

「「「お誕生日おめでとう！　ケイト！」」」

歌詞の意味はわからずとも、その温かい雰囲気を肌で感じたケイトは、涙を滲ませて笑みを浮かべる。

「ありがとう、こんな風にお祝いしてもらったことなんて一度もない」

「何よ、あなたの誕生日の時に、毎年、麦芽水飴を持っていってあげたじゃない」

そう言ってナイフで切り分けたショートケーキの皿をケイトの前に渡し、助手のアルマちゃんに錬金術で作った擬似シャンパンを手渡して、各自のグラスに注いで回るよう指示する。

「あれも嬉しかったけど…って美味《おい》しぃ！　何これ!?」

「何って、山苺《やまいちご》のショートケーキよ」

中には柑橘系のフルーツ、そして表面には誕生日おめでとうを象《かたど》った板チョコという典型的なバースデーケーキよ！　その他にも、鳥の丸焼きやゼリーなど、色々と誕生日やクリスマスに相応しい料理を用意しているわ。

というか、脇役のはずのブレイズさんは、さっきからシャンパンをゴクゴクと飲んではローストチキンをかぶりつく手を止めない。

「ちょっと、ブレイズさん。今日はケイトの誕生日なんだから少しは自重してちょうだい」

「そうは言っても、今日の料理や酒は美味すぎるだろ！」

「まったくです。この出来栄えでは、またお母様に献上しないと何を言われるかわからないわ」

ブレイズさんに続いてエリザベートさんも絶賛するけど美味しいのは当たり前よ。闇ギルドの妨害というハプニングはあったけれど、この日のために市場に行っては味を調整してを繰り返してきたのよ。今まででも最高傑作だわ！

「そういえば、あれから闇ギルドはどうなったの？」

ベルゲングリーン王国の支部は潰したものの、他国にも同様の組織はあるはずだった。そう言った私の疑問に、エリザベートさんが王宮の見解を教えてくれた。

「闇ギルドなら関与を疑われるのを恐れた各国首脳によって闇に葬られたと聞いています。ただ、各国の情報機関は秘密裏に他国を調査する手段として闇ギルドを使っていたから、本当に消えたかというと疑わしいでしょう」

つまりは、別の形で生き残っているらしい。でもベルゲングリーン王国の支部は完全に潰したことだし、少なくともケイトが大人になるまでは安泰《あんたい》ね。まあ、

「また何かちょっかい出してきたら、今度は容赦しないわ」

「おいおい、あれで容赦したとでも言うのかよ」

「何よ。ケイトにあんな怖い思いをさせたのに生かしておいたのだから、褒めてほしいくらいだわ！」

そう言ってプイッと横を向いて頬を膨らませる私に、集まった一同は互いに目を合わせて一斉に笑い出した。

「まったく褒められた対応ではありませんでしたが、これでメリアさんとその周囲に手を出そうとする者は激減したそうですわ。次からは敵の本拠地に乗り込む真似は騎士団にでも任せて、あなたは大人しくしていてほしいものです」

エリザベートさんはそう言って上品にシャンパンを傾ける。

「わかりました。でもケイトが無事でよかったわ。あなたは私の数少ない友達なのだから」

そう言ってケイトに笑いかける私にアルマちゃんが嫉妬して拗ねたような表情で言う。

「私も、メリア様のお友達になりたいです！　ケイトばかりズルい！」

「ズルいってアルマちゃんは十八歳でしょう。ここは、私やケイトのお姉さん的な立場を主張すべきじゃないの？」

「ケイトは妹みたいに見ることはできますけど、メリア様はそんな幼くありません！」

「もう、仕方ないわね。そんなに拗ねなくてもアルマちゃんだって大事に思っているわよ」

そう言ってシャンパンを片手に窓の方に向かった私は、舞い落ちる雪の向こうに鎮座する四つの雪だるまを指して話しかける。

「ああして、アルマちゃんやライル君、それにケイトと私で雪だるまを作った仲じゃない。あなたたちのことは、この先何年経っても大切に想っているはずよ」

その混じり気のない本心からの言葉に幸せな表情を見せる三人組にほんのりとした温かさを感じる、そんな幸せなホワイト・クリスマスの記憶を、私は宝物のようにライブラリに残したのだった。

メリアスフィール・フォーリーフ

二度の転生を経験している転生者。
転生した世界で唯一錬金術を扱える少女。
三度目の人生こそはスローライフを夢見ている。

アルマ

幼い頃に錬金術の素養を認められて王都の研究棟に
身を置いていた。メリアが弟子を募った際、儀式に
参加するも不合格に。だが、錬金術の探求心から
メリアの助手になることを申し出て、メリアに受け入れられる。

ライル・フォーリーフ

孤児院で育てられていたが、錬金術の
素養を認められて王都の研究棟に身を置くことに。
メリアが弟子を募り、儀式を無事に合格。
晴れてメリアの弟子となった少年。

ブレイズ・ガルフィード

代々、剣聖を排出してきた剣術道場の一族。
唯一の錬金薬師であるメリアの護衛騎士に任命される。

ケイト

メリアの幼馴染で腐れ縁の仲。
両親を亡くして以降はメリア専属のメイドとなった。

バーバラ

貴族でありながらメリアが務める
研究室のメイド長。
ケイトを預かり、一人前の
メイドに育てるため日々奮闘している。

エリザベート・ハイニクス・フォン・ベルゲングリーン

ベルゲングリーン王国の第三王女として生まれた。
天性の剣の才能を持ち合わせていたことから、
将軍まで上り詰めた。実績を認められ、
ライルの護衛騎士に任命される。

初めまして、夜想庭園《やそうていえん》です。

この度は『転生錬金少女のスローライフ1』をお買い上げいただき誠にありがとうございます。

本作は、二度の過労死を経て三度目の転生を果たしたメリアが今度こそスローライフを送ろうと、錬金術や現代知識を活かして思うがままに生きようとする物語です。

当初は錬金薬師であることを隠して平穏に暮らそうとしながらも、ポーションを元手に一度快適な生活を送るための魔道具を作ってしまったら、もう止まりません。豊かな現代で生きた記憶をもとに、料理やお菓子、酒造や蒸気自動車、果ては大陸間貿易でカレーやチョコレートを再現しながら、それを大量生産する食品加工機械や物流体制をも整えてしまいます。

そして、それを支えるのは良き隣人たち。お酒やバギーをこよなく愛する護衛騎士、技術向上に燃える鍛冶師、国を豊かにしようとする姫様、味を極めようとする料理長、美食に見合う酒作りに妥協しない杜氏《とうじ》、そして大陸間貿易により国中に飲食店を構える商人。

そんな成熟した大人たちと夢見る理想のために自重を捨てたメリアが化学反応を起こすことにより、子供のように目を輝かせて美食に、機械に、商売にと情熱を傾け共に喜びを分かち合う姿をお楽しみいただければ幸いです。

さて、突然ですが私が生まれて初めて小説を書き始めてから九ヶ月となります。本作の原型は、駆け出し一ヶ月足らずの段階で執筆を始めた原石であり、当初は出版など考えてもいませんでした。書き始めた当初は、ただひたすらに自分が異世界に居るかのような没入感が楽しくて、あれもしたいこれもしたいと物語の中で自重なく好き放題にやらかしました。ですが商業となると、自分一人のための世界とはいきません。果たして未熟な自分に書籍化作業なんてできるのか。

書籍化オファーのメールを読んだ直後、そんな思いを抱きつつ窓を開けると夏の終わりに懸命にパートナーを求めるセミの鳴き声が聞こえてきたのを今でも憶えています。

「そうか。セミは成虫となって地上に出て、一週間で一瞬の輝きのうちに子孫を残してこの世を去るという。だったら同じ生物である私も死ぬ前に一冊、生きた証を残せるチャンスをくれるというのなら、書籍化を迷うべきではないのではないか？」

などと、今考えれば恥ずかしいことを考えて一歩を踏み出したものです。そこからは、努力の毎日でした。学歴も職歴も理系で物書きに関する経験が足りない。そう自分で思うなら数をこなせと半年で百万文字を書いてみたり、執筆を基礎から学んだりコンテストにトライしてみたり。

つべこべ言っている暇があるなら手を動かせ、これが氷河期世代のマインドです。だからこそ、自由気ままに過ごせるスローライフというものに憧れるのでしょうね。

最後に制作にあたってのお礼を。お忙しい中、原石のような本作を拾い上げていただき心温まる作品へと昇華するために多大なるお力添えをいただいた編集Ｙ様。そしてイラストを引き受けてくださり、魅力的で生き生きとしたキャラクターや絵画のような綺麗な絵を描いてくださったｐ《ぴ》ｏ《お》ｔ《て》ｇ《ぐ》様。その美しい絵を十二分に活かし、思わず手に取りたくなるような素敵な装丁に仕上げてくださったデザイナー様。本当にありがとうございました。

それではまた。ここまで読んでくださった皆様に次回もお会いできることを祈って。

二〇二三年三月　夜想庭園

メリア

こんにちは、私は錬金薬師のメリアスフィール・フォーリーフ。
そしてこちらは酒好きのスピード狂よ！

ブレイズ

待て…なんだ、その紹介は。俺にはブレイズ・ガルフィードという立派な名前があるだろう。
ついでに言えばお前の護衛騎士だ

メリア

なにが護衛よ！　ポーションの疲労回復効果をいいことに、
ノンストップでウイスキー酵母を取りに行かせたくせに！

ブレイズ

あれは、お前の要望を最大限に考慮した結果で命の危険はない。
むしろ、お前の方がひどいだろう

メリア

私がブレイズさんに何かした事なんてあったっけ？

ブレイズ

俺を危険な雷神剣や蒸気機関のテスト要員に仕立てあげただろうが！
テッドさんと数百メートルも離れた場所で手を振っていたのを俺は忘れていないぞ！

メリア

もう、まだそんなことを気にしていたの？
大好きなバギーが手に入ったんだし、旅行でも大活躍だったでしょう？

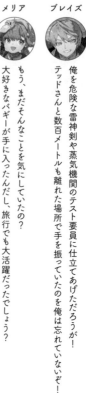

ブレイズ

ああ、あれはいい。馬にはない持続するスピード感と機動性がたまらない

メリア

そう、文明の進歩や発展には犠牲がつきものなのよ。
というわけで、はいこれ。次回の衣装よ

ブレイズ

…なんだ、この高級宿の主人が着るような接客向けの服は

メリア

秋のコーデを相談に来た貴族令嬢を迎えるのに、そんな野暮ったい服でいいと思っているの？
そんなんじゃ私のマネージャーは務まらないわよ！

ブレイズ

俺はマネージャーとやらじゃない、最初に言った通り護衛騎士だァ！

メリア

うるさいわね！　私だって錬金薬師なのにファッションコーディネーターをするんだから、
つべこべ言わずにさっさと着るのよ！

メリア＆ブレイズ

それでは次回、服飾の錬金薬師をお楽しみに！

転生錬金少女のスローライフ

tensei renkin shojo no slow life

2

２０２３年夏頃発売予定！！

［著］
夜想庭園

半導体設計者として渡米。帰国後に通信、無線、
オーディオ、白物家電、車載マイコンと色々設計してリストラ。
転職後は中途採用、オウンドメディアや
SNS運営にデジタルマーケティング、
AI・機械学習でのSaaSビジネス、
情シスと、職も住処も転々としつつ、
最後にハイファン小説書きと好き勝手している
財テク好きの読書中毒者です。

［画］
ρoτg

キレイな風景とかわいい女の子を描くのが好きです。
あと食べるのと寝るのとゲームするのが好きです。
夜更かしも現実逃避も友達とだべるのも好きです。
でもやっぱり絵を描くことが一番好きです！

転生錬金少女のスローライフ

tensei renkin shojo no slow life

1

2023年4月28日　初版発行

【著】
夜想庭園

【画】
potg

【発行者】
山下直久

【編集長】
藤田明子

【担当】
山口真孝

【装丁】
arcoinc

【編集】
ホビー書籍編集部

【発行】
株式会社KADOKAWA
〒102-8177　東京都千代田区富士見2-13-3
電話：0570-002-301（ナビダイヤル）

印刷・製本
図書印刷株式会社

●お問い合わせ
https://www.kadokawa.co.jp/（「お問い合わせ」へお進みください）
※内容によっては、お答えできない場合があります。※サポートは日本国内のみとさせていただきます。
※Japanese text only

定価はカバーに表示してあります。

ISBN 978-4-04-737414-0 C0093

本書は、カクヨムに掲載された「転生錬金少女のスローライフ」を加筆修正したものです。